MY FAIR TEDDY

マイ・フェア・テディ

Contents

目次・扉デザイン　印牧真和
目次挿画　浅野いにお

第一話

花《はな》宵《よい》日和《びより》

MY FAIR TEDDY

1

「──ええ。うちでは、若手作家さんの作品をメインに扱ってます。手芸関係のイベントやフリーマーケットの会場でスカウトしたり、ブログで作品を見て取引をお願いしたり。ほとんどが一点ものなので、人気作家さんの作品はすぐに売れちゃうから申し訳ないんですけど、『ブラウザの「お気に入り」に入れて、商品の入荷をチェックしてます』って言って下さるお客様もいて、嬉《うれ》しいです」

　笑顔で締めくくり、和子《かずこ》はコーヒーで喉を湿らせた。

「なるほど」

　向かいに座ったライターの女が、ボールペンを手に頷《うなず》く。歳は三十過ぎだろうか。長い髪を頭頂部でゆるくお団子に結い、たっぷりしたつくりの濃い茶色のチュニック姿。テーブルにはノートが広げられ、横にはデジタルカメラと、ＩＣレコーダーが置かれている。

　女もコーヒーを飲んだ。口に運びながら、カップをちらりと眺める。肉厚で丸みを帯びたデザインで、色は翡翠《ひすい》を思わせる淡い緑だ。

　ファイヤーキングのカップを選んでよかった。マリメッコのと迷ったけど、こっちの方がライターさんの服の色に合ってるし。

「おしゃれなオフィスですね。mitten《ミトン》さんから話は聞いてましたけど、本当に素敵」

カップをソーサーに戻し、女は視線を巡らせた。

壁際に商品の詰まった段ボール箱と電話や事務用品、雑誌などが収められた木製の棚が置かれている。棚の上のノートパソコンに表示されているのは、和子の雑貨ネットショップ「pancake《パンケーキ》 moon《ムーン》」だ。パステルカラーの壁紙の上にバッグやキャンドル、ぬいぐるみなどの商品写真が並び、画面下をショップのマスコットキャラクターであるCGイラストのクマが、ちょこちょこと歩いている。

「ここ、元は倉庫なんですよ。本当は千葉じゃなく都内がよかったんですけど、オーナーさんが安く貸して下さったので。去年のクリスマスイブにオープニングパーティをして、やっと落ち着いてきました」

「ネットビジネスに立地は関係ないですよ。それにJR市川《いちかわ》駅から徒歩圏内だし、電車に乗れば東京も銀座もすぐでしょう」

女は言い、和子の後ろの大きな窓に目を向けた。

遊歩道を備えた土手が窓の外を横ぎり、その先は江戸川《えどがわ》だ。四月の柔らかな日差しを受けて川面《かわも》が光り、対岸のビルや工場はわずかに霞《かす》んで見える。遠くには東京スカイツリーのシルエットも見えた。土曜日のせいか、まだ十時過ぎなのに家族連れや老人などが遊歩道を行き来し、河川敷のグラウンドからは誰かがマイクで話す声も聞こえた。

ぶえっくしょん。マンガの擬音めいた声がして、洟《はな》をすする音が続いた。和子は顔をしかめ、女の肩越しに前方を見た。怪訝《けげん》そうに振り向き、女が和子の視線を追う。

「さっきから気になってたんですけど、あちらは」

突き当たりに出入口のドア、脇に小さな流し場と冷蔵庫がある。その手前にも机や棚、テーブルやソファが置かれているが、味も素っ気もなく、一目で中古品とわかるスチール製。ソファは光沢が安っぽいビニールレザーだ。

「うちとは無関係の事務所です。広すぎるから、知り合いとシェアしてます」

「そうだったんですか」

女の相づちに続いて和子の頭の中に下品かつ忌々《いまいま》しげな舌打ちの音が響き、居丈高な声が続いた。

「居候《いそうろう》の分際で、なにがシェアだ。ここは俺の事務所だぞ。それにしても、妙に埃《ほこり》っぽくねえか？　取材だかなんだか知らねえが、お前が朝から家具だの段ボール箱だの、ガタガタ動かすからだぞ」

ぶえっくしょん。話をくしゃみで締めくくる。うるさい上に唾が飛んだようで気持ちが悪いが、その声も音も和子にしか聞こえない。

スチール机の上には電話とノートパソコンが置かれ、画面と向き合うかたちでクマのあみぐるみが座っている。体長十五センチほど。頭と胴体、手足はミルクティー色の毛糸で編まれ、腹に入った横縞と手足の先はスカイブルーだ。

クマに気づいたらしく、女が微笑《ほほえ》んだ。

「かわいいクマちゃん。知り合いの方は、どんなお仕事をされてるんですか」

「よくわからないんですけど……まあ、便利屋みたいな？」

「おいこら。誰が便利屋だ。ここは探偵事務所、おもての表札にも、そう書いてあるだろうが」

頭の中の声はさらに騒々しく、暑苦しくなる。すると、女の携帯電話が鳴りだした。

「すみません」

女が窓の前に移動し、和子も携帯を持ってスチール机に歩み寄る。

「康雄《やすお》さん、静かにして下さい。だって本当のことでしょう。事務所を開いたのはいいけど、来た仕事といえば掃除に草むしり、害虫駆除。しかもそれ全部、やるのは私じゃないですか」

携帯を耳に当てて通話を装い、手に取ったクマに語りかける。

「けっ。今さらなに言ってやがる。俺が指示を出し、お前が動く。このコンビで、あれやこれやの事件を解決してきたじゃねえか」

「嫌々、無理矢理、仕方なくね。探偵の仕事だって、なんの相談もなく勝手に始めるし……このホームページがいけないんじゃないかなあ。事件の依頼とか、する気になりませんよ」

身をかがめ、和子はパソコンの画面を覗《のぞ》いた。飾り気のないスカイブルーの文字で、「テディ探偵事務所」と表示されている。

「なら宣伝の方法を変えるか。電柱や電話ボックスにチラシを貼るとかして、訳ありの難事件を抱えてる人の目にもつきやすいように」

「やめて下さい。闇金《やみきん》じゃないんですから。それに電柱や電話ボックスにチラシって、違法でしょ。元刑事のクセに、そんなこと言っていいの？」

やり取りしながら、女の様子を窺《うかが》う。電話を切り、テーブルに向かうところだった。和子はクマを机に戻し、早口で告げた。

「とにかく邪魔をしないで下さい。ビッグチャンスなんですよ。有名な雑誌で、パンケーキムーンを紹介してもらえるんだから」

「なにがビッグチャンスだ。丸ぽちゃのコネで、無理矢理ねじ込んでもらったクセに」

康雄の憎まれ口を聞きながら、和子はテーブルに戻った。

丸ぽちゃとは、和子の友人のあみぐるみ作家・ミトンのことだ。ミトンの作品は和子の店でも扱っており、「少しでも宣伝になれば」とつき合いのあるファッション雑誌の編集部を紹介してくれた。

「お待たせしました。インタビューを再開させて下さい」

女の言葉に和子が頷こうとした時、どんどんと大きな音がした。出入口のドアだ。窓の曇りガラスの向こうに、縦にも横にも大きな人影がある。

うんざりして、和子は女に告げた。

「すみません。すぐに戻ります」

「いやいやいやいや。和子ちゃん、困っちゃったよ」

ドアを開けるなり、こもり気味の高い声が降ってきた。青いナイロンのブルゾンにスラックス、革靴という出で立《いた》ちの初老の男だ。分厚く大きな手に扇子を持ち、顔をあおいでいる。

「どうしたんですか」

「どうもこうも、厄介なことになっちゃってさ」

白髪交じりの眉を寄せて返し、男は和子の脇を抜けて部屋に入った。スチール机に歩み寄り、当然のように椅子を引いて座る。ライターの女に気づき、満面の笑みで会釈をした。

「こりゃどうも。ご苦労様です」

「こちらは菊田《きくた》さん。お隣で鉄工所を経営されてて、ここの町内会の会長さんです。あちらは雑誌の取材の方」

仕方なく紹介すると、女は戸惑い気味に菊田に会釈を返した。ドアを閉め、和子も机に向かう。

「和子ちゃん、悪い。お茶一杯もらえる？　走って来たから喉が渇いちゃって」

大袈裟に顔をしかめ、菊田は肉のだぶついた喉をさすった。見れば、禿《は》げ上がった頭にうっすら汗をかいている。

肩書きは社長だが、菊田は既に仕事の大半を息子に譲っている。ヒマを持て余しているのと、生来の面倒見のよさから町内会の仕事にはことさら熱心だ。去年のオープニングパーティの晩にも今と同じようにいきなりドアをノックされ、何ごとかと思ったら町内会に誘われ、会費を取られた。

流し場で麦茶をグラスに注いで戻ると、菊田はクマを押しのけて机上にスペースをつくった。バランスを崩してクマは倒れ、康雄が抗議の声を上げる。

麦茶を一気に飲み干し、菊田は大きな体を揺らして息をついた。

「ああ、生き返った。ごちそうさま。で、なんの話だっけ？」

「いえ、だから」

「思い出した。和子ちゃんに頼みがあるんだよ。ほら、今日は町内会主催の花見会だろ？　朝から役員のみんなと大忙しなんだけど」

「そういえば、回覧板に書いてありましたね。だから外がにぎやかなんだ」

思い出して窓を見た。遊歩道の通行人には、酒屋やスーパーマーケットの大きなレジ袋を提《さ》げている人も交じっている。

「イベント盛りだくさんで、楽しいよ。バーベキューにカラオケ、ビンゴ大会。出《で》店《みせ》や屋台だってあるんだよ」

「へえ。本格的ですね」

「お隣の、青山《あおやま》の町内会と合同だからね。で、大人ばっかりじゃなく子どもにも楽しんでもらおうと思って、梨梨《りり》たんを借りることにしたんだよ」

「なんですか、それ」

「知らない？　市川の特産物の梨を宣伝するために、市役所と農協が考えたマスコットキャラクター。地域や学校のイベントでグッズを配ったり、着ぐるみが来たりして、子どもたちには人気らしいよ。着ぐるみは、申請すれば無料で貸し出しもしてくれる」

「ふうん」

「花見会でもちょっとしたショーをやるつもりで借りて、町内会のテントに置いたんだ。ところが」

言葉を切り、手招きする。和子が身をかがめると、囁《ささや》き声で話を続けた。

「さっき見たら、着ぐるみがなくなってたんだよ。はじめは中に入る予定の星野《ほしの》さんのご主人が、予行練習でもしに行ったのかと思った。ところが、星野さんはバーベキューの準備を手伝ってた。他のみんなも知らないって言うし、確認したら五分ぐらいだけど、テントが無人になった時間があったんだ」

「盗まれたんですか？　まずいじゃないですか。警察には？」

「届けようと思ったよ。でも、せっかくの花見会に水を差したくないんだ。町内会にも、イメージってもんがあるし」

「でも借り物だし、そんなこと言ってる場合じゃないでしょう」

「その通り！　子どもたちは梨梨たんに会うのを楽しみにしてるし、夕方には市役所に返さなきゃならない。みんなでどうするか相談して、和子ちゃんにお願いしようって決めたんだ」

「なんで？」

「だってここ、探偵事務所だろ。違うの？」

菊田が机上のパソコンと和子の顔を交互に見る。頭頂部がわずかに尖《とが》った大きな顔は、シワは多いが色つやがよく、いつ会っても風呂上がりのようだ。

「違いませんけど、でも私は違うんです」

「なにそれ……とにかく頼むよ。ちゃんと費用は払うし、和子ちゃんだって白金《しろかね》町内会の会員、シロガネーゼじゃない」

「それ、やめましょうよ。シロガネーゼっていうのは東京の港区の、白金または白《しろ》金台《かねだい》の高級住宅街に住むセレブな女性のことで。ここは千葉だし市川だし。高級感もセレブ臭も皆無だし」

「なんでよ、いいじゃない、千葉のシロガネーゼ。しかも隣町は青山だ。本家に負けてないよ。立派なもんだ」

扇子を小刻みに動かし、二重顎《あご》を上げてからからと笑った。訝《いぶか》しげに、ライターの女が振り向く。脱力して和子が黙ると、菊田は立ち上がった。

「てな訳で、よろしくね。とりあえず会場に来てよ。あ、梨梨たんのショーは午後の二時からだから、それまでに着ぐるみを見つけてね。もちろん、秘密厳守で」

調子よく捲《まく》し立て、ドアに向かう。慌てて引き留めようとした時、康雄の声がした。

「いいからついて行け。この仕事、引き受ける」

「なに言ってるんですか。いま取材中なんです。それに二時なんて、あと四時間しかないし」

女と菊田を気にしつつ、クマに囁きかける。

「四時間ありゃ十分だ。きっちり梨梨だかルルだかいう着ぐるみを見つけて、ご近所のみなさんに、『名探偵ここにあり』って知らしめてやろうぜ」

「とか言って、ポイントカードの期限が近いから焦《あせ》ってるんでしょう」

「う、うるせえ。期限が切れりゃ、行列の最後尾に逆戻りで成仏はますます遠ざかるぞ。まあ、お前が俺と別れたくねえ、ずっとこのクマの中に居座って欲しいってんなら話は別だけどな」

開き直った物言いは腹立たしいが、反論できない。康雄の成仏は和子の一番の願い、居座りはもっとも避けたい事態だ。

「和子ちゃん、どうしたの。早く」

菊田に手招きされ、和子は息をついてクマを手に取った。インタビューの延期を申し出るため、女に向き直る。

一年ちょっと前。和子は代官山《だいかんやま》のフリーマーケットでこのクマを買った。ところが自宅に持ち帰ると野太い声で喋《しゃべ》りだし、「自分は天野《あまの》康雄という刑事で、とある事件の捜査中に命を落とし、気づいたらクマの中にいた。真相を解明する手助けをして欲しい」と頼まれた。一度は拒否した和子だったが、もろもろの事情で引き受けざるを得なくなり、危険にさらされながらも事件を解決、康雄の魂はクマを離れ天に昇った。ところがあっという間に戻って来てしまい、理由を訊《き》くと、「あの世は大混雑で三途《さんず》の川も大行列。だが、前世での特技や仕事などを活かして善行を積むとカードにポイントが加算され、行列の順番が繰り上がる」という。半信半疑ではあったが、さっさと康雄を追い返して平穏な暮らしを取り戻すべく、いくつかの事件に取り組んできた。

菊田の後について土手の階段を上り、遊歩道を横ぎって階段を下った。広い河川敷の手前がフェンスで囲まれた野球のグラウンド、奥は川に沿って横長の緑地になっていて、そこに等間隔で桜の樹が植えられている。花は満開で、遠目に見ると淡いピンクにけむっているようだ。地面にはブルーシートやレジャーシートが敷かれ、四、五十人ほどが座っていた。河川敷に降り、グラウンドの脇を抜けて近づくにつれ、話し声や音楽が大きくなり、油と肉の匂いをはらんだ煙が漂ってきた。

菊田は緑地の端に設営されたテントに向かった。運動会などで見かける組み立て式のもので、白い屋根には「白金町内会」と入っている。後ろと左右にも、屋根と同じ生地の白い布が垂らされていた。

「和子ちゃんが来てくれたよ」

声をかけ、菊田はテントに入った。折りたたみ式の会議机とパイプ椅子があり、ビールケースやハンドマイク、大小のゴミ袋、救急箱などが置かれている。

「どうも」

「よく来てくれたね。よろしく頼むよ」
五、六人の男女が集まって来た。歳は揃《そろ》って四十代以上、菊田と同じ青いブルゾン姿で、よく見ると胸に「白金町内会」の白い文字が入っている。何人かは和子の事務所のご近所さんで、顔見知りだ。白金町は川沿いに大小の工場と倉庫があり、他は閑静な住宅街だ。隣町の青山も住宅街で、康雄の家がある。
「こんにちは。あの、やるだけやってみますけど、見つけられるかどうかは」

「タコ。いきなり言い訳してどうする。いいから、現場を見て状況を聞け」

康雄の檄《げき》が飛ぶ。和子が肩に提げたトートバッグの口から、クマがちょこんと顔を覗かせている。

はいはい、わかりましたよ。心の中で言い返し、和子はテントを見回した。

「梨梨たんは、どこに置いてあったんですか？」

「そこよ。奥の隅っこ」

サンバイザーをかぶった厚化粧の女が、日焼け防止の白手袋をはめた指で、向かって右奥を指す。和子の事務所の斜め前にある、自動車整備工場の経営者の妻だ。

名前は確か児島《こじま》。

和子はバッグを抱えて右奥に向かった。大きな段ボール箱が二つ置かれ、表には黒いマジックで「梨梨たん（頭）」「梨梨たん（体・足）」と書かれているが、中は空っぽだ。

バッグからデジカメを出し、箱の写真を撮った。

「盗まれたのは何時頃？」

「十時過ぎだよ。菊田さんが開会の挨拶をして、乾杯をするからってみんなで席の方に行ったんだ。五分あるかないかだったけど、その隙《すき》にやられたらしい」

身振り手振りを交え、忌々しげに説明してくれたのは、ポロシャツ姿のよく日に焼けた老人だ。

「なるほど。目撃者はいませんか？　河川敷に車は入れないし、着ぐるみは手で運ぶしかない。かなり大変だし、目立つと思うんですけど」

「それなんですけど」

テントに三十過ぎの男が入って来た。小柄痩身《そうしん》でベースボールキャップをかぶり、メガネをかけている。

「頭と手足はウレタン製でそれなりに大きくてかさばるけど、体は布だけのツナギみたいなやつなんです。重さは大したことないし、大きなバッグをいくつか用意して詰め込めば、手で運べると思います。弁当屋さんとか酒屋さんとか、大荷物を持った人が行き来してたし、紛《まぎ》れ込めばわからないかも」

「あ、和子ちゃん。この人が星野さん。梨梨たんに入るはずだった人ね」

菊田が紹介し、星野の肩を叩《たた》く。とたんに星野は薄い眉を寄せ、

「すみません。僕が見張ってなきゃいけなかったのに」

と、ぺこぺこと頭を下げた。

「わかりました。場内を調べてみます。あとは動機。どなたか犯人に……ここでは言いにくいと思うので、心当たりのある方は私の携帯に連絡して下さい。番号とアドレスはこれです。もちろん、誰にも言いませんので」

そう告げて名刺を配る。パンケーキムーンではなく、テディ探偵事務所のもので肩書きは「調査員」。知り合いの男がつくって、オープニングパーティの晩にプレゼントしてくれた。その時はありがた迷惑だと思ったが、草むしりやら害虫駆除やらに呼ばれた先で手渡し、百枚もらったうちの三分の一が既になくなっている。

「ふうん」

「さすがだねえ」

町内会の人々が名刺を眺めた。感心するような顔で、和子を見る人もいる。

嫌々、無理矢理、仕方なくやっている探偵業だが、こういう時はちょっと嬉し

く、誇らしい。ネットショップの仕事は楽しいし売り上げも少しずつ伸びているが、客と直接会ったり話したりする機会がないのが、物足りなくもあった。

ちっ。康雄の舌打ちが頭に響く。

「さっきまで逃げ腰だったクセに、ちょっと持ち上げられると得意満面か。お前ってやつはお調子者というか、おめでたいというか……いいから、さっさと聞き込みを始めろ。事件の早期解決は、初動捜査にかかってる」

職業意識が芽生えたとか、余裕が出てきたとか、なんで思えないかなあ。それに、そういう自分だって、都合が悪くなると「相棒」だの「立派になった」だの言って持ち上げるクセに。

心の中で毒づき、視線の端でクマを睨《にら》みながらも和子は町内会の人々に挨拶をしてテントを出た。

桜並木に沿って、緑地を歩いた。日差しは少し強いが気温はそれほど高くなく、空気がからりとして気持ちがいい。時折弱い風が川から吹いてきて桜の枝を揺らし、ピンクの花びらが料理や紙コップのビール、ジュースに落ちる。しかしシートに座った花見会の参加者たちは嬉しげに声を上げ、散った花びらを眺めている。家族連れや老夫婦がほとんどだが、若いカップルや外国人の姿も見られた。既にほろ酔いの人もいて、テンションの高い話し声や笑い声も聞こえてくる。町内会のブルゾンを着た人が肉と野菜を焼くバーベキューコンロの前には、行列ができていた。一回りして、待ち合わせの相手を探すふりをして参加者に話を聞いた。しかし、着ぐるみ持ち逃げ犯らしき人物の目撃者はいなかった。

「参加者の誰かが、酔っぱらってやったのかと思ったんですけど、違うみたいですね」

携帯を構え、和子はバッグのクマに話しかけた。参加者の中には大きな荷物を持っている人もいたが、中身は食べ物や余興の小道具、楽器などのようだ。川を見渡してみたが、梨梨たんは見つからない。

「ああ。ひとまずここにいる人は、容疑者から外していいだろう。となると、ガキのいたずらか怨恨による嫌がらせ。犯人は地元の情報に詳しい者、町内会員または近隣住民だ」

「ですね」

わん。前方で短く金属的な声がした。見ると、犬がいる。体は毛足の長い洋犬風なのに、顔は柴犬チックで脚は短い。愛嬌《あいきょう》はあるが、高級感はない。絵に描いたような雑種犬だ。

「よう、ジョン」

康雄が名前を呼ぶとジョンはもう一度鳴き、こちらに走りだした。首のリードがピンと伸び、ハンドルを持った若い女が前のめりになってなにかわめく。

「杏《あん》ちゃん、久しぶり」

　和子のかけた声に、杏はしかめ面のまま顎をわずかに前に出して応えた。ぐいぐいとジョンに引かれ、近づいて来る。

「元気？　今日はどうしたの」

「由衣《ゆい》ちゃんに『花見会に行きたい』って言われて、ここで待ち合わせてたの。なのにさっき電話で、『急にパパたちと出かけることになった』だって。マジ？　って感じ」

　ぶつ切りの言葉をだらだらと、抑揚なく並べる。小柄で太めな体を、派手な色遣いのパーカとデニムのショートパンツで包んでいる。凹凸に乏しい顔が埋もれんばかりの厚化粧で、長い髪は金髪に近いライトブラウン。ラメとラインストーンをたっぷり使ったジェルネイルで飾られた指先は、フランクフルトソーセージが刺さった木の丸棒をつかんでいる。

「由衣ちゃん、元気そうでよかったわね。パパたちとも上手くいってるみたいだし……ねえ、ジョン？」

　視線を落とし、ジョンの頭を撫《な》でた。舌を出して荒く息をしながら、和子の足元をうろついている。黒くつぶらな目は、まっすぐバッグのクマに向けられていた。

不思議なことに、ジョンには康雄の声が聞こえるらしい。

けっ。康雄が不機嫌な声を出す。

「なにが『よかったわね』だ。いや、俺も由衣ちゃんと家族が達者なのは嬉しい。応援もしてる。問題は、このトンチキ娘だ。浪人生の分際で、うかれた格好でふらふらしやがって。ちゃんと勉強してんのか？　……ああ、アホ面でソーセージを嚙《かじ》るな。バーベキューの行列に並んで買ったんだな。まったく、昔から勉強机の前じゃ一時間とじっとしていられねえのに、こういう時だけ辛抱強くなりやがる」

「せっかく久しぶりに会えたのに」

うんざりして呟《つぶや》き、和子はクマの頭を押してバッグの底に沈めた。康雄は抗議の声を上げ、反応してジョンが鳴く。その様子を杏がソーセージを嚙りながら、怪訝そうに眺める。

杏は康雄と妻・世津子《せつこ》の一人娘だ。本来は繊細で頭の回転も速いのだが、父親譲りの不器用さとひねくれた性格のせいで周囲と上手くなじめず、去年の冬には友人の由衣が絡む事件に巻き込まれてしまった。しかし康雄と和子、康雄の愛犬・ジョンの活躍で事件は無事に解決し、その感謝の印として由衣の父・裕悟《ゆうご》が自ら経営する会社の空き倉庫を貸してくれた。この春に高校を卒業した杏は大学入学を目指して予備校通いをしており、時々和子の事務所にも遊びに来る。

「和子さんは？　なにやってんの」

ジョンを引き戻しながら、どうでもよさげに杏が訊《たず》ねた。

「急な仕事で……そうだ。杏ちゃん、梨梨たんって知ってる？」

「ああ。梨のキャラでしょ。ゆるキャラってやつ？」

「そうそう。実は今、梨梨たんを探してて」

とたんに、バッグの底で康雄がわめいた。大方、「話してどうする。『秘密厳守で』と言われただろう」とでも訴えているのだろう。

「杏ちゃん、ちょっとごめんね」

そう告げて背中を向け、片手で携帯を耳に当て、もう片方の手でクマを取り出した。

「さっき『ガキのいたずら』『近隣住民による犯行』って言ったでしょう。杏ちゃんなら、若い子のネットワークがあるし地元のことにも詳しいはず。時間もないし、力になってもらいましょうよ」

「いや、しかし」

「大丈夫。誰かさん譲りの態度の悪さはどうかと思うけど、杏ちゃんの口の堅さは去年の事件で立証済み。信用できますよ。康雄さんだって、『刑事《デカ》の娘』って言ってたじゃないですか」

「それはそうだが」

　さすがの康雄も、家族のこととなると歯切れが悪い。生前は仕事仕事で家庭を顧みず、それが杏がグレ、心を閉ざす原因にもなったらしいので無理もない。

「ちょっと」

　呼びかけられ、振り向いた。眼前に、杏の携帯の画面がある。写真が表示され、一体の着ぐるみが両手を顔の横で開き、片足を前に出して踵《かかと》を立てるというベタなポーズを取っていた。着ぐるみの頭部は薄茶色で丸く、てっぺんにはヘタと思《おぼ》しき黒く短い棒が突き出ている。手脚も薄茶色で、衣装はメイド風の黒いワンピースとフリル付きの白いエプロンだ。顔面にはプラスチックの楕円形の目が取り付けられ、笑った形の口には、中に入った人の視界確保のためなのか、赤いメッシュの布が張られている。

「ひょっとしてこれ、梨梨たん？」

「そう。いま検索した」

「ありがとう……ふうん。こんな姿なんだ。なんか微妙」

「なんだこりゃ。こんなのがかわいいのか？　梨のバケモノじゃねえか」

　和子は画面を眺め、康雄も見入っている気配がある。

「てか、梨梨たんがどんなキャラか知らなかったの？　それで探そうとか、あり得なくない？」

携帯を引っ込め、杏は呆《あき》れ顔で和子を見た。もっともなので言い返せず、責任転嫁でバッグのクマに非難の目を向ける。うろたえながら、康雄がなにかわめく。

「まあ、どうでもいいけど」

つっけんどんに付け足し、杏は身を翻《ひるがえ》した。ジョンを連れ、和子の脇を抜けて歩きだす。

「待って。大至急、梨梨たんの着ぐるみを探さなきゃならないの。手伝ってもらえない？」

「はあ？　なんで？　だるいし、ジョンの散歩もあるし」

「ジョンが一緒でいいから。バイト代も出す」

追いかけて、横顔に訴える。小さな目と、胡座《あぐら》をかいた鼻は以前写真で見た康雄にそっくりだ。

「いくら？」

ソーセージを囓りながら、杏は訊ねた。グロスと油で唇がギラついている。

「時給八百円」

「なにそれ。高校生じゃないんだから……千二百円」

「冗談でしょ……九百円」

「千円。これ以下はなし。時間がないんでしょ？」

居丈高に言い放ち、鼻を鳴らす。これまた康雄そっくりで腹が立つが、今のやり取りには既視感がある。記憶を探っていると、康雄が口を開いた。

「前に、そっくりな会話をしたっけなあ。あの時は、バイト代の休日出勤手当だったか。俺が提示した金額を、お前がそりゃあ偉そうに突っぱねて……ま、因果応報だな。俺の気持ちがわかっただろ？　こういう経験を経て、人は大人に」

「うるさいなあ」

つい呟き、顔を背ける。また杏が怪訝そうに見た。

康雄を鬱陶《うっとう》しく思う反面、以前の自分の言動が気まずく恥ずかしい。康雄との出会いで、価値観や考えが変わったという自覚はない。しかしあの時の事件の大きさと重さを思えば、なんらかの影響を受けていても仕方がない。

「まあ、お前の言うことにも一理あるし、雇いたきゃ雇えばいい。だが、杏のバイト代は、調査報酬のお前の取り分から払ってもらうからな」

驚き、抗議しようとして杏の視線に気づいた。慌てて、和子は首を横に振って笑顔をつくった。

「ごめんね、なんでもないの……わかった。千円でいいから力を貸して。で、なにがあったかって言うと」

素早く杏に寄り添い、説明を始めた。

2

大型トラックが行き交う国道を渡り、まっすぐに伸びる通りを進んだ。狭い歩道の脇に並ぶのは戸建て住宅やマンション、小学校。市川駅に近づくにつれ、コンビニやファストフード、雑居ビルに変わっていく。

駅南口のロータリーに入ったとたん、急に風が強くなり気温も下がった。和子は顔にかかった髪を払い、スカートの裾《すそ》を押さえた。杏も髪をかき上げ、ジョンのリードを短く持つ。週末だが人はそう多くなく、タクシー乗り場では客待ちの運転手たちが立ち話をしている。

「ビル風か。ここは、いつ来てもこんなだな」

康雄が言い、頭上を見るような気配があった。和子も倣《なら》う。

ロータリーは正面が駅ビルで、飲食店やブティックなどが入っている。その傍らにそびえるのが四十五階建てのタワーマンション。市川駅周辺には、超高層の建物は少なく一際目を引く。前に菊田に聞いた話では、「三年前にマンションができて、南口の再開発が始まった。今後も高層マンションを建てる計画がある」らしい。

杏がジョンを抱き、広い階段を上って駅ビルに入った。中央が連絡通路で、傍らに駅の改札がある。駅ビルの上を、総武本線の線路が走っている。

通路を抜け、北口に出た。ロータリーは南口よりかなり広く、大型スーパーや雑居ビル、商店などが並んでいる。車も人もどっと増え、杏はジョンを抱いたままロータリーを進み、スーパーの裏の通りに入った。狭いがにぎやかで、居酒屋やドラッグストア、百円ショップなどが並んでいる。

「こんな通りがあるのね。買い物は全部駅ビルで済むし、北口ってあんまり来ないから」

杏の後ろを歩きながら、和子は左右を眺めた。

「ここは古くからの飲み屋街で、俺のお気に入りの場所だった。休みの日や仕事が早く終わった時に、ぶらぶら歩いて安くて旨い店を探すんだ。その横丁を入ったところに、行きつけの焼鳥屋が……おい。杏のやつ、妙に歩き慣れてねえか？　夜な夜なこんなところを遊び歩いてるんじゃ」

「お気に入りの場所」が一瞬にして、「こんなところ」。娘を想う気持ちはわかるが、父親という生き物は、なぜこうも面倒臭いのか。和子がうんざりしていると、杏は足を止めた。

「ここ」

ジョンの背中を撫でながら、顎で通りの向かいのビルを指す。ゲームセンターだ。薄暗い店内と大音量の音楽に、和子はつい不安になる。

「大丈夫?」

「なにが? 和子さん、さっき『梨梨たんを盗んだのは地元の若い子』って言ったじゃん。真面目《まじめ》な子がやるはずないし、てことは犯人はヤンキー。ここが連中のたまり場なの。まあ、私が引退した後に変わってなければだけどね」

「はあ」

「和子さん、ジャケット貸して。店に入るには、ジョンを隠さないと」

言われた通り、ジャケットを脱いで渡した。杏はジョンの体と頭をジャケットでくるみ、改めて腕に抱いた。視界と呼吸は確保しつつ、ぱっと見は犬とはわからない。

杏は生前の康雄とは犬猿の仲で、今も複雑な想いを抱いている様子だ。しかし康雄の愛犬だったジョンはかわいがり、世話もこまめにしている。和子にはそれがいじらしく、またもどかしくもあり、亡き父がすぐ近くにいて、不器用ながらも娘の身を案じ、幸せを願い続けていると伝えたくて堪《たま》らなくなる。と同時に、伝えたところで杏は素直に信じない、小バカにするか嫌味を言うかのどちらか、という確信もある。

杏の後に続き、ゲームセンターに入った。ビニールタイルの床の上に、原色メインのけばけばしい色遣いの看板、ポップな色で彩られたゲーム機が並んでいる。ナチュラルで見ているだけで心が和む、「ほっこり」としたアイテムが大好きな和子にとっては、対極ともいえるセンスだ。過去にも数えるほどしか足を踏み入れたことはなく、見分けがつくのも、クレーンゲームと和太鼓を使った音楽ゲームぐらいだ。

「あそこ」

杏が囁いてきた。壁際の奥まった場所に飲み物やアイスクリームの自動販売機コーナーがあり、その前に三人の若い男がたむろっている。顔立ちにはまだ幼さが残り、体も華奢《きゃしゃ》だ。しかし一人はホストのような髪型にごついアクセサリー、残りの二人はいかついデザインのジャージ姿だ。

「ええと……どうしたらいい？」

「ビビってんの？　あんなの中坊のガキじゃん。和子さんの半分ぐらいの歳だよ」

「半分は言い過ぎでしょ！　私まだ二十五よ？　……ああいうタイプって、馴染みがないからアプローチの仕方がわからないの」

「なにそれ……きっかけはつくってあげるから。後はなんとかしなさいよ」

小バカにしたように鼻を鳴らし、和子の返事を待たずに歩きだす。まっすぐに、自販機の一つに寄りかかって立っているジャージの男に向かう。

「ジュース買いたいんだけど」

男は無言で場所を空けた。口元を少し緩め、仲間となにやら目配せをし合っている。野球部員なのか、頭は三分刈り。少しでもしゃれっ気を出そうと整えすぎた眉が、昨今の甲子園球児を彷彿《ほうふつ》とさせる。

杏は自販機の前に立ち、体を捻《ひね》って斜めがけにしたバッグを探った。小銭を取り出し、腕を上げながらジョンの頭にかぶさっていたジャケットを外す。

「うわっ。ビビった」

慌てて立ち上がったのは、床にウンコ座りしていたホスト風の男。スプレーかワックスで固めているのか、鬱陶しい髪に乱れはない。

「えっ、それ犬？　マジ？」

「てか、何犬？　……なんだ。雑種か」

三分刈りが騒ぎ、残りの一人の鼻ピアスをしたデブがジョンの顔を覗く。待ち構えていたように、杏は言い返した。

「雑種じゃない。ハーフ……って、うちのパパは言い張ってたけど」

前半と後半の強弱の塩梅《あんばい》が絶妙だ。康雄からは「人とコミュニケーションを取るのが苦手」と聞いているので、経験ではなく天性のものか。案の定、男たちは声を立てて笑った。一挙に場が和み、デブはジョンの頭を撫で始めた。

感心していると、杏がくるりと振り向き顎をしゃくった。「さっさと来て、話を訊け」とでも言いたげだ。

覚悟を決め、歩きだした。そこに康雄の指示が飛ぶ。

「気を緩めずに体の力を抜くんだ。親戚の子どものつもりで話せ。ただし、媚《こ》びるなよ。不良は、自分らを叱る大人より媚びる大人を嫌う」

「ちょっと教えて欲しいことがあるんだけど。これ知ってる？」

杏の隣に並び、取り出した携帯の画面を男たちに向ける。さっき杏に転送してもらった梨梨たんの写真だ。

「なにそれ。知らねえ」

ホストが首を傾《かし》げ、三分刈りは大きく頷いた。

「俺、知ってる。ゆるキャラだろ。去年夏祭りで見た」

「そう、梨梨たん。この着ぐるみを見なかった？」

「えっ。この辺にいるの？　見つけたら、なにかもらえるとか」

「そうじゃなくて……噂《うわさ》とか聞いたことない？　欲しがってる人がいるとか」

「そんなやつ、いねえだろ。もらってどうすんの？」

ジャージのナイロンの生地をガサつかせ、デブが笑う。自分も犬を飼っているのか、ジョンを撫でる手つきは慣れている。

「売り飛ばすとか」

「ないない。着ぐるみなんて、大した金にならねえよ」

「しかも市役所かなんかのキャラでしょ？　速攻バレて捕まりそう」

テンポよく、三分刈りが補足する。指でフェイスラインの髪の先を弄《いじ》りながら、ホスト風は顔をしかめた。

「汗とかで臭そうだし。最悪。いいことなにもねえじゃん」

「ネタとして、っていうのは？　こんなしょうもないもの手に入れちゃったよ、みたいな」

言葉を選び、質問を続ける。しかし三人はブーイングの声を漏《も》らした。

「ウケ狙いってこと？　なら寒すぎでしょ」

デブが眉をしかめ、三分刈りとホストも頷く。

「狙いすぎって感じ」

「オチもねえしな」

その後も少し話を訊き、三人に礼を言ってゲームセンターを出た。続いて、杏の案内で別のたまり場のコンビニとファミリーレストランに行きヤンキー少年・少女に話を訊いたが、手がかりは得られなかった。

『金にならない』『速攻バレる』『寒い』。みんな同じことを言うのね。まあ、その通りなんだけど」

ため息をつき、和子はジャケットについたジョンの毛をつまんだ。隣の杏はノーリアクション。リードを引き、電柱の匂いを嗅いでいるジョンを急き立《せ》てている。

ひとまず落ち着ける場所に行こうと、南口のロータリーに戻って来た。

「でも、なんか醒《さ》めてるっていうか損得ばっかりっていうか。あれぐらいの年頃、とくに男子って、もっと弾けて振り切れてるもんじゃない？　面白ければいい、バカまっしぐらみたいな……時代が変わったのかなあ」

また歳のことでバカにされるかもと思いながら、ぼやかずにはいられなかった。

杏は歩道の端の鉄柵に寄りかかり、肩をすくめた。

「さあ。でも振り切れてるっていうのはわかる。男子がふざけたりじゃれたりするのって、呆れて見てたけど、ちょっと羨ましかったもん。バカなぶん、余計なこと考えてなさそうで。犬みたいな？」

「そうそう。気楽でいいよね。反対に、中学・高校時代の女子って、人間関係が濃くて気が抜けないもんね。それが楽しくもあるんだけど、疲れる」

杏は無言。しかし前を見たまま、こくりと頷いた。

まさか、杏ちゃんとガールズトークができる日がくるとは。つき合いは短く深くもないが、相手の性格が性格だけに感慨深い。高校を卒業したことで、杏の中でもなにかが一区切りついたのかもしれない。

「利《き》いた風な口を利きやがって。バカはどっちだ……でもまあ、確かに犬っぽいかもな。上手いこと言うじゃねえか」

ぼそぼそと、康雄も賛同した。杏がポケットから携帯を出して眺めた。

「これからどうすんの？　もう十一時だよ」

「思ったんだけど、公園は？　ヤンキーのたまり場になってたりしない？」

「夜はね。真っ昼間、しかも土曜日はないと思うよ」

「念のため行ってみよう。地図は持ってるから」

バッグから市川市の地図を出し、歩きだした。やる気なさげながらも、杏はついて来る。


駅周辺と青山・白金の町内に絞り、公園をピックアップした。江戸川近くの国道沿いに大きなものが一つ、他にも住宅街の中に小さな公園がいくつかあった。どこも利用者はいて、とくに国道沿いの公園はにぎわっていたが親子連ればかり。若者は、カップルと犬の散歩をしている人が少しいるだけだ。利用者に、梨梨たんまたは怪しい人物を見かけなかったか訊いてみたが、成果はなし。

「ダメか。どうしよう。振り出しに戻って、花見会場で聞き込みし直すとか」

「なんでもいいけど、お腹空《す》いた。当然、ランチ代もそっち持ちだよね?」

だるそうに首を傾け、地面にウンコ座りをした杏が和子を見上げた。傍らにはコンクリートの水飲み台。脇に手洗い用の蛇口があり、流れ落ちる水をジョンが器用に舌を動かして飲んでいる。最後に辿り着いたのは、和子の事務所近くの小さな公園だった。遊具はブランコと鉄棒、砂場しかない。

「さあ。所長に確認しないと、わかりません」

つい刺々《とげとげ》しい口調になり、杏を見返す。

「所長って、探偵事務所の? 元刑事なんでしょ。全然姿を見せないけど、どんな人なの?」

「私もよく知らないのよ。お店もあるし、探偵なんかやりたくないんだけど、大人の事情ってやつで」

内心の焦りを隠し、笑顔ではぐらかす。これまた父親譲りで、杏はカンが鋭く疑り深い。和子と亡父のつながりについても、訝しく思っている様子だ。

「おい」

康雄が口を開いた。てっきり軽率な言動に対する小言かと思いきや、こう続けた。

「この街の公園、おかしくねえか？」

「なにが？」と訊き返そうとして気づき、和子は携帯を出して杏から離れた。給水を終えたジョンは、顔を大きく左右に振った。水が飛び、かかった杏が文句を言う。

「おかしいって、なにがですか」

「駅前から青山、白金と回ったが、見かけたのは若夫婦と子ども、年寄りばかり。だが、雰囲気に違いがある。駅前のタワーマンション近くの公園は、みんなラフだが小ぎれいな格好をして、バッグと時計はブランドもの。話し方や仕草もよく言えば上品、悪く言えば気取ってる。一方青山と白金の公園は、同じラフな格好でも着古した部屋着風で、男はサンダル履きが多かった」

「そうかなあ。気のせいじゃないですか。マンションの近くは新しい公園が多いから、いる人もハイソ風に見えるだけで」

　首を傾げた和子の視線の先を、一人の若い男が横ぎっていく。寝ぐせのついた頭に、よれよれのTシャツとジャージ。腕には布団と枕を抱えている。どうするのかと見守っていると、鉄棒に歩み寄り、棒の上に布団を掛けて枕を載せた。公園の向かいにはなにかの工場があり、隣は従業員の寮なので、そこの住人かもしれない。週末の晴天ごとに布団を干しに来ているのか、手つきは慣れていて落下防止用のビニールひもまで用意している。確かにこういう人は、マンション近くの公園にはいなかった。

「一理あるかも」

「だろ？　注意力と観察力が違うんだよ。ぼや〜っと、目の前にあるものだけ見てるからダメなんだ。そもそもお前は」

「杏ちゃん。ちょっといい？」

康雄の自慢と小言を遮り、水飲み場に戻る。和子が気づいたことにして、今の話を伝える。

「ああ。それはあるかも」

聞き終えると、杏は頷いた。足元にはジョン。地面に腹をつけて座っている。

「少し前に一度、ジョンの散歩でマンションの近くの公園に行ったの。女の人のグループがいて、向こうも犬連れだったんだけど、みんなトイプードルとかチワワとか純血種。服やアクセサリーも、お金がかかってそうだった。ひそひそしながらこっちを見てるし、嫌な感じと思ってたら、トイプードルの一匹が、ジョンと遊びたがって近づこうとしたの。そうしたら飼い主のおばさんがすごい勢いで抱き上げて、『嚙《か》まれたらどうするの！』だって。『この子は嚙んだりしません』って返したらなんか言い訳してたけど、ムカついて帰ってきちゃった」

「なにそれ。ひどい。偏見丸出し。しかも超失礼」

「でしょ？　ママに話したら、『近所のおじいちゃんが別のマンション近くの公園に犬を連れて行って、同じような目に遭ったたって言ってた』って。他にも子どもと公園に行ったら、上品ぶったお母さんのグループに見下すような態度を取られたって人もいるみたい」

「うわ。最悪。何様？　みんなの公園なのに」

興奮して和子は拳を握り、杏も大きく頷いた。

「そうそう。だから犬の飼い主とか子持ちのお母さんのグループが怒って、マンションの人が青山とか白金の公園に来た時に、仕返しっぽいことをしたんだって。当然向こうもキレて、最近じゃ公園ごとにマンションと住宅街で、縄張りみたいなのができちゃってるって話だよ」

「なるほど。そういうことか」

康雄が鼻を鳴らす。

「街が再開発され、新旧の住民の間に価値観やら経済状況やらが原因のギャップが生まれて険悪になる。まあ、よくあることだ。腹を割って話し合えば丸く収まるんだが、こじれたりすると」

ふいに口をつぐむ。なにか考え込んでいる気配があり、和子はクマを見守った。

ジョンも荒く息をしながら、まっすぐにこちらを見ている。

和子が握った携帯から、大橋トリオの「Bing Bang」の着メロが流れだした。

「もしもし」

「和子ちゃん？　菊田だけど。どう？　梨梨たんは見つかった？」

「いえ。いろいろ調べてはいるんですけど。そちらでなにか情報はないですか」

「う～ん、それがねえ。さりげなく話を訊いたりはしてるんだけど」

甲高い声の向こうから、笑い声と音楽が聞こえる。昼時になり、花見会も盛り上がっているのだろう。気がつけば、菊田も微妙に呂律《ろれつ》が回っていない。

「ちょうどいい。菊田さんに、マンションの住人とのトラブルについて聞いてみろ」

受話口からの音声に、康雄の声が重なる。クマに小さく頷き、和子は問いかけた。

「白金や青山の住民と南口のタワーマンションの人たちって、なにかトラブってたりします？　犬の散歩とか、子どもの遊び場とか噂を聞いたんですけど」

「ああ、それね。もめてるのは奥さん方で、『マンションの人たちは気取ってる』とか、向こうは向こうで、『白金と青山の子はうるさくて乱暴だとか』」

「やっぱり。本当だったんですね」

康雄に対しての言葉だったが、菊田はカン違いして捲し立てた。

「そうそう。こっちが『地元の行事や活動に無関心』って責めると、向こうは『スーパーや商店の自転車と車の停め方がひどい』ってケチをつける。一つ一つは大したことじゃないし、警察に相談するほどでもないから、困っちゃうんだよね」

眉を寄せ、口を突き出し気味に喋る姿が目に浮かぶ。

「一つのデカいトラブルより、細々《こまごま》とした問題の積み重ねの方が、恨み辛みは募るもんだ……よし。この事件《ヤマ》、見えてきたぞ」

低く重い声で康雄が言い、和子も頷く。

「ですね」

「えっ、なに？　和子ちゃん、なんか言った？」

よく回らなくなってきた舌で問いかけ、菊田はゲップをした。

3

通りを青い車が近づいて来た。乗っているのは三十代半ばぐらいの男女と、小さな男の子が二人。ウィンカーを点滅させ、車は和子たちの前で左折して脇道に入った。急な下り坂で、地下の駐車場へと通じている。上にそびえるのは、四十五階建てのタワーマンションだ。

「よし、行け」

バッグの中から康雄の指示が飛んだ。和子は杏に声をかけ、通りを渡った。

坂を下り、停まっている車の脇に立った。前には格子状のシャッターが降りている。運転席の男が、シャッターにリモコンを向けながら和子たちを見た。

「こんにちは」

胡散臭《うさんくさ》くならない程度に笑い、会釈をした。揺すり上げるふりで、右手の肘《ひじ》にかけた近くのスーパーマーケットのレジ袋を男に見せる。後ろの杏は、和子のジャケットでくるんだジョンを抱いている。男と助手席の女が、怪訝そうに会釈を返した。後部座席では、幼稚園児と思しき男の子たちが騒いでいる。

モーター音とともに、シャッターが上がった。車が動くのを待って、和子たちも歩きだす。坂を下りきったところに駐車場の出入口があり、壁には白い箱状のケースに入った防犯カメラが取り付けられている。

「ホントに大丈夫なの？」

杏が囁いてきた。ジョンの荒い息づかいも聞こえる。歩を緩め、和子は杏と並んだ。

「こっちが当たり前って顔をしていれば、案外平気なものよ。きょろきょろしたり、防犯カメラを意識しちゃダメ。私たちは、このマンションに住む姉妹なの。買い込んだ食材で、これから両親とバーベキューに行く。運転係のパパを、駐車場で待ってるところよ」

「ダサい設定。親とバーベキューとかあり得ないし。そもそも、誰が見ても姉妹じゃないじゃん」

「悪かったわね」

そのダサい設定を考えたのは、杏ちゃんのパパよ。心の中で付け足して、和子は駐車場に入った。

菊田との電話を切った後、康雄の指示に従って市川駅南口に戻った。梨梨たんの盗難がタワーマンションと白金・青山の住民トラブルに関係していると踏み、マンション内を調べることにしたのだ。

駐車場は四方を灰色のコンクリートで囲まれた、広く無機質な空間だった。天井の蛍光灯が眩《まぶ》しいほど明るい。並行して走る通路の両側に、白いラインで区切られた駐車スペースが並んでいる。休日のせいか、空きスペースも多い。壁際の一角で、さっきの車が車庫入れをしていた。他にも数人が車に乗り込んだり、荷物を出し入れしたりしている。

「右側の奥、白いミニバン。お前らの家の車だと想定しろ」

康雄が言い、和子は通路の前方に視線を巡らせた。杏の半歩前を進み、ミニバンに歩み寄る。

「駐車スペースのラインの中に入らず、通路に立て。もしミニバンの持ち主が現れても、疑われずにすむ」

続く指示に、和子は小さく頷いて応えた。ミニバンの前で足を止め、車体から間隔を空けて床にレジ袋を下ろした。杏も立ち止まったが、ジョンをあやしながらきょろきょろしている。

「お腹が空いたでしょ？　ごめんね。取りあえずこれを飲んで」

レジ袋からペットボトルのジュースを取り出し、杏に渡した。袋の中には、他に肉と野菜、焼肉のタレ、ソース、焼きそばの麵《めん》などが入っている。

ボトルは受け取ったが、杏は依然不安そうだ。和子は通路の真ん中に進みでた。

「パパったら、遅いわねえ。愛用のFukusukeのパッチが見つからないのかも。今ごろママが必死に探してるわ」

表情と身振りを交え、極力わざとらしく言う。

「なにその小芝居《こしばい》。てか『Fukusukeのパッチ』って、うちのパパ？　やめてよ、思い出しちゃう。休みっていうと、パッチに変な肌色のシャツ着てうろうろしてた。しかも、その格好のまま庭に出て草むしりとかしちゃうの。オヤジ通り越して変態じゃん。警察に通報されたらどうしてくれんの、って話だよね」

杏がわめく。言いたい放題だが落ち着きは取り戻したようで、ボトルを開けてジュースを飲んだ。和子の頭に、康雄のわめき声が響く。

「おいこら。父親に向かって変態とはなんだ。パッチのどこが悪い。それに『変な肌色のシャツ』じゃない。あれはラクダといって、昭和の日本を代表する防寒肌着だぞ」

「なんだかんだ言って、探偵の仕事が楽しいみたいじゃん。天職ってやつ？」

ボトルのキャップを閉め、杏が和子を見た。

「やめてよ。私の天職はカフェオーナー。これは修業っていうか、準備っていうか」

「ふうん」

相づちに小バカにするようなニュアンスが滲《にじ》む。ムッときて、和子はこう付け足した。

「でも、楽しくはないけどやり甲斐はあるかな」

「なにそれ」

「上手く説明できないなあ。実際に社会に出て働かないとね。まあ、杏ちゃんにもそのうちにわかるんじゃない？」

「別にわかりたくもないけど」

ああ言えばこう言うで相変わらずかわいげの欠片《かけら》もないが、肉付きのいい背中は心なしか寂しげだ。

大人げなかったかも。和子の胸に後悔と焦りが湧く。

「杏ちゃんはどう？　志望校はもう決めたの？」

「別に。てか、予備校辞めようかと思って。勉強なんか嫌いだし、どうせバカ大学しか入れないし。それに、やりたいこともない。お金のムダじゃん。パパが死んで、うちは貧乏なんだよ」

「バカ。余計な心配するな。お前の学費と嫁入り資金ぐらい、俺がちゃんと遺《のこ》した。保険金や警察の恩給もあるし、女房と二人で食っていくぶんには支障ないはずだ……和子、言ってやれ」

「無理ですよ。そんな生々しい話、どう伝えろって言うんですか」

バッグを探るふりで頭を低くして、クマに囁く。それでも、なにか言葉をかけてやらなくてはと心がはやる。

「杏ちゃん。やりたいことって、空から降ってこないよ」

とっさに口をついて出たのがこれだった。きょとんとして、杏が見返す。

「私は夢は昔からあったけど、バイトが続かなかったり、事件に巻き込まれて人の嫌な面とか汚い面を見せられたりして、全然上手くいかなかった。そんなとき支えになったのが、かわいい服やほっこりする雑貨たち。ただ好きなだけじゃなく、『自分にはこれだ』って思った。つまずいたり遠回りしたからこそ、絶対ゆるがない自信がついたの」

一気に喋り、息をついた。杏も康雄も無言だが、視線を感じる。

「もう少しがんばってみたら？　与えられた目の前のことを無我夢中でやるのも、人とつながったり向き合ったりすることだと思うよ」

「それ、前にも聞いた。パパの事件が終わって、私にトゥ・シューズを渡しに来た時」

「そうそう。覚えててくれたんだ」

「まあ、そこまで言うなら続けてあげてもいいけど。てか和子さん、同じこと何度も言うとか、おばさん通り越してババア？　ボケが始まってるんじゃないの」

居丈高《いたけだか》だが照れ臭そうに捲し立て、杏は二重顎を上げた。ほっとして、和子も言い返す。

「それはあんまりなんじゃない？　パパが生きてたら……康雄さん、なにかひとこと」

後半は声を潜《ひそ》めて言い、クマを見下ろした時、タイヤの軋《きし》む音がした。大きな黒いワンボックスカーが通路を近づいて来る。見守っていると、ミニバンの二つ手前のスペースに停車した。運転席から降りてきたのは、小柄で痩《や》せた中年女。まんべんなく日焼けして、カットソーにジーンズとラフな服装だが、サングラスの蔓《つる》の付け根には大きなシャネルマークがついている。

車の脇を抜けて後ろに回りながら、女は周囲を窺った。慌てて目をそらし、和子は腕時計を覗いて大きめの声で言った。

「パパ、遅すぎ。いつまで待たせるの」

「ホントホント。お腹ぺこぺこだよ」

調子を合わせ、杏も声を上げた。

女がワンボックスカーのトランクを開ける気配があった。そっと振り向くと、車内に身を乗り出している。和子の肩越しに女を見ていた杏が、目を見開いた。

「あの人、デカい箱を持ってるよ」

確かに女は、一抱えほどもある段ボール箱をトランクから下ろしている。続けて、黒く大きなバッグらしきものを取り出す。

「臭うな」

康雄が呟き、和子は頷いた。

女はトランクのドアを閉め、歩きだした。ガラガラと耳障りな音が響く。ワンボックスカーの脇を抜けて通路に出て来た女は、台車を押していた。上には段ボール箱と大きく膨らんだ黒いバッグ。バッグはもう一つあり、女が肩に掛けている。

女は和子たちの方に向かって来る。目配せをすると、杏は小さく頷いた。

「一度家に戻ろうか」

「そうだね。そうしよう」

「じゃあ行こうか……こんにちは」

やり取りをしながら、脇を通る女に声をかける。女は無言。しかしベージュのグロスで彩られた唇の端を上げ、和子に会釈を返した。シワは目立つが奥目で鼻が高く、ごついデザインのサングラスが似合っている。少し間を空け、和子たちも歩きだした。通路の突き当たりには、地下のエントランスがある。

ドアの前まで行き、女は体に斜めがけにしたポシェットを探った。カードキーを取り出し、壁のパネルにかざす。電子音がして、ドアが開いた。

台車を押す女に続き、エントランスからエレベーターホールに進んだ。エレベーターを待つ間、女の荷物を観察する。段ボール箱は古びていて蓋《ふた》はガムテープで閉じられ、文字などは書かれていない。バッグは口がファスナーのナイロン製。二つとも、似たような丸みを帯びた形に膨らんでいる。女の動きからして、あまり重くなさそうだ。

杏が囁いてきた。腕にジョンを抱き、片手でジュースのボトルをつかんでいる。ジャケットの隙間から、ジョンの黒くつぶらな目が見えた。

「どうする？」

「まずは、何階の何号室に入るかを確認して」

囁き返したとたん、康雄が言った。

「ダメだ。時間がない。エレベーターの中で白黒つけろ」

白黒って、オセロゲームじゃないんだから。もしカン違いだったらどうするんですか。心の中で抗議して、クマを見下ろす。

「大丈夫だ。この女、なにかある。刑事《デカ》のカンだ」

出た、思い込みフレーズ「刑事のカン」。和子が突っ込むのと同時にエレベーターが到着し、ドアが開いた。

「何階ですか？」

先に乗り込んだ女が訊ねた。ドア脇の操作パネルの前に立ち、深紅のマニキュアが塗られた指を各フロアの番号がふられたボタンに伸ばしている。和子は背のびしてパネルを覗いた。女は二十二階のボタンを押したらしく、ランプが点灯している。

「同じ階は疑われる。一つ上を言え」

早口で、康雄の指示が飛ぶ。

「に、二十三階をお願いします」

裏返り気味の声で告げると「23」のボタンにもランプが灯《とも》り、エレベーターは動きだした。一階で誰か乗ってくるかと思ったが、停まることなく上昇する。最新型なのか高速で、すぐに二十二階に着いてしまいそうだ。

「なにか話せ。荷物を検《あらた》めるきっかけをつくるんだ」

なにかってなによ。突っ込みと文句は浮かぶのに、策は浮かばない。業《ごう》を煮やしたのか、杏が口を開いた。

「荷物、大変ですね」

「ええ」

申し訳程度に顔をこちらに向け、女が頷いた。子どものように細く薄い肩から、警戒のオーラが漂う。

「ひょっとして、フリーマーケットに出したんですか？　今日、駅前のスーパーの屋上でやってるんですよね」

「いえ。そうじゃないんですけど」

「フリマ、私たちも行きたかったんですよ。でも、この子が一緒だから」

満を持して、といった様子で杏は腕を前に出してジョンの頭からジャケットを外

した。つられて振り向いた女を、口からピンクの舌を覗かせたジョンが見上げる。しかし女は、

「ああ」

　とそっけなく言い、背中を向けた。

　ジョンを抱き寄せ、杏は首を横に振って見せた。ヤンキーに使った手は通じなかったようだ。パネル上部の液晶画面に表示されたエレベーターの現在地は、八階。九、十、十一……どんどん二十二階に近づいていく。

「落ち着け。頭の中にあるものは一旦全部捨てろ。もともと空っぽのスカスカなんだから、簡単だろう」

「うるさい」

　苛立《いらだ》ち、つい声に出して言いクマを睨む。

「えっ？」

　杏が身を乗り出してきた。その拍子に、ボトルの先が和子の腕に当たる。ぱっ、と頭の中に小さなスパークが起きた。これだ。やるしかない。

　レジ袋を床に置き、杏の手からボトルを取った。キャップを開け、飲むふりをしながら口を前に傾けてボトルを振る。飛び出したジュースが小さな音を立て、女の肩のバッグにかかった。

「やだ！　ごめんなさ〜い」

女が振り向くより早く声を上げ、バッグに触れる。手応えは柔らかく滑らか。胸が鳴り、視線で康雄に伝えようとした刹那《せつな》、女がバッグを引き寄せた。

「大丈夫です」

「でも、早く拭かないとシミになるかも。中まで滲《し》みちゃってそうだし、開けて確かめた方がいいですよ」

「いいから。触らないで」

バッグを抱え、女は逃げるようにドアの前にずれた。台車の前が空き、すかさず和子は進み出た。エレベーターは十六階を通過中だ。

「ホントすみません。確かここにウェットティッシュが」

片手でバッグを探りながら、もう片方の手でボトルを傾け、台車の上のバッグにもジュースをこぼす。

「うそ〜！　あり得な〜い。ホントごめんなさい」

アホっぽくわめきながらも手を猛スピードで動かし、バッグを抱え上げる。軽く、手応えはさっきのバッグと同じだ。

「やめて！」

女が伸ばしてきた手を避け、和子は後ろの壁際にさがった。ボトルを杏に押しつけ、バッグを抱え込んでファスナーを開ける。

中を覗いたとたん、きつい臭いが鼻をついた。目に飛び込んで来たのは、茶色の毛。人工の生地ではなく、本物の動物のものだ。同時に、アーモンド型の小さな目と視線がぶつかる。

悲鳴を上げ、バッグを放り出した。バッグはどさりと床に落ち、口から毛に覆われた細長い物体が大量に飛び出した。物体の先端には、三角形の小さな耳と丸い目、細く尖った鼻がある。反対側の端には、二本の脚とふさふさの尻尾《しっぽ》もついていた。

死体。虐待。変態。特大サイズのキーワードが、続けて頭の中に飛び出した。パニックを起こし、杏の腕にしがみついてさらに叫ぶ。康雄がなにか言っているが、耳に入らない。

興奮してジョンが吠《ほ》えた。床の物体からは、強い獣臭《けものしゅう》が立ちのぼっている。

「ちょっと、落ち着いて」

頭上で杏の声がした。和子は目をきつく閉じ、首を横に振った。

「大丈夫だってば。ほら、よく見て」

肩を連打され、恐る恐る目を開けて振り向く。

床にかがみ込んだ女が、ジョンに吠えられながら物体をかきあつめている。顔や尻尾の形状からして、キツネのようだ。いくつかは裏返しになり、顎から腹にかけての白い毛が露《あら》わになっている。しかしよく見ると、目はガラスの義眼で、顎の下には留め金具らしき棒状のプレートが取り付けられていた。

「あれ。これって」

「毛皮のマフラー。頭とか尻尾のついたやつ、あるでしょ。うちのママも持ってるよ。流行とか動物愛護とか、今どきどうなの？　って話だけど」

最後のひとことは非難がましく言い、杏はジョンの背中を撫でて落ち着かせた。マフラーをバッグに押し込む手を止め、女が顔を上げた。

「大きなお世話よ。あんたたち、なんなの？」

レンズで下半分が隠れた眉が吊り上がる。混乱して、和子は身を乗り出した。

「それを訊きたいのはこっちで……ひょっとして、毛皮の業者さん？　じゃあ、そっちのバッグと箱も中身は毛皮？」

「そうよ……わかった。管理会社か不動産業者の社員でしょ。証拠をつかんで、退去させようっていうの？」

「証拠？　なんの？」

訊き返すと、康雄が鼻を鳴らした。

「この女、部屋を事務所か倉庫に使ってるな。だが、このマンションは管理規約で建物内での営利活動を禁止しているんだろう。ルール違反で、バレりゃ追い出される。こそこそする訳だ」

「なるほど……私たちは管理会社でも不動産業者でもないし、退去させようとも思ってません。探し物をしてて、カン違いしちゃったっていうか。逆にすみません」

今度はぽかんとして、女はサングラスを外した。現れた目は思いのほか小さい。

「この着ぐるみを知りませんか？」

和子が突き出した携帯の画面を、女は口を半開きにしたまま見た。

「知らない」

「じゃあ、ここと近所の住民のトラブルについてなにか聞いてませんか？」

女が首を横に振るのと同時にチャイムが鳴り、エレベーターは二十二階に到着した。我に返ったように、女は残りのマフラーをバッグにしまって立ち上がった。台車を押し、開いたドアから逃げるようにエレベーターを降りて行く。和子はドアの前に進み出た。

「誰にも言いませんから、私たちのことも内密に。あとこれ、カン違いのお詫《わ》びです」

早口で告げ、レジ袋を二十二階の廊下に置いた。女は再びぽかんとして、なにか言おうとした。チャイムが鳴り、ドアがするすると閉まる。エレベーターは上昇を再開した。

「なによ、もう」

脱力し、和子はうなだれた。エレベーターの中はまだわずかに獣臭い。杏が呆れて見る。

「それはこっちの台詞《せりふ》。パニクって大騒ぎしてバカみたい」

「仕方がないでしょ。焦ってたし、どこかの誰かさんが煽《あお》るから」

「責任転嫁はやめろ。俺は『なにかある』とは言ったが、犯人だとは言ってねえぞ。しかしまあ、俺のカンも衰えちゃいねえってことだな。まだまだいけるぞ」

康雄の自慢話が始まったところで、二十三階に着いた。

開いたドアの向こうには、三十代前半と思しき女が三人。みんな子連れだ。薄化粧で格好もカジュアルだが、肩にかけたバッグは揃ってブランドものだ。

「どうぞ。ボタンを押し間違えちゃって」

降りようとしない和子と杏を怪訝そうに見る女たちに告げ、「開」のボタンを押した。取りあえず下に戻ろうと、和子は「Ｅ《エントランス》」のボタンを押した。女たちが乗り込んで来る。

「何階ですか？」

「私たちも同じです」

一人が答えた。縁なしのメガネをかけ、二歳ぐらいの女の子を抱いている。ドアが閉まり、エレベーターは下降を始めた。

「あっ。ママ、ワンちゃん」

五歳ぐらいの男の子がジョンに気づき、目を輝かせて女の一人を振り返った。しかしチュニックにレギンス姿の女は硬い表情で、男の子の手を取って引き寄せた。他の二人となにやら目配せをし合っている。

「ペットを乗せていいエレベーターは、こっちじゃないですよ」

一人が言った。体に斜めがけにしたスリングで、赤ちゃんを抱いている。言葉は柔らかいが、眼差《まなざ》しは刺々しい。チュニックとメガネも、こちらをじろじろと見る。

「すみません、知らなくて」

頭を下げ、和子は最寄りのフロアのボタンを押そうとした。

「『ペット』じゃなく、『血統書のない犬』の間違いなんじゃないの」

ぎょっとして振り向くと、杏が好戦的な目で女たちを見返している。和子がフォローする間もなく、メガネの女が応戦した。

「なんですか、それ。誰もそんなこと言ってないでしょ」

またもやチャイムが鳴った。全員がパネルの液晶画面に目を向ける。十九階。開いたドアから乗り込んで来たのは、五歳ぐらいの女の子と小学校三、四年生の男の子だ。

「あっ、莉央《りお》ちゃん。どこに行くの？」

さっきの男の子が、女の子に声をかけた。艶《つや》のいい長い髪をツインテールに結っている。

「翼《つばさ》くん。一緒に行こうよ。あのね、梨梨たんが――」

「しっ」

興奮気味に話しだした莉央という らしい女の子を、男の子がたしなめる。鼻の形がそっくりなので、兄妹かもしれない。はやる気持ちを抑え、和子は訊ねた。

「いま梨梨たんって言った？」

「ううん。言わない」

ツインテールを揺らし、莉央が首を横に振る。

「言ったでしょ？　梨梨たんって、ゆるキャラのことよね」

さらに問いかけ、携帯の画像を見せようとした和子に康雄の指示が飛ぶ。

「やめろ。下に着くまで待て」

ごもっとも。和子は携帯をしまった。女たちの非難と不審の視線を感じる。負けじと、杏が睨み返す。ジョンも低く唸《うな》った。

張りつめた空気と沈黙が流れる中、エレベーターは下降した。エントランスに到着する間際、和子は携帯電話を覗いた。菊田から何度か電話があったようだ。時刻は午後一時を過ぎている。

チャイムが鳴り、ドアが開いた。真っ先にホールに飛び出したのは莉央と兄。慌てて、和子が追いかける。

「待って」

しかし二人とも振り向きもせずに通路を走り、突き当たりの角を曲がった。

「一緒に行く！」

はしゃいだ声を上げ、翼と呼ばれていた男の子が和子の脇を走り抜けた。

「待ちなさい」

慌ててチュニックの女が駆けだし、他の二人も子どもを抱えて後を追う。

ガラスのドアからエントランスに出た。吹き抜けの広い空間で、来客用のソファセットがいくつか置かれ、脇にはポストが並んだメールルームが見える。正面の大きなドアの脇にはコンシェルジュデスクがあり、制服を着た女が出入りする人に笑顔で挨拶している。しかし、子どもたちの姿はない。

靴音を響かせ、チュニックの女はエントランスを抜けて外に出た。メガネとスリングの女、和子たちも続いた。

眼前に、広くまっすぐに延びるウッドデッキが現れた。駅入口のアーケードの屋上を利用したもので、花壇やベンチが置かれ、並行してＪＲの線路が走っている。

「翼、どこ⁉」

切羽詰まった様子で左右を見回しながら走るチュニックの女に、通行人が振り返る。メガネとスリングも、戸惑い気味について行く。続く和子も周囲を窺ったが、子どもたちはいない。

「止まれ。女たちに続くふりで、物陰に隠れるんだ」

康雄が命じる。意図は読めなかったが、杏を促し若者のグループとすれ違い様にその後ろを抜け、道端のベンチに向かう。裏に回り、背もたれの脇から遊歩道を覗いた。ベンチに座った高校生のカップルが、気味悪そうに振り向く。

「デッキじゃねえ。マンションの出入口だ」

言われた通り、和子は視線をいま出て来たばかりのガラスのドアに向けた。

「子どもを追いかけなくていいの？」

杏が後ろから覗き込んできた。ジャケットを外されたらしいジョンの息が、和子の首筋にかかる。

振り向いて説明しようとした時、視界の端を見覚えのあるツインテールがかすめた。莉央とその兄、翼がドアから出てくる。杏がわめいた。

「なにあれ。メールルームかどこかに隠れてたってこと？　これだから最近のガキは」

「お前が言うな」

和子の頭に浮かんだのと、まったく同じことを康雄が言う。子どもたちは小走りでデッキを進み、和子たちの前を通過した。

「よし、尾行だ。子どもはカンがいいから、気づかれるなよ」

バッグのクマに頷き、和子は立ち上がった。

子どもたちは、デッキの中ほどにあるエスカレーターで地上に降りた。ロータリーでは、女たちが翼を捜して右往左往している。しかし子どもたちは通行人やバス停の陰に隠れて進み、ロータリーから前を走る通りに脱出した。

しばらく歩き、子どもたちは脇道に入った。急に道幅が狭くなり、人通りも途絶える。左右には、鉄のフェンスで囲まれた工事現場と空き地が並んでいる。脇道などはない様子で、突き当たりは行き止まりだ。和子たちは電柱の陰に隠れ、子どもたちを見守った。

「このへんは小さい工場と倉庫街だったんだけど、再開発でマンションとスーパーが建つらしいよ」

ジョンを地面に下ろしながら杏が説明してくれた。ジョンはやれやれという様子で伸びをして、体を振っている。

「莉央ちゃんって子、さっきはっきり『梨梨たん』って言ったわよね。翼くんとかいう子を『一緒に行こう』って誘ってたけど、花見会のショーのことかしら」

「なら、方向が逆でしょ。それに花見会なんて、マンションのママたちが許さないわよ。青山や白金の奥さんだって、お断りだろうし」

「じゃあ、どこに行くの？　実はもう一体着ぐるみがあるとか？　でも、なんでこんな寂しい場所に」

「落ち着け。先走るな……そういや、前にどこかで事件があったな。男が動物の着ぐるみで若い女や子どもの気を引き、物陰に連れ込んでわいせつな行為を」

「ちょっと、やめて下さいよ」

呟きながら巡らせた視線が、向かいの工事現場のフェンスで止まった。看板が貼られ、「チカンに注意‼」と太く大きな文字が並んでいる。

「あっ。子どもたちが道を曲がった」

杏が言い、ジョンのリードを持って歩きだした。和子も電柱の陰から出る。

少し進むと、子どもの声が聞こえてきた。前方に空き地があるようだ。和子たちは隣接する工事現場のフェンスに身を寄せ、様子を窺った。

雑草が生え放題のがらんとしたスペースの手前に、子どもが集まっていた。幼稚園児から小学校の高学年まで、二十人近い。みんなマンションの住人だろうか。莉央とその兄、翼もいた。そして、その真ん中には着ぐるみ。黒いヘタつきの薄茶の丸い頭にメイド風の黒いワンピース、その上に白いフリルのエプロンをしめている。

「よし」

「えっ、なんで⁉」

康雄の呟きと、和子の声が重なる。ジョンが足元をうろつきだした。

フェンスの端から首を突き出し、和子は目をこらした。その肩越しに杏も前方を窺う。

梨梨たんは子どもたちの輪の中で、手を振ったりワンピースのスカートの裾をつまんでお辞儀をしたりしてポーズを取っている。その度に子どもたちは笑い、声を上げた。

「梨梨たん、大好き！」

一人が梨梨たんの腰に抱きついた。小学校一年生ぐらいの女の子だ。Tシャツにデニムのスカートを穿《は》いて、長い髪を頭の後ろで二つに結んでいる。

梨梨たんは「びっくり」という風に、薄茶の起毛素材の手袋をはめた手を顔の横に広げて見せた。どっと子どもたちが沸き、梨梨たんは女の子の頭を撫でた。女の子は目を輝かせてなにか言い、さらに強く抱きついた。梨梨たんはこくこくと頷き、片手で頭を撫で、もう片方の手で女の子の腕をつかんだ。感触を確かめるように、茶色の手袋の手が細く白い二の腕の上を動く。

「わいせつな行為」「チカンに注意！」、和子の脳裡《のうり》に康雄の言葉と看板の文字が浮かび、胸には嫌悪感と恐怖、怒りが広がった。杏も同じらしく、リードをきつく握って呟いた。

「キモすぎ。泥棒な上に変態じゃん」

「うん。かわいいものをかわいいと思う気持ちを利用して悪さしようなんて、許せない。ある意味、私の天敵だわ」

和子も拳《こぶし》を握る。怒りが闘志に変わり、全身にみなぎっていく。杏とジョンが一緒なので、かなり強気だ。

「どうする？　こうなったら、警察を呼んじゃう？　その前に一発殴りたいけど」

杏がぼきぼきと太い指を鳴らす。頭を低くして、ジョンも唸りだした。

「一発といわず、二、三発。ジョンもやる気になってるし」

「おい、目つきがヤンキーになってるぞ。俺が更生させた暴走族のメンバーにそっくりだ。そうカッカするな。それにあの着ぐるみ、ちょっと変だぞ。いたずら目的にしては、動きが硬いっていうか遠慮してるっていうか。体のバランスもおかしいし」

言われて、改めて梨梨たんを見た。確かに脚と腕の部分の布地が不自然にたるみ、頭も少し横にずれている。中に入っている人間に対して、サイズが大きすぎるようだ。

「なにブツブツ言ってんのよ。さっさと捕まえて締め上げようよ」

「待てって。とにかく、菊田さんに連絡しろ」

康雄が言い、和子は杏の腕をつかんだ。

「待って。報告が先」

携帯を出し、電源を入れる。とたんに、大橋トリオの着メロが流れだした。驚いて、空き地の子どもたちがこちらを見る。ワンテンポ遅れ、梨梨たんも振り向いた。

「ヤバい!」

真っ先に動いたのは、莉央の兄だった。妹の手を引いて輪を離れる。和子たちを、マンションの住人だと思っているのか。翼が二人に駆け寄り、他の子どもたちも騒ぎだした。すると梨梨たんがデニムスカートの女の子を引きはがし、子どもたちを押しのけて空き地を出ようとした。他に出口はなく、こちらに向かって走りだす。

「逃がすか！」

リードを捨て、杏は空き地の入り口の真ん中に立って両腕を広げた。加勢しようとした和子の耳に、

「梨梨たん、待って！」

という声が届く。デニムスカートの女の子が、追いかけようとする。

「来ないで！　危ない」

しかし女の子は止まらず、つられて数人の子どもも脇道に出ようとした。

「やめろ。ここで暴れると、子どもたちも巻き込む怖れがある」

康雄の声を聞きながら、和子が叫んだ。

「杏ちゃん。ダメ！」

はっとしてこちらを見た杏を突き飛ばし、梨梨たんが駆け抜けていった。ウレタンの大きな靴もサイズが合っていないらしく、走りにくそうだ。体も左右に揺れているが、動きは驚くほど俊敏だ。

「行かないで！」

すがりつくように叫び、デニムスカートの女の子が梨梨たんを追う。

「なになに、どうしたの？」

「俺も行く！」

ふざけながら、他の子どもたちも続く。莉央と兄、翼も一緒だ。

「和子さん、どうすんのよ」

「追いかけて、安全なところで捕まえよう」

子どもたちの後ろにつき、和子と杏も走りだす。鳴り続けている携帯を耳に当てた。

「はい」

「和子ちゃん⁉ どうなってんの、何度も電話したんだから。もう一時四十分だよ。梨梨たんは？」

甲高い声をさらに高くして、菊田が騒ぐ。

「見つけました。いま追いかけてます……杏ちゃん、まず子どもたちを止めて。康雄さん、ジョンに梨梨たんを捕まえさせて」

ジョンはリードを引きずりながら、子どもたちの横を走っている。先頭を行く梨梨たんは不安定な走行フォームながら、立ち止まったり転んだりする様子はない。

「ホント⁉ 今どこ？ 康雄さんって誰？」

菊田の問いかけに、康雄の指示が重なる。

「ダメだ。捕まえても、ああだこうだやってるうちに二時になっちまう」

「じゃあどうするんですか」

送話口を押さえ、ランニングで震える声で訊ねる。一瞬の間があり、康雄は答えた。

「仕方がねえ。かくなる上は……おい、ジョン！　戻ってこい」

低く太いのによく通る声が響き、和子の耳がきん、となる。ジョンはすぐに身を翻し、戻ってきた。足を止めず、和子はバッグからクマを出した。

「いいか。梨梨たんにうんと吠えてやれ。牙《きば》も見せろ。ただし、噛むな。追い立てて、河川敷に連れて行くんだ。大至急だぞ」

わん。短く嬉しげに、ジョンが応えた。和子が鼻先に突き出したクマを見上げ、ちぎれんばかりに尻尾を振っている。

「そうか。ナイスアイデア」

「感心してる場合か。さっさとジョンのリードを外せ。菊田さんにも話して、花見会場の手前で待機してもらえ。挟み撃ちにするんだ」

「了解」

一旦立ち止まってリードを外すと、ジョンは走り出した。それを杏が呆然《ぼうぜん》と見送る。

追跡を再開しながら菊田に作戦を伝え、電話を切った。梨梨たんは、脇道から通りに出ようとしている。河川敷とは反対方向に曲がろうとしたが、追いついたジョンに吠えられ、やむなく駅方向に向かう。ジョンに怯《おび》えたのか、子どもたちの半分は追跡をやめたが、デニムスカートの女の子と莉央と兄、翼、そのほか五、六人はついて行く。遅れること約五メートル、和子と杏も通りに出た。

走る梨梨たんに驚き、行き交う人は道を空けた。イベントかなにかとカン違いしたのか、笑ったり携帯で写真を撮る人もいる。

「おい、なにをトロトロ走ってんだ。早く梨梨たんに追いつけ。誰かに止められたらお終《しま》いだぞ」

康雄がじれてわめく。荒く息をしながら、和子は返した。

「無理。日ごろの運動不足がたたって……杏ちゃん。構わず先に行って」

「こっちも無理。ランチ抜きだし。てか、これで時給千円とか割に合わなさすぎ」

杏の足取りも重いが、減らず口を叩く元気はあるようだ。

ほどなくして、梨梨たんはロータリーに差しかかった。

「翼⁉」

歩道の奥にチュニックの女がいた。顔は青ざめ、引きつっている。メガネとスリング、翼を捜す応援に呼んだのか、他に二、三人の男女がいた。

「ヤバい！」

莉央の兄の口調を真似て、翼が言った。ダッシュで近づいて来るチュニックの女から逃れるように、子どもたちの列の端に移動する。

「ジョン、梨梨たんを誘導しろ!」

また康雄が叫び、耳鳴りもしたが、和子は梨梨たんたちについて行くだけで精一杯だ。脚は重く、背中と首筋、鼻の下に汗が噴き出す。

わん。前方でジョンが鳴いた。しかし梨梨たんは自ら方向転換し、通りを反対側に渡った。接近していた車が、急ブレーキをかける。なにが嬉しいのか歓声を上げ、子どもたちもばたばたと通りを横断した。車が動きだす前にとピッチを上げ、和子と杏も続く。

通りの反対側には雑居ビルとマンションが並び、細い道がいくつか通っている。その一つに、梨梨たんは飛び込んだ。子どもたちと和子と杏も倣い、少し遅れてチュニックの女も翼の名を呼びながら追跡に加わった。子連れのメガネとスリングは脱落したようだが、代わりに翼捜索の応援に呼ばれたらしい男女がついてきた。

「止まりなさい!」

応援隊の一人の中年男が和子たちを追い抜き、子どもたちに近づこうとした。左胸にブランドロゴが大きくプリントされたラルフローレンのポロシャツを、襟《えり》を立てて着ている。

しかし車道を走るトラックに激しくクラクションを鳴らされ、男はペースダウンを余儀なくされた。道は狭く、通行人は少ないが車は多い。応援隊の女が、後ろから和子に事情説明を求めてきたが、苦しい上になにをどう話していいのかわからず、「大丈夫です」「もうちょっとなので」としか答えられなかった。

少し進むと、傍らに並ぶのは小さな工場と倉庫になった。ここもいずれはマンションに変わるのか。かろうじて取り出したタオルハンカチで顔の汗を押さえ、和子はぼんやりと思った。杏も汗だくになり、文句らしき言葉を呟きながら追跡を続けている。

次第に、梨梨たんの走行ペースが落ちてきた。振り向き、メッシュになっている口の部分から後ろを窺う。着ぐるみ内の暑さは相当なものだろう。しかし追いかけてくる面々とジョンを恐れてか、止まろうとはしない。

「そうだ、行け。ラスト二百メートル。お前ならできる!」

クマを投げ捨てたい衝動にかられるほど、康雄がうるさい。和子に発破《はっぱ》をかけているのかと思いきや、梨梨たんを励ましているらしい。

似たようなかけ声をどこかで聞いた……わかった。毎年お正月にお父さんがテレビで見てる、大学の駅伝だ。伴走車に乗ったコーチが、選手にこんな声をかけてた。またもや、ぼんやり思う。

突き当たりに、緑の大きな壁が見えてきた。江戸川の土手だ。

「杏ちゃん、もうちょっとよ」

「わかってる」

言い合いながら、最後の力を振り絞る。

また康雄が指令を飛ばし、ジョンは梨梨たんのふくらはぎを甘嚙みした。よろめきながら飛び上がり、梨梨たんは走行ペースを上げた。中の人間も体力の限界らしく、前のめりになって脚も上手く動いていない。和子たちの後ろの面々も苦しそうだ。そんな中、子どもたちだけが疲れを見せず、わめいたり喋ったりしながら走り続けている。

「和子ちゃん！」

呼ばれて目をこらすと、梨梨たんの肩越しに懐かしい顔が見えた。

「菊田さん！」

土手をバックに、青いブルゾン姿の菊田が手を振る。隣には、町内会のテントで会った人たちもいる。安堵《あんど》して、和子は走行ペースを落とした。

「この野郎！」

拳を振り上げ、菊田が梨梨たんに向かって走りだした。二人の間の距離は五十メートルほどある。

菊田さん、ちょっとスタートが早すぎるんじゃ。不安が胸をよぎった矢先、菊田は足をもつれさせた。幸い転びはしなかったが、その脇を梨梨たんが駆け抜けていく。振り返り、菊田は叫んだ。

「つ、捕まえてくれ！」

「ええっ⁉」

想定外の展開なのか、町内会の老人たちはうろたえるだけで動こうとしない。梨梨たんは老人たちの前を曲がり、土手沿いの道に入った。

「ちょっと！」

「おい！」

康雄と杏が同時に叫び、和子は再び駆けだした。スカートの裾が脚にからんで邪魔なので、両手でつかんで持ち上げる。シャツやジャケットも含め、インタビュー用に買った新品だが、既にシワと汗、犬の毛まみれだ。

脚が軽くなった分、余裕ができた。子どもたちに追いつき、土手沿いの道に入る。視界が開け、片側に土手の緑、反対側に住宅と工場という見慣れた光景が広がった。

「待て！」

前方で男の声がして、揉《も》み合うような気配があった。土手の階段の前で、男が梨梨たんの腰にタックルしている。ベースボールキャップにメガネ、星野だ。吠えながら、その足元をジョンが走り回る。

今度こそ。和子は再びペースを落とした。ところが抵抗する梨梨たんの手がぶつかってメガネが飛ばされるなり、星野は豹変《ひょうへん》した。

「メガネ！　買ったばっかりなのに」

切羽詰まった声で叫び、地面にしゃがみ込む。その隙に前進しようとした梨梨たんだがジョンに阻まれ、やむなく傍らの階段を上り始めた。

後ろで菊田の声がした。

「和子ちゃん、まずいよ！」

「わかってます！」

振り向かずに返し、和子は拾い上げたメガネを確認している星野を押しのけてコンクリートの階段を上った。

「あっ。梨梨たん！」

階段の上の遊歩道で、男の子の声がした。首を伸ばして覗くと、小学生低学年の三、四人のグループ。手にフランクフルトソーセージや、アメリカンドッグの棒を持っている。花見会の参加者だろう。

ばたばたと足音がして、男の子たちは横を向いた。梨梨たんが遊歩道を横切り、反対側の階段に逃げたらしい。

「待てよ！」

男の子たちも階段に向かい、そこにデニムスカートの女の子や莉央たちが合流する。

遊歩道に上がり、和子は後ろを振り返った。手も使い、這《は》うようにして階段を上る杏、数段下に菊田、少し遅れてチュニックの女と応援隊もいる。

「立ち止まるな。行け！」

康雄にせっつかれ、和子は遊歩道を渡って階段を下り、河川敷に出た。道は野球グラウンドのフェンスの間に一つだけ。突き当たりは花見会場の緑地だ。音楽と声、肉の焼ける香りが流れてくる。

走りながら、前方の梨梨たんを窺った。倒れそうな前傾姿勢と、ほとんど上がっていない脚。中の人間も限界か。伴走するジョンの鳴き声が、和子の鼓膜を震わせる。

緑地に出た梨梨たんは、ブルーシートとレジャーシートの列に沿って進んだ。奥の河原に逃れるつもりか。

「おっ、なんだ」

「ショーが始まったの？」

「ちょっと、走らないの！　危ないでしょ」

花見の参加者が梨梨たんと子どもたちに気づき、騒ぎだす。デジカメやビデオカメラを構える人もいた。

ふいに、前方でフラッシュを焚《た》かれた。目の前がまっ白になり、和子は短く悲鳴を上げて立ち止まった。

「ごめんね。大丈夫？」

女の声がして、顔を覗き込むような気配があった。少しずつ戻ってきた視界の端に、中年女の手とデジカメが映る。返事をしようにも、呼吸をするのが精一杯だ。

「もうダメ。勘弁して」

唸るような声と激しい息づかいがして、杏が後ろに座り込んだ。その横を、

「まずいよまずいよ」

と騒ぐ菊田が通り過ぎて行く。

自分も行かなくては、そう思っても和子の足は動かず、心臓は破裂しそうな勢いで鼓動している。喉はからから、首筋と背中は汗びっしょりだ。

胸を押さえ、呼吸を整えながら前方を見た。転がるように走る梨梨たん、傍らにはジョン。追う子どもたちは、ノリノリでハイテンション。菊田とチュニックの女、応援隊と続き、それを花見会の参加者たちが、酒のコップやカメラ片手に眺める。傍らには桜並木。川からの風が満開の花を揺らし、散った花びらが人々に降り

かかる。

「シュール、っていうかカオス」

思わず、和子は呟いた。体の力が抜け、座り込みそうになる。

「あっ！」

道の先で、声が上がった。梨梨たんが倒れている。たちまち、子どもたちに取り囲まれる。なにかわめきながら、菊田も歩み寄る。杏を促し、和子も歩きだした。

子どもたちをかき分け、前に出た。デニムスカートの女の子が芝生にしゃがみ、声をかけながら梨梨たんの頭や背中をさすっている。しかし、梨梨たんはノーリアクション。うつぶせで転がったまま動かない。芝生に押しつけられた顔面から、はあはあという息づかいが聞こえた。

「危ないよ。下がって」

菊田が伸ばした手を振り払い、女の子は梨梨たんにすがりついた。

「やだ。梨梨たん！」

和子は女の子をなだめようとした。しかし、思うように腕が動かない。ようやく翼を捕まえたらしく、後ろでチュニックの女のヒステリックな声がする。

唐突に、梨梨たんが動いた。まだ逃げる気かとぎょっとしたが、起き上がる気配はなく、手脚を上下にバタつかせた。続いて、顔面から細く高い泣き声が聞こえてきた。

「えっ。ちょっと」

梨梨たんに手を伸ばそうとして躊躇《ちゆうちよ》し、菊田がこちらを見た。訳がわからず、和子はバッグのクマを見る。康雄も呆然と眼前の光景を眺めている様子だ。

「梨梨たん、泣かないで」

傍らに座り込んだまま顎を上げ、女の子が泣きだした。

4

菊田と町内会のメンバーが梨梨たんを立たせ、テントに連れて行った。事情説明を求め、応援隊の女が二人ついて来た。泣きじゃくるデニムスカートの女の子は、町内会の女性陣に任せた。

テントに入り、和子は折りたたみ式のパイプ椅子をセットした。そこに梨梨たんが座らされる。抵抗はしないが、俯《うつむ》いたまま。メッシュの口からは嗚咽《おえつ》が絶え間なく流れる。

杏も隅に椅子をセットしたので、どうするのかと思いきや当然のように自分で座った。傍らには、リードにつながれたジョンもいる。

「泣いてごまかそうったって、そうはいかねえぞ。この泥棒が。ほら、ツラを見せろ」

日焼けした初老の男が言い、梨梨たんの頭を外そうとした。梨梨たんは身をよじって抵抗し、メッシュの口から怒りを含んだ悲鳴が上がる。

「暴力はダメですよ。中西《なかにし》さんは、参加者のみなさんに事情説明をしてきて下さい。『トラブルがあって、ショーは少し遅れます』とかなんとか」

菊田になだめられ、中西という男はぶつくさ言いながらも星野とともにテントを出ていった。梨梨たんは背中を丸め、また泣きだした。気詰まりな空気が流れ、和子は指示を求めてクマを見た。杏は脚と腕を組み、無言で成り行きを見守っている。

「落ち着かせてから、着ぐるみを脱がせろ。『北風と太陽』って童話があるだろ。あのイメージだな」

イメージはいいから、具体的な方法を教えてよ。心の中でボヤき、タオルハンカチで首の汗を拭《ぬぐ》う。ここに来る途中で杏にジュースをもらって飲んだが渇きは収まらず、汗もまだ出る。

「そんなの着て走り回ったんじゃ、暑くて仕方がないでしょ」

後ろから、サンバイザーをかぶった中年女が進み出た。児島だった。

「熱中症になっちゃうわよ。ほら、飲みなさい」

そう言ってペットボトルの麦茶を差し出す。頭を上げ、梨梨たんが麦茶を見たのがわかった。

さすが。こういうのを年の功っていうの？　和子が感心していると、児島は続けた。

「氷水につけておいたから、よ〜く冷えてておいしいわよ」

キャップを取り、メッシュの口にボトルを近づける。迷わず、梨梨たんは両手を顎の下に添えて頭を外しだした。菊田たちがそれを手伝う。

現れたのは、白く小さな顔。小学校六年生ぐらいの男の子だ。汗と涙でびしょ濡れで、額と頰《ほお》には黒い髪が張り付いている。

「えっ、来人《らいと》くん⁉」

出入口の近くで、女が言った。応援隊の一人で、頭頂部にボリュームを持たせたショートカット。追跡中に子どもたちに近づこうとした男の妻なのか、色違いのポロシャツを同じように襟を立てて着ている。

「知り合い？」

「うちの子の同級生です。家も同じフロアで」

「家って、駅前のマンションよね？」

気持ち声を尖らせて訊ね、児島がポロシャツ襟立ての女と隣のボブヘアの女を見る。たちまち、二人の顔も険しくなった。

児島が手渡した麦茶を、来人は無言で一気に半分飲み干した。息をついてからさらに飲もうとして咳《せ》き込み、背中を菊田にさすられる。

襟立て女が進み出て、来人の顔を覗いた。

「この着ぐるみ、どうしたの？　さっき空き地で、みんなに見せてたんだってね。なんで？　誰かに誘われたのかな」

「違う」

ようやく言葉を発し、来人は首を横に振った。汗が小作りの目鼻の上をしたたり落ちる。

「じゃあ、どうして？　怒らないから話して」

今度はボブヘアの女が覗き込み、バッグから出したハンカチを渡した。来人は手袋を外してハンカチで顔の汗を拭き、麦茶を一口飲んで話し始めた。

数日前。来人は通っている学習塾の友だちから、「土曜日に河川敷でやる花見会に、ゆるキャラの梨梨たんが来るらしい」と聞いた。家に帰って話すと、熱心な梨梨たんファンの妹・優菜《ゆうな》は大喜びで「花見会に行きたい」と言いだした。ところが二人の母親は「町内会の催しだし、あそこの人とつき合っちゃダメ」と却下。「なんでダメなの?」と訊ねても「うちとは違う」「いろいろあるの」としか答えてくれない。当然納得がいかず、なにより優菜がかわいそうでならない。「せめて写真だけでも」と、今朝家を抜け出して花見の会場をうろついていたところ、テントの中の着ぐるみを見つけた。周囲に人影はなく、来人はある計画を思いつく。

それからテント内にあったゴミ袋に着ぐるみを詰め込み、一度裏手のゴミ置き場に運んだ。その後数回に分けてゴミ袋をマンション近くの空き地まで運び、「梨梨たんがいるよ」と電話で妹を呼び出してから、着ぐるみに入った。ところが優菜は嬉しさのあまりマンション内の友だちにも連絡、話はあっという間に広まって空き地に子どもたちが集まってしまった。


「妹に見せたら、すぐに返すつもりだったんだ。でも、大勢集まってきちゃって」

空になった麦茶のボトルを手に、来人はそう言って話を締めくくった。またべそをかきだし、襟立てとボブヘアの女がなぐさめる。

なにそれ。要は子どものいたずら? 和子は再び脱力し、座り込みそうになる。

ふん。康雄が鼻を鳴らした。なぜか自慢げ。クマを見た和子に、こう言い放つ。

「だから言ったろ、『あの着ぐるみ、動きが変だ』って。性犯罪者は、悪い意味で突き抜けてるからな。行動に迷いがないんだ」

「でも、デニムスカートの女の子の腕を撫でてたじゃないですか。慣れた感じで、こうすりすりと」

みんなに背中を向け、囁き声でクマに反論する。

「ボケ。だから、あの子が優菜ちゃんなんだろ。必死に追いかけてきて、すがりついてたじゃねえか」

ああ、そうか。和子が腑《ふ》に落ちた時、菊田が喋りだした。

「なんだ。言ってくれれば、写真なんか何枚でも撮らせてあげたのに」

気まずそうに笑い、手のひらで禿げ上がった頭を叩く。隣で児島が頷いた。

「そうよ。こっちは『うちとは違う』なんて了見の狭いことは言わないし。ご立派なマンションに住んでお高くとまってる割に、ちっとも子どもの気持ちはわかってないのねえ」

顎を突き出し、襟立て女が応戦した。

「失礼じゃないですか。来人くんのご両親は、きちんとした方ですよ」

「それに、元はと言えばそちらが着ぐるみをちゃんと管理してなかったから」

「ほらそう。いつだって悪いのはこっち。梨梨たんが消えて、どれだけ迷惑したと思ってるの？　ひょっとして、マンションの誰かがこの子に入れ知恵してやらせたんじゃないの」

　サンバイザーの下の目をぎらつかせ、児島はボブヘアの女を見据えた。

「なにそれ。被害妄想もいい加減にして。だから世の中を知らない人は嫌なのよ」

「ちょっと。言葉に気をつけなさいよ。こっちはあんたの倍以上生きてるんだから」

「ケンカしてる場合じゃないでしょ。この子、どうするんだよ。ショーだってやらなきゃならないし」

　困り顔で割って入り、菊田は来人と出入口を交互に見た。来人は肩を震わせて泣き続けている。なんとかしてやりたいが、主婦同士のトラブルに二十代・独身の和子が口を挟んだところで、説得力は皆無だろう。

　ふん。また鼻を鳴らす音がしたが、康雄ではない。みんながテントの隅に目を向け、和子も倣った。パイプ椅子にふんぞり返って座った杏が、手鏡を覗きつつ化粧を直している。

「おばさん同士、マジギレしちゃってみっともない。どっちもどっち。両方バカなのに」

　鏡を見たまま、チークブラシを頰の上で動かしつつ言い放つ。児島と襟立て、ボブヘアが同時に抗議の声を上げた。慌てて、和子は椅子に歩み寄った。

「杏ちゃん、なに言ってるの」

「だってそうじゃん。どっちが正しくて、どっちが悪いとか関係ない。あんたらの意地の張り合いが、この子を苦しめて追い込んだの。大人の身勝手の犠牲になるのは、いつだって子ども。もう、うんざりだよ」

吐き捨てるように言い、ブラシを化粧ポーチに放り込む。鏡に映った横顔は、不機嫌そのものだがひどく寂しげで心細げにも見えた。

「杏」

康雄が呟いた。生前の出来事を思い出しているのだろうか。クマの目は、鏡の中の顔をまっすぐに見つめている。

出番だ。この父娘《おやこ》になにか言ってやれるのは、自分しかいない。和子は必死に言葉を探した。

「梨梨たん！」

「出てきて。いるんでしょ？」

ふいに、子どもの声がした。テントのすぐ近く、ざわざわとした気配も感じる。

出入口から、星野が入ってきた。

「子どもたちが集まって来てます。お客さんも、『ショーはまだか』って」

ぱっ、と和子の頭に閃《ひらめ》くものがあった。身を翻し、もう一つの椅子に向かう。

「来人くん。着ぐるみの頭をかぶって。もう一度、梨梨たんになるの」

　嗚咽がやみ、来人が顔を上げた。潤んだ丸い目が和子を見る。

「走っても踊ってもいい。外に出て、みんなを楽しませてあげて。そうしたら、今日のことはなしにする」

「ちょっと、和子ちゃん」

「しっ」

　児島の抗議を菊田が遮る。ゆっくりと、来人は手のひらで涙を拭った。

「ホント？　なしにしてくれるの？」

「うん。約束する」

　和子が頷くと来人もこくりと、首を縦に振った。

　和子と星野が手伝い、来人に梨梨たんの頭部と手袋を装着させた。児島の文句は菊田が聞き、なにか言いたげな襟立て女たちには杏がガンを飛ばした。

　準備を終え、外に出た梨梨たんを集まった子どもたちは歓声で出迎えた。はじめはぎこちなく手をふり、お辞儀するだけだった梨梨たんも、星野がラジカセで音楽をかけてやるとじょじょにリラックスし、両手両脚を使ってポーズを取り、踊ったり走ったりもするようになった。菊田の誘導で花見客のシートの前に移動する頃にはノリノリで、スポーツ選手やお笑い芸人の物まねまで始めた。その姿に、花見客たちは大ウケし、あちこちで拍手やかけ声が上がった。もちろん、子どもたちも大喜びで、はしゃいで笑い、周りの子と言葉を交わした。そこにはマンションの子も住宅街の子もなく、みんな一緒。同じように澄んできらきらした目で、梨梨たんを見上げている。

「これがすべての答えだな」。康雄が呟き、万感の想いをこめて和子も頷いた。杏と児島、襟立て女たちもいつの間にか穏やかな目になり、梨梨たんと子どもたちを見ていた。

5

背伸びをして、シンクの上の扉を開けた。棚の中に、大きさもデザインも様々なカップとマグ、グラスが並んでいる。北欧の食器メーカーのものを中心に、アメリカやフランスのアンティークものもある。カフェを開いた時のために、一つ一つ買い集めた。

「康雄さん。どれがいいですか」

踵《かかと》を床に戻し、和子は傍らを見た。隣の冷蔵庫の上に、クマが腰かけている。

「俺に訊いてどうする。いつもは大はしゃぎで、ああでもないこうでもないと言いながら選んでるじゃねえか」

「そうなんですけど、背伸びしてると吐きそうで。頭もガンガンするし」

シンクに寄りかかり、手のひらでチュニック越しに胃をさする。薬は飲んだのに、吐き気も頭痛も治まらない。

「典型的な二日酔いだな。女のクセにみっともない。ビールに始まって、チューハイ、日本酒、ワイン。節操なくがばがば飲みやがって」

「仕方がないでしょう。菊田さんがいくら断っても勧めてくるし、断ったら杏ちゃんが『なら私が飲む』とか言うし」

「しかし、菊田さんの場の収め方は見事だったな。梨梨たんのショーが終わるタイミングで一升瓶と紙コップ片手に現れて、『みなさん集まったんだし、まずは一杯』。戸惑ってたマンションの連中も、『せっかくの桜ですから』と言われて紙コップを受け取って、気がつけば白金や青山の住人と一緒にどんちゃん騒ぎ。さすがだな。菊田さんって、いくつだ？　生まれは昭和二十年、いや二十二年あたりか」

「知りませんよ。ていうか、頭に響くんでもう少し静かに話してくれません？」

顔をしかめて再び背伸びをし、カップの一つを取った。時刻は間もなく午後二時。昨日のインタビューのやり直しで、ライターの女がオフィスに来ることになっている。

「お前の機転も、なかなかのもんだったぞ。あれで来人くんの件はチャラにできたし、奥さん同士のトラブルも、いい方向にいくんじゃねえか」

「だといいんですけど。でもお酒の力を借りたとはいえ、マンションの人たちが花見会になじんだのは不思議。はじめのうちは会話も途切れがちだったけど、その度に誰かが『桜がきれい』『満開ですね』って言って見上げて、なんとなく和《なご》んで。緑地で梨梨たんを追いかけてた時のシーンといい、ちょっと夢みたい」

トレイの上にカップやスプーンなどを並べる手を止め、和子は視線をさまよわせた。二日酔いのせいもあるが、逃げる着ぐるみと追う人々、舞い散るピンクの花びらが妙に幻想的に思い出される。

「昔から桜には、魔力みたいなものがあるって言われてるからな。ま、昨日のことはなにもかも桜のせい。花に酔った、ってことにしとけばいいんじゃねえか」

「うわ、キモっ。言ってて、気持ちが悪くなりませんか?」

突っ込んでるうちに、自分が気持ち悪くなってきた。しかし、化粧と髪が乱れるので吐く訳にはいかない。冷蔵庫を開け、ペットボトルのミネラルウォーターを一口飲んで、こみ上げてきたものを胃に押し戻す。

「うるせえな。とにかく事件が無事に解決して、調査費ももらえるんだからよかったじゃねえか」

「そうそう、調査費。菊田さんに請求書を渡さなきゃ」

思い出し、ポケットから携帯を出した。電話すると、すぐに菊田が出た。

「和子ちゃん？　昨日はお疲れ。ちょうどそっちに向かってるところだよ」

いきなり捲し立てられた。ゆうべは菊田もしこたま飲んでいるはずだが、元気そのものだ。会話を聞かせるために、クマを取って受話口に近づける。

「どうかしたんですか」

「いや実は、昨日の花見に白金町に住んでる地元新聞の記者さんが来ててね。俺たちが緑地で梨梨たんを追いかけてるところを写真に撮ったらしくて、『絵が面白い。明日の新聞に載せたいって』言われちゃってさ。記者さんは、あれもショーの一部だと思ってるし、一人一人の顔はわからないから」

「ＯＫしたんですか⁉　聞いてませんよ」

「昨日ちゃんと言ったよ。でも、和子ちゃんいい感じに酔っぱらってたから」

「そんな。あの時は汗だくで、スカートをまくり上げたりして……勘弁して下さいよ」

吐き気と頭痛を堪えて訴えたが、菊田はどこ吹く風だ。

「大丈夫だって。かわいく写ってるよ。とにかく、すぐにその新聞を届けるから。ちょっと前に、昨日の……杏ちゃんだっけ？　青山町のお嬢さんに会ったから、一緒に行く。杏ちゃんも、和子ちゃんに新聞を見せようと思ってたんだって。ね？」

傍らに問いかけるような気配があり、聞き覚えのある偉そうな声がなにか応えた。犬の鳴き声がするので、ジョンも一緒なのだろう。

いいから、お前は勉強しろ。脱力し、心の中でつい乱暴な口を利いてしまう。康雄もなにかわめいているが、たぶん似たようなことだろう。

「歩きながら二人で考えたんだけど、この記事を和子ちゃんの雑貨屋さんの宣伝に使えないかな。今日取材のやり直しをするんだろ？　きっと記者さんも喜ぶよ」

使うってどうやって？　喜ぶはずないでしょ。突っ込みは浮かぶが二人の気遣いは嬉しく、胸を突かれる。ちっぽけなネットショップと駆けだし店長を、心に留めてあれこれ考えてくれる人がいる。つながってる、そう思えた。こんな気持ちを抱ければ、マンションと住宅街のみんなもきっと上手くいくはずだ。

「話してみよう。照れ臭いけど」

呟くと、自然と笑顔になった。

「なんだ。ニヤニヤして、どうした」

康雄が言い、菊田も、

「えっ、なに？　和子ちゃん、なんか言った？」

と、問いかけてきた。

「なんでもありませんよ」

敢えてつんと、和子は返した。片手でもう一つトレイを取り、菊田と杏のためにお茶の準備を始めた。

第二話

ホット・スキニー

MY FAIR TEDDY

1

伸ばした手のひらに、雨は落ちてこなかった。

和子《かずこ》は歩きながら折りたたみ式の傘を閉じた。肩に掛けたトートバッグから傘の袋を取りだしていると、湯気が漂ってきた。傍らに小さな総菜《そうざい》工場があり、窓ガラス越しに大きなしゃもじで業務用炊飯器の白米をかきまぜている従業員の姿が見える。白衣姿で頭部をすっぽりと覆う帽子をかぶり、大きなマスクもはめているので、年齢と性別はわからない。湯気に含まれた白米の匂いに軽い吐き気を覚え、和子は手のひらで口と鼻を覆って足を速めた。

「お前は妊婦か」

すかさず、康雄《やすお》の突っ込みが入った。和子はバッグの口から顔を覗《のぞ》かせている、あみぐるみのクマを見下ろした。

「変なこと言わないで下さい。つわりじゃなく、二日酔いでもご飯の匂いで気持ちが悪くなるんです」

「いばってどうする。花見会からこっち、菊田《きくた》さんや町内会の連中と酒盛りばっかりしてるじゃねえか」

「だって、『白金《しろかね》町の未来のために若者の意見を聞かせて欲しい』って言うから。梨梨《りり》たんの一件以来、なにかと頼りにされてるんですよ」

通りを見回しながら囁《ささや》き返す。通行人はまばらだが車は多く、小型のトラックとワンボックスカーが目立つ。江戸《えど》川《がわ》区の東の外れに位置するこのエリアには、総菜や弁当の工場が集まっている。

前方に小さな人だかりが見えた。通り沿いの小さな建物を見上げて声をかけたり、話をしたりしている。和子は傘をバッグにしまい、人だかりに声をかけた。

「江川《えがわ》さん」

振り向いたのは、五十代半ばの女だ。太った体をたっぷりしたブラウスとスラックスに包み、頭につばの広い帽子をかぶっている。

「あら、和子ちゃん」

左右に離れ気味の目を見開き、江川は歩み寄って来た。

「こんにちは。昨日は、お電話ありがとうございました」

「久しぶりねえ。わざわざ来てくれたの？」

「はい。居ても立っても居られなくて。みなさん、ご無沙汰《ぶさた》してます」

江川の後ろから近づいて来る人々に向かい、会釈をする。一人の女が、小さく手を振った。

「和子ちゃん、元気そう。市川《いちかわ》に事務所を開いたんですって？　すごいわねえ」

江川と同年代だが細身で背が高く、金縁のメガネをかけている。西山《にしやま》だ。和子が答えるより早く、西山の隣から小柄な若い男が顔を出した。

「ホームページを見ました。『テディ探偵事務所』でしょう」

「楊《ヤン》さん、久しぶり……探偵は別の人なの。私がやってるのは、雑貨のネットショップで」

「ドラマみたいですね。陳《チエン》さんも『カッコいい』って言ってました」

小さな目を屈託なく輝かせ、楊は横のひょろりとした若い男を指した。

「僕、『名探偵コナン』が好きです。アニメを見て、日本語を覚えました」

陳は背中を丸め、照れ臭そうに上目遣いで和子を見た。楊ともども日本語は流《りゆう》暢《ちよう》でボキャブラリーも豊富だが、イントネーションに中国人独特のものが残る。

「おお、みんな達者そうじゃねえか。結構結構」

和子の頭に、康雄の高笑いが響いた。

江川と西山、楊、陳は和子と康雄が知り合うきっかけになった事件の被害者、高《たか》井《い》暁《あき》嗣《つぐ》・弥《や》生《よい》夫妻の仕出し弁当店「㈲高井フーズ」の元従業員だ。

「で、店はどんなだ？」

康雄が言い、和子は視線を上げた。つられて、みんなも建物を振り向く。小さな工場で、かつての高井フーズだ。

古びてヒビが目立つ外壁は、一年ちょっと前の事件の調査で来た時と同じだ。しかし、一階の庇《ひさし》テントは新しくカラフルなものに代わり、厨房《ちゆうぼう》の出入口の引き戸も新調されている。引き戸の両脇にはアルミの脚立がセットされ、作業服の男たちがテントの上の外壁に看板を取り付けている。

「もうちょっと右に寄せて……そうそう、そこ」

建物の前に戻り、江川は身振り手振りを交え男たちに指示をした。看板は薄茶の木製で、丸みを帯びた白いペンキの文字で「お弁当　陸夢亭《りくむてい》」と書かれている。

「陸夢の『陸』って、ひょっとして」

和子の問いかけに、江川は看板を見上げたまま頷《うなず》いた。

「そう、陸《りく》くんからもらったの。一日も早く元気になって欲しいって願いと、高井さんたちの想いは私たちが受け継ぐっていう決意のつもり」

「すごい。去年江川さんから『高井フーズを再開できないかって思ってる』って聞いた時、とっても嬉《うれ》しかったんです。だから昨日『準備が整った』って連絡を受けて、泣きそうになっちゃって」

「借金もしたし、不安だらけなのよ。でも仕入れとか取引先とか、生前の高井さんを知ってる人が力を貸してくれて。和子ちゃんにも、寄付してもらったのよね。あのお金、事件を担当してた刑事さんがどうのって聞いたけど」

「それより、陸くんはどうしてますか？　まだ入院中？」

笑顔と早口でごまかし、訊《たず》ねる。

「うん。でも、うちが開店する頃には外出ができるようになるかもって。事件の後、和子ちゃんがお見舞いに行ってくれたでしょう？　あれから目に見えて快復したそうよ。なにからなにまで、本当にありがとう」

振り向き、江川は帽子を脱いで頭を下げた。

「そんな、私はなにも」

「あら。そのあみぐるみ、クーちゃん？」

バッグのクマに気づき、江川が覗き込もうとした。恥ずかしくなり、和子は頭を押してクマをバッグの底に沈めた。康雄が抗議の声を上げる。

「いえ、違います……陸くん、早くよくなるといいですね。久しぶりに会いたいな」

陸は今年七歳になる、高井夫妻の一人息子だ。事件のショックで心のバランスを崩し、ずっと入院している。いま康雄が宿っているクマのあみぐるみは、生前の弥生が陸のために作った「クーちゃん」をモデルに、和子が編んだものだ。

「開店は二週間後だから、また来てね。仕出しだけじゃなく、小売りもやることにしたの。このへんも再開発で、マンションやオフィスビルが増えてきたから」

そう言って、江川は陸夢亭の引き戸の脇をさした。カウンターを備えた小窓があり、奥にレジスターが見えた。

「きっと繁盛しますよ。お弁当には高井さんのレシピを使うんでしょう？　すごくおいしかったって聞いてるし、食べるのが楽しみ。知り合いに伝えて、私のネットショップでも宣伝します」

「中も見て下さい」

楊が誘い、陳も頷いた。二人の後について、和子は引き戸から厨房に入った。二十平米足らずのスペースに、ステンレス製のテーブルと業務用のコンロ、オーブンなどが並び、鍋や釜、まな板等の調理器具も置かれている。見回すような気配があり、康雄はこうコメントした。

「什器《じゅうき》は高井フーズのを再利用するんだな。賢明だ。手入れが行き届いてるから、まだまだ使える」

「でも、壁と床はきれいにしたみたい。ピカピカで気持ちがいいですね」

独り言めかした和子の返答に、楊が反応した。

「はい。色とか材質とか、みんなで相談して決めました」

「窓もあるから明るいし、働きやすそう……あれはなんですか？」

冷蔵庫の横の壁に目が留まった。ごてごてとしたデザインの金色の額縁が飾られている。中には色紙が収められ、墨で文字、あるいは模様のようなものがいくつか書かれていた。

「梵字《ぼん》っぽいけど、ちょっと違うかな。ひょっとして中国語？　火事避《よ》けのお札《ふだ》ですか？」

問いかけるも、陳は無言。困惑したように、隣の楊と目配せをし合っている。

「なんだ。二人ともどうした」

康雄が訝《いぶか》しがり、和子も首を傾《かし》げた。額縁に歩み寄ろうとして、今度は流し場の脇に置かれたものに目が留まった。黒い瀬戸物の甕《かめ》で、高さは一メートルちょっと。口の部分には木製の蓋《ふた》がされ、上にヒシャクが載せられていた。ステンレスとアルミ製品ばかりの厨房では、異質の存在だ。

「よく気づいたわね。さすがは和子ちゃん」

振り向くと、いつの間にか西山がいた。微笑《ほほえ》みながら、こちらを見ている。

「この甕には特別な気が込められていて、水を浄化してくれるの。知ってる？　水道水には塩素とか鉛とかトリハロメタンとか、体に良くない成分が含まれているのよ。うちのお弁当は、『体と心に優しい』が売りでしょう。調理用の水は、全部この甕に貯めてから使うことにしたの」

「はあ。じゃあ、あっちの色紙は」

「あれも同じ。壁や床に使われた塗料や接着剤の有害物質を取り込んで、空気をきれいにしてくれるの。和子ちゃんの事務所にもどう？　波動を整えて、運気を上げる効果もあるのよ」

浄化？　波動？　なにそれ。口調はおっとりして笑みも穏やかだが、西山の目は笑っていない。なにより、瞬きを全然しないのが怖かった。

うろたえ、和子は西山の肩越しに楊たちを見た。しかしどちらも、俯《うつむ》いたり横を向いたりしている。

「嫌な予感がするぞ」

康雄が呟《つぶや》いた時、厨房に江川が入って来た。

「看板がついいたわよ。曲がってないか確認して、写真を撮って」

三人が出ていき、和子は口を開こうとした。指を立て、江川がそれを制する。

「話は向こうで」

潜《ひそ》めた声で告げ、身を翻《ひるがえ》す。訳がわからないまま、和子は後に続いた。

奥のドアからバックヤードに入った。四畳半ほどの広さの部屋があり、スチールロッカーと事務机、テーブルと椅子などが置かれている。和子に椅子を勧め、江川は小さな流し場でお茶を淹《い》れた。

「ごめんね、驚いたでしょ。昨日電話で話そうと思ったんだけど、言い出せなくて」

「なにがあったんですか」

訊ねながら隣の椅子に置いたバッグの口を開き、クマに会話が聞こえやすいようにする。康雄は無言だが、姿勢を整えるような気配があった。

「工場を再開するにあたって、一番大変だったのが資金繰り。銀行や商工会議所を廻ったんだけど、全然相手にされなかったわ。途方に暮れてたら、西山さんが『つてを頼って、地元の信用金庫の偉い人とコネのある女性を紹介してもらった』って言ってくれたの。その女性のお陰で無事に融資を受けられて、大喜びしたのはいいけど、西山さんの様子がおかしくなっちゃって」

淡々と説明し、江川は湯飲み茶碗を載せたお盆をテーブルに運んだ。湯気の立つ茶碗の一つを和子の前に置き、もう一つを向かいに置いて着席した。

「原因はその女性？」

「そう。西山さんは真面目で義理堅い人でしょう。お礼にって、その女性、雪乃《ゆきの》さんっていうんだけど、お茶や食事をご馳走《ちそう》したらしいの。で、話しているうちに変なことになっちゃったみたい」

「新興宗教ですか？　それとも自己開発セミナー？」

「ううん、霊視。雪乃さんは霊能者を名乗ってるらしくて、西山さんの体の悪いところや悩みを言い当てて、アドバイスしてくれたんだって。みんなで心配してた矢先に、色紙と甕を『雪乃さんに勧められて買った』って持って来て。あれ、いくらすると思う？」

声を潜めて身を乗り出し、江川は手のひらを上下に振った。

「色紙は二万。甕は……十万とか？」

「甘い甘い。色紙五万、甕二十五万」

「え〜っ。あの額縁、合板ですよ。色とデザインは悪趣味だし。甕だって、見るからに安物でしょう。雪乃って人、まずいですよ。西山さん、だまされてるんじゃないですか」

思わず騒いでしまう。江川はドアにちらりと目を向け、お茶をすすった。

「でしょ？　私たちも注意したんだけど、聞く耳持たず。すっかり雪乃さんに取り込まれちゃって、言われるままに数珠《じゅず》だの健康食品だの買ってるわ。その上、それを『絶対いいから、江川さんも使って』とか『お弁当の隠し味にどうかしら』とか勧めてきて、困ってるの。せっかく開店まで漕《こ》ぎつけたのに、なんでこうなっちゃうのかしら」

息をついて俯き、江川はテーブルに茶碗を置いた。

「そうだったんですか。心配ですね。でも、どうしたらいいんだろう」

お茶を一口飲み、和子はクマを振り向こうとした。すると、江川が顔を上げた。

「和子ちゃん、なんとかしてくれない？」

「えっ」

「探偵さんなんでしょ？　もちろん、お礼はするから。お願い」

すがるように言い、和子の手を取る。江川の指は荒れ気味で、手のひらには硬いマメがいくつかあった。うろたえながらも、和子はその手を振り払うことができなかった。

「話はわかった。この依頼、受けるぞ」

重々しく、かつ居丈高《いたけだか》に康雄が言った。ぎょっとしてクマを振り向いた和子だったが、江川がいるのでなにも返せない。

「江川さんも西山さんも、去年の事件捜査を通じての仲間、盟友じゃねえか。一肌脱ぐのが筋ってもんだろ」

「そうだけど」、心の中で返し、江川の手と顔を改めて見る。

成り行きで高井夫妻の心中事件を調べることになり、戸惑うばかりだった和子に、江川と西山はなにかと力を貸してくれた。盟友の意味はよくわからないが、感謝はしているし、恩返しをしたいという気持ちもある。

こちらの表情を読んだのか、康雄がテンションを上げた。

「決まりだな……よっしゃ、忙しくなるぞ。事と次第によっちゃデカい事件《ヤマ》になりそうだし、あの世《あっち》の善行ポイントをドカ～ンと」

いひひひひ。背筋が寒くなるような笑い声が、和子の頭に響いた。

その後、さらに江川から事情説明を受け、楊と陳も呼んで話を訊《き》いた。そして帰り際、挨拶のふりで声をかけ、西山と話した。

総武《そうぶ》線に乗って、市川の事務所に戻った。時刻は正午過ぎ。和子は奥のテーブルに荷物を置き、窓を開けた。雲の切れ間から射《さ》す陽《ひ》が、土手の遊歩道の濡《ぬ》れたアスファルトを照らしている。さっき降った雨のせいか、江戸川から吹く風はかすかに土の匂いをはらんでいた。間もなく梅雨《つゆ》入りだ。

テーブルにつき、留守中に届いたメールと雑貨ショップの注文状況をチェックした。帰り道で買った昼食をコンビニのレジ袋から取り出そうとすると、康雄が言った。

「会議だ。調査方針を決める」

「お昼休みなんだけどな。ご飯を食べながらでもいいですか？」

「構わん。だが、場所は移れ」

仕方なく、和子はテディ探偵事務所のスペースに移動した。クマとレジ袋を机に置き、奥からスチールの脚とキャスターがついたホワイトボードを運んで来る。刑事ドラマの捜査会議シーンで見かけるものだが、スタッフ二名のこの事務所では明らかに無意味、場所を取るだけだ。しかし康雄曰《いわ》く、「これがないと気分が出ない」らしい。

「江川さんの話では、雪乃って人は相手の体調不良や悩みを霊視で言い当てて信用させ、『体にいい』とか『運気が上がる』とか謳《うた》って色紙や甕、数珠、健康食品を買わせるみたいですね。しかも、超のつくぼったくり価格。数珠は西山さんがはめてて、『天然水晶なのよ』って言ってたけど、明らかに人工水晶、フェイクですよ。うちのショップでも水晶のアイテムを扱ってるから、わかるんです」

言いながら、要旨をマーカーペンでホワイトボードに書き出していく。

「江川さんは、『西山さん以外にもこれまでに三、四人が雪乃の霊視を受け、雪乃は三百万円近く受け取っているはず』とも話してた。まあ、典型的な霊感商法だな」

「でも西山さんは、『私は肝臓が少し悪いんだけど、見た目には全然わからない。なのに雪乃さんは、真っ先にそれを指摘したのよ』って強調してましたよね」

「肝臓病の症状の一つに黄疸《おうだん》がある。皮膚か目に、わずかに現れているのを見たのかもな。他にも貧血があると爪が割れたり、高血圧だとやたら汗をかくとか、手がかりはある。それを『下半身の方から悪いオーラが』だの『消化器系が弱ってる』だの、どうとでも取れる表現で伝えるんだ」

「それと西山さんは、『私が福岡出身だって話したら、雪乃さんは「知り合いと同じです」って喜んで代金を割引してくれた』とも話してましたよね」

「共通点を見つけて警戒心を解き、距離を詰める。獲物を取り込む、初歩的なテクニックだ。霊能者に占い師に教祖。肩書きは違っても、みんな詐欺師《さぎし》。犯罪者だ」

「うわ、最悪。霊視だの霊能者だの、やっぱりロクなもんじゃないんだわ」

言いながら、頭に康雄と共通の知り合いである二人の男の顔が浮かぶ。どちらもメガネをかけ、一人はイケメンだがどこかキザ、もう一人は絵に描いたようなオタクだ。腹立たしくなり、和子はマーカーペンを黒から赤に替え、「詐欺師‼」と大きく書いて頭に勢いよく×印をつけた。

テンションが上がったせいか空腹を覚え、レジ袋からアルミの小袋を出した。キャップを開け、飲み口から中身を吸う。

「なんだ、そりゃ。昼飯を食うんじゃなかったのか」

「そうですよ。ゼリータイプの栄養補助食品です」

立ったまま、アルミのパッケージをクマに向ける。ちっ。苦々しげな舌打ちの音がした。

「よく若いのが、駅のホームや電車の中で吸ってるやつか。そんなもん、メシじゃねえだろ。いい仕事がしたきゃ、米を食え。カツ丼か天丼、ラーメンにはチャーハンと餃子《ギョーザ》をつけて」

「やめて下さい。吐きそう」

口を押さえ、ホワイトボードの裏に逃げた。その耳に、暑苦しい声が届く。

「とにかく、詐欺師のやることは全部インチキだ。それを暴けば、西山さんの目も醒《さ》めるだろう」

2

午後三時過ぎ。女が建物から出てきた。

肩からバッグをかけ、手にプラスチックのキャリングケースを提《さ》げている。カラーリングもパーマもしていない長い髪は無造作に後ろで束ねられ、顔もほぼすっぴん。眉だけは整えているものの、左右のバランスが微妙におかしい。

一緒に建物を出た男女の一団とともに、女は通路を進んだ。和子は膝《ひざ》に広げていた雑誌を閉じ、ベンチを立った。行き交う人々の間を縫い、一定の距離を空けて一団について行く。一団は親しげに言葉を交わし、声を立てて笑う。女は積極的に話す様子はないが、相づちを打ったり笑ったりと楽しげだ。

門を出て、一団は通りを右に進んだ。その先は住宅街だが、しゃれたカフェやレストラン、ブティックなどが点在している。しかし女は手を振って一団と別れ、通りを左折した。まっすぐ行くと、代官山《だいかんやま》の駅に出る。

「えっ、みんなと行かないの？　向こうに、すごくおいしいドーナツ屋さんがあるのに。それと、パリに本店があるセレクトショップも」

携帯を耳に当て、和子も小走りに門を出た。

「さっきから妙に熱心に、雑誌やら携帯やら見てると思ったら……お前、まさか尾行のついでに買い物をするつもりだったんじゃねえだろうな」

「言いがかりはやめて下さい。康雄さんが、『張り込む場所のロケーションは、徹底的に頭に叩《たた》き込んでおけ』って言うから」

軽くキレて言い当てられた思惑をごまかしながら、後ろのレンガの門柱を見る。中央に、「明哲大学《めいてつ》」と記された重厚な鉄の門札が取り付けられている。

「いいから、行け。見失うなよ」

呆《あき》れ声で康雄が言い、和子は女を追って歩きだした。

「それにしても、雪乃が十九歳の女子大生って意外ですよね。黒くてぞろっとした服を着た、小太りのおばさんをイメージしてました。しかも明哲大って、名門じゃないですか」

通話口に語りかけながら、前方の雪乃を見る。歩道は狭く人通りは多いが、雪乃は身長が百七十五センチ近くあるので、見つけるのは難しくない。加えて細身で手脚が長く、タイトなシルエットのカットソーとショートパンツ、素足にヒールの高いミュールという格好がよく似合っている。

「その上、スタイル抜群。顔は地味だけどメイク映えしそうだし、モデルになれそう。でも、興味ないんだろうな」

こちらの通りにもわずかながらブティックなどがあるが、雪乃はショーウィンドウに目を向けることもなく歩いている。

まずは敵を知ろうと、自称・霊能者を尾行し身辺を調べた。雪乃は本名を「古関《こせき》雪乃」といい、葛飾《かつしか》区の実家に両親・弟と同居中。物静かで目立つタイプではないが、真面目《まじめ》で成績優秀、近所での評判も上々だ。尾行開始から三日経つが、初日に大学の友人とお茶を飲んだ以外は、家と学校を往復するだけだ。

「そんなことより、西山や他の人から巻き上げた金の遣い道が気になる。ブランドものやらホストやらに注《つ》ぎ込んでる気配はねえし、実家が借金や病人を抱えてるって訳でもなさそうだしな」

「なにか目的があって、こつこつ貯金してるとか？」

「こつこつ貯金できるやつは、詐欺なんかしねえよ」

「ですね……私は西山さんに言ったっていう、福岡出身の知り合いが気になるな。雪乃の両親は東京出身なんですよね。じゃあ、大学の友だち？　全員調べるのは大変そう」

「いや。見たところ、友だちとの関係は広く浅くってつもりらしい。西山さんは、雪乃が福岡出身の知り合いの件を『すごく嬉しそうに』話してた、と言っただろう。学校の関係者に、そこまでの仲のやつはいねえよ」

「なるほど」

あみぐるみに身をやつしてはいても、元刑事。さすがの観察力と洞察力だ。

雪乃がバッグから携帯を出した。歩きながら熱心に画面を眺め、なにやら操作している。その細くやや猫背気味の背中を見つめ、和子は続けた。

「だからこそ、余計に怪しいとも言えますよね。物にも人にも興味なさそうなのに、言葉巧みに複数の人を取り込み、三百万なんて大金を引き出した。この事件《ヤマ》、ただの詐欺じゃないかも」

「おっ、鋭いじゃねえか。お前もだんだん刑事《デカ》らしくなってきたな」

「誰がデカですか。私は雑貨屋の店長です」

言い返しはしたが、「ヤマ」という隠語が自然に口から出てしまったことが悔しく、焦《あせ》りも感じた。まだなにか騒いでいる康雄を無視し、和子は歩を速めて雪乃との距離を縮めた。

その後も尾行を続けたが、雪乃の行動に変化はなかった。こちらの存在を知られたのではと思ったが、江川に確認したところ、西山のところには一日に二、三回は必ず雪乃から電話かメールがあり、相談に乗ったり新たな商品の購入を勧めたりしているそうだ。

電車は都営地下鉄の押上《おしあげ》（スカイツリー前）駅に到着し、どっと人が降りた。和子の前に座っていた初老の女のグループも、立ち上がってドアに向かう。ぺちゃくちゃと喋《しゃべ》り、デジカメとスカイツリーのガイドブックを手にしている。平日の午前十時過ぎだが、駅のホームは観光客らしき人々でにぎわっていた。

振り向いて雪乃との距離を確認し、和子は空いたシートに座った。雪乃は向かいのシートの左端近くに座り、携帯を弄《いじ》っている。

ドアが閉まり、電車は動きだした。和子はバッグを膝に載せ、クマの顔を雪乃に向けた。あくびがこみ上げてきたので、俯いて手のひらで口を覆う。

「なんだ、だらしがない。緊張感を持て」

案の定、康雄に叱られた。電車の中では携帯で話すふりはできないので、和子はメールソフトを立ち上げた。

『仕方がないでしょ。早朝に所沢《ところざわ》の家を出て一時間近くかけて雪乃の家まで行って、出てくるのを待って一日尾行。雑貨屋の仕事もあるし、寝不足でボロボロです』

素早く文字を打ち込み、携帯の画面をクマに見せる。

「なら、市川の事務所に泊まりゃいいじゃねえか。確か机やらホワイトボードやらと一緒に、寝袋も買ったはずだぞ」

不満の声を漏《も》らし、和子はさらに文字を打った。

『キャンプでもないのに、寝袋に寝るなんて。お風呂だってないし』

「ぜいたく言ってんじゃねえよ……潰《つぶ》れてなきゃ、ちょっと歩いたところに銭湯があるはずだ。それも嫌だってんなら、流し場のシンクにお湯をためて入れ。大昔に風呂無しのアパートに住んでた頃、時々やったぞ」

「冗談でしょ」

思わず口に出してしまい、慌てて斜め前を見る。雪乃は俯いて携帯を弄り続けている。霊視した客にメールを送っているのかもしれない。車内はがらんとして、走行音と天井のエアコンの音が響いている。

携帯を握り直し、和子は返事を打った。

『これからどうします？　尾行開始から五日経つけど、雪乃は家と学校を往復するだけ。詐欺を暴くには、証拠が必要なんでしょ？』

「ああ。メールのやり取りも証拠に使えるんだが、西山さんや他の霊視の客が見せてくれるとは思えねえしな」

『新規の霊視の客と会うところを、押さえられるといいんだけど。雪乃は広告とかは一切出さず、紹介だけで客をとってるんですよね』

素早く文字を打って画面を見せる。わずかな沈黙があり、康雄は答えた。

「まあ、気配がないならこっちで算段付けるって手もあるけどな」

『算段って、なんの？』、そう打とうとして、遮られた。

「いいから、しっかり見張れ。女同士で歳も近い。お前だからこそ気づくことがあるかもしれねえぞ」

言われて、髪を整えるふりで首を回して雪乃を見た。

Tシャツにコットンのフレアスカート、ミュールというカジュアルスタイル。髪はいつも通りひっつめで、化粧もしていない。しかしふくらはぎの真ん中丈という難易度の高いスカートを、なんなく穿《は》きこなしてしまう脚の長さと形のよさはさすがだ。

十五分ほどで東銀座駅に到着し、雪乃は電車を降りた。和子も続く。ホームを突き当たりまで進み、改札を出る。

「あれ」

いつもはここから日比谷《ひびや》線に乗り換え、中目黒まで出て東急東横線で代官山の大学に行く。しかし雪乃は日比谷線のホームには向かわず、上りのエスカレーターに乗った。

「よし、動いたぞ。絶対に見逃すなよ」

康雄の声が鋭くなった。和子は緊張して足を速め、雪乃に少し遅れてエスカレーターに乗った。

地上に出た雪乃は、晴海《はるみ》通りを有楽町《ゆうらくちょう》方面に進んだ。落ち着いた様子は変わらないが、歩行速度が気持ち上がったようだ。ちらりと腕時計を覗くのも確認できた。

「待ち合わせかしら。学校の友だちにしては時間も場所も変だし……まさか霊視の客？」

「雪乃の客は、年配者ばっかりだからな。銀座で待ち合わせってのもあり得る……ＩＣレコーダーとデジカメは持ってきてるな？　電池切れなんてザマは許されねえぞ」

「待って下さい」

不安になった和子がバッグを探ったその時、雪乃は通りを曲がって脇道に入った。バッグを抱え、和子は後を追った。

一方通行の狭い通りに、オフィスやブティック、宝石店などが入った大小のビルが並んでいる。開店したばかりなのか、看板やランチメニューが書かれたボードを外に出す従業員の姿も目立つ。

少し歩き、雪乃は傍らのビルに入った。出入口は大きく重厚なガラスのドアで、カフェかホテルかと思いきや、中央には「Esthetique《エステティック》 Salon《サロン》 Palladium《パラディアム》」の金の文字が並んでいる。

「ここ、知ってる。前にテレビで見ましたよ。セレブマダム御用達《ごようたし》の超高級エステティックサロン。確か一番安いマッサージのコースが、一時間二万円」

クマに囁きながら、和子は店内を覗いた。奥にカウンターがあり、スタッフらしき揃《そろ》いのワンピース姿の数人の女が雪乃に挨拶をしている。表情などからして、雪乃が来店するのははじめてではなさそうだ。

「なるほど。わかったぞ」

「巻き上げたお金の遣い道ですか？　ここなら簡単に三百万いっちゃいますね」

「雪乃のやつ、実はモデルかタレントでも目指してるのかもな」

「それはどうかなあ」

　スタッフに案内されて通路を進んでいく雪乃の背中を見送り、和子は首を傾げた。

「なんだ、異議ありか。お前も『モデルになれそう』って言ってたじゃねえか」

「確かにスタイルは抜群なんですよ。でも、それ以外がね」

「どういう意味だ。説明しろ」

「モデルやタレント志望の子なら、見た目全部に気を遣うはずでしょう。雪乃は、服や靴はスタイルを活かしたものを選んでるなと思うけど、髪型はいつもひっつめでお化粧もしてない。なんか変。アンバランスっていうのかな」

　この五日間で見た、雪乃の姿を思い返して説明する。ふん。康雄が鼻を鳴らした。

「さすが上っ面のちゃらちゃらしたところは、よく見てるな。一理ある」

「それ、褒《ほ》めてるつもりですか？」

　胸の前で腕を組み、横目でクマを睨《にら》む。通りかかったスーツ姿の若い男が、不思議そうに目を向けていく。

「ぶつくさ言ってねえで、店に入れ」

「えっ。だってめちゃくちゃ高いですよ。予約もしてないし」

「大丈夫だ。この手の店は、客寄せで初回特典とかいう安いコースを用意してるもんだ。キャバクラやらピンサロやらと同じだな」

「キャバクラやらピンサロって……代金は調査費扱いにしてくださいよ？　絶対ですからね」

「うるせえな。いいから、とっとと行け」

鼻息も荒く促され、和子はバッグを肩にかけ直して身につけているものを見下ろした。

コットンのワンピースはリバティプリントのテキスタイルを使ったもので、買ったばかりのお気に入り。しかし靴は雨に降られてもいいように、古いフラットシューズタイプのスニーカーだ。気持ちが揺れて、脳裡《のうり》に江川や西山たちの顔がよぎる。

スタッフの一人が和子に気づき、ドアに近づいてきた。口角を上げて微笑みかけながらも、視線を上下させてガラス越しに和子を眺める。

ふと、対抗心めいたものが頭をもたげた。和子は笑顔を返し、女より先にごつい金属の取っ手をつかんで、重たいドアを押し開けた。

「テレビを見て来ました。体験コースがあれば、受けてみたいんですけど」

ドアを開けた勢いのまま訊ねた。スタッフの女は笑顔を崩さず、流れるようにこう答えた。目にダークブラウンのカラーコンタクトをはめている。

「トライアルと申しまして、通常二万二千円のボディマッサージを、八千五百円で六十分間ご体験いただけるコースがございます」

「それをお願いします」

高っ。トライアルなら普通は無料か二、三千円でしょ。突っ込みは心の中で入れて笑顔を返し、店内に入った。

受付で料金を払い、奥のロビーに進んだ。淡いピンクの大理石の床に、白い革張りの大きなソファセットが置かれている。勧められてソファに座ると、カラーコンタクトの女にクリップボードに挟まれた紙とペンを渡された。紙に住所、氏名、顔や体の改善したいポイントなどを書き込んで返し、待つこと五分。さらに奥のエレベーターホールに案内された。広くはないが清潔で、飾られている絵や花瓶なども高そうだ。低く流れるBGMはオペラ。開店間もないのか、他に客の姿はない。

カラーコンタクトの女と一緒にエレベーターで二階に上がり、ロッカールームに入った。襟《えり》ぐりにゴムの入った、タオル地のガウンに着替えるように言われる。

「おっ、アッパッパか。懐かしいな。昔は夏の湯上がりには、こんなのを着たおばちゃんがあちこちに」

案の定康雄が騒ぎだしたので、和子はクマをバッグの底に沈め、ロッカーにしまった。

ガウンに着替えて頭をヘアターバンで包み、洗面台でメイクを落として隣室に移る。女に付き添われ、身長・体重、肌質などのデータを測定した。飲み会続きなので当然だが、体重・体脂肪率とも微妙にアップしている。ショックを受けているうちにまた移動を促され、廊下に出た。ドアにナンバリングされた施術室が並び、耳を澄ませるとなにかの機械の音や話し声も聞こえたが、雪乃のものかどうかはわからない。

部屋の一つに通され、大判のタオルで包まれたベッドにうつぶせになった。女が退室したので頭を上げ、周囲を見回した。

広さは三畳ほど。頭の上にロールカーテンを下ろした窓があり、壁際にタオルやティッシュなどを収めた棚、大小のボトルと瓶、時計が載ったワゴンが置かれている。棚とワゴンは種類は不明だが、合板や集成材ではなく本物の木。ボトル類のデザインはしゃれていて、ラベルの文字はフランス語だ。エステサロンに入ったのははじめてだが、さすがは超高級店というべきか。

間もなくノックの音がして、別の女が入って来た。

「いらっしゃいませ。本日担当させていただきます、エステティシャンの妹尾《せのお》と申します。よろしくお願いします」

　てきぱきと、しかし若干マニュアルチックな声で告げ、体の前で両手を重ねて会釈をした。歳は三十代前半、黒髪のショートカットでさっきの女と色違いのユニフォームを着ている。

「あ、よろしくお願いします」

「トライアルコースでは、気になる箇所を集中的にケアさせていただきます。山瀬《やませ》様は……背中の凝《こ》りと肩の張り。お若いのに、珍しいですね」

　クリップボードを手に、瀬尾は和子の顔とさっき待合室で書き込んだ紙を見比べた。

「ええまあ」

　だって、「二の腕が太い」とか「肌のたるみ」とか書くと、エステのチケットや化粧品を売り込んでくるんでしょ？　知ってるんだから。警戒心を強めながら心の中で呟く。康雄を連れてくるわけにはいかないので、一人で切り抜けなくてはならない。

　妹尾は和子のガウンを腰の上まで下げ、背中にたっぷりとマッサージオイルを垂らした。オイルはほどよく温められ、ラベンダーに似た香りが心地いい。

「では、始めさせていただきます」

頭の上で声がして、妹尾の手が和子の肩の後ろで動きだした。

整体院やマッサージ院のような力強さやもみほぐし感はないが、リズミカルで繊細な動きは快適で、みるみる緊張が解けていくのがわかった。

「これはリンパドレナージュ。体のリンパ液の流れをよくするマッサージです。オイルは、うちのオリジナルブレンドなんですよ」

「はあ。すごく気持ちいいです」

「あら、本当にすごい凝りと張り。私、前はマッサージ師をやってたんですけど、そこで診《み》てた五十代のおじさん並みですよ」

「おじさんって……職場にギリギリ五十代のおじさんがいるから、影響されたのかも、なんて」

むっとしながらも冗談めかして返したが、妹尾は笑いもせずにマッサージを続けた。その後も打ち解けようと、「メイクも服も、ナチュラルでほっこりできるものが好きなんです」と話しかけたが、「肌と体は、甘やかすと重力の法則に従ってどんどん垂れてきますよ」と切り返され、「日本もシワは年輪、シミは勲章だと思えるようになればいいのに」と振れば、「ま、そう言っとけば楽ですよね」と呟かれ、本気で腹が立ってきたが、マッサージは進めば進むほど気持ちがよく、「ぐふう」とか「ぷはー」とか、オヤジのような声を漏らしてしまった。

「私の少し前にお店に入った女性、常連さんなんですか？」

残り十五分。噛《か》み合っていないながらもコミュニケーションは十分取れたと判断し、本題を切りだした。

「あら、どなたかしら」

「大学生ぐらいで、すらっとした人。受付の人は確か、『古関様』って呼んでたような」

この程度の創作なら大丈夫だろう。そう踏んで雪乃の名前を出す。手を休めず、妹尾が頷く気配があった。仕上げに入ったらしく、ラベンダーのオイルを拭き取り、別の香りのものを使ってマッサージしている。

「ああ。すごく熱心に通って下さってますよ」

「熱心って、エステだとどれぐらいを指すんですか？」

一般論にすり替えて、個人情報を聞きだす。康雄にならった聞き込みテクニックの一つだ。

「週に三日ペースで一年間。はじめのうちは、毎日いらしてたかな」

江川からは、「雪乃は去年の夏頃から霊視を始めたらしい」との情報も得ているので、エステ通いの開始と合致する。

「へえ。それであのスタイルかあ。どこかで顔を見た気もするけど、モデルかタレントさん？」

「さあ。聞いていませんけど」

「ちなみに、どんな内容なんですか？　私もあんな風になれるなら、受けてみたいかも」

頭を上げて振り向き、できるだけわくわく感を演出する。妹尾は体を起こし、タオルで手を拭った。

「詳しくは申し上げられませんけど……スリムアップのスペシャルコースをベースにした、オリジナルプログラムです。当店のトップエステティシャンによる施術で、使うマシンやオイル類も最新、最高級のものですよ」

「いいなあ……でも、お高いんでしょう？」

今度は眉を寄せ、困り顔をつくる。参考イメージは、通販番組に出ているタレントの商品価格発表前のリアクションだ。

「それは、まあ」

「五百万とか？　もちろん支払いはカード」

「まさか。三百万ちょっとかな。キャッシュです」

「すご〜い！」

足をバタつかせて騒ぎながら、和子は康雄への報告を想定し、「一年前から週三ペース」「スリムアップのスペシャルコース。三百万をキャッシュで支払い」と頭に刻み込んだ。エステの料金は、霊視の客に支払わせた金とほぼ同じだ。

施術を終え、シャワーを浴びて着替えを済ませ、化粧をしながら康雄に施術室でのやり取りを報告した。ロビーに戻って出されたハーブティーを飲んでいると、再びカラーコンタクトの女が現れた。施術の感想を訊き、世間話をしながらサロンへの入会やコースの申し込み、化粧品などを勧めてくる。口調は柔らかく、笑顔も絶やさないがかなりしつこく、強引だ。超高級サロンとはいえ、顧客の確保は大変なのだろう。

「でも、主人に相談しないと」

女の話が一段落するのを待ち、和子は返した。ハーブティーを一口飲み、カップについた口紅を親指で拭ってソーサーに戻す。

「ご結婚されてるんですか？」

驚き、女は入店した時と同じように和子の全身を眺め、最後に左手に目を向けた。当然薬指に指輪はないが、和子は当たり前というように頷き、ゆっくり脚を組んだ。

「ええ。今どきめずらしい亭主関白で、財布は主人が握ってるの。こちらに来るのも、説得してやっとだったんです。入会となると、改めて頼まないと」

「はあ」

半信半疑ながらも、女は相づちを打った。バッグの中から、康雄の声がした。

「よし、いいぞ。この手の勧誘は、なにがなんでもその場で話をまとめようとするからな。『自分に決定権はない』と返すのが一番なんだ」

褒められて自信が湧いた。和子は片手でサイドの髪をなで、困り顔をつくってさらに続けた。

「それにマッサージは気持ちよかったけど、ちょっとね」

「なにか問題がありましたか？　おっしゃって下さい」

「問題っていうか。まあ、なんとなく」

勧誘を断る際に理由を明言すると、相手は猛反論し、出口を塞《ふさ》ごうとする。なので曖昧《あいまい》な返答を繰り返し、のらりくらりとかわして時間を稼ぐ。これも康雄に教わったテクニックだ。雪乃が現れないので、まだ店を出る訳にはいかない。

「この客は二度と来ない」と判断したのか、女の態度が露骨におざなりになった。今度は和子が話題を振り、どうでもいい会話を続けていると、廊下の奥から別のスタッフの女と一緒に雪乃が現れた。

「お疲れさまでした。いかがでしたか？」

満面の笑みに戻り、カラーコンタクトの女が頭を下げた。

「やっと体重が四十五キロを切りました。太ももも、三ミリサイズダウン。嬉しくって」

目を輝かせて答え、雪乃は和子の隣に座った。

四十五キロって、その身長で？　いくらなんでも痩《や》せすぎでしょう。驚きながら細長い体と脚を眺める。視線に気づいたのか、雪乃が振り向いたので笑顔で会釈をした。

「すごくスタイルがいいですね。モデルさんですか？」

「まさか。違います。太ってるし」

ふるふると、雪乃は華奢《きゃしゃ》な首を横に振った。声を聞くのははじめてだが、わずかに舌足らずで、かわいらしい。シャープな容貌とのギャップも、武器の一つか。

「そんな。めちゃくちゃスレンダーじゃないですか」

「ありがとうございます」

はにかみながらも嬉しそうに、雪乃が頰《ほお》を緩めた。無防備な子どものような笑顔。しかし、それはすぐに消えた。

「でも、油断するとすぐリバウンドしちゃうんです。太りやすくって」

苛立《いらだ》ったように言い、拳《こぶし》でぺったんこな腹を叩く。叩く力は弱いが、拳を握る力は強く、指の先や関節が変色するほどだ。違和感を覚え、和子はバッグのクマに視線を送った。ふん。思うところがあったらしく、康雄も鼻を鳴らす。

「古関様には、当店オリジナルのダイエットフードや脂肪燃焼サプリをご利用いただいていますし、そう心配なさらなくても今のメニューを続けている限り、リバウンドはしないと思いますよ」

茶髪の巻き髪を揺らし、雪乃を案内してきた女が口を開いた。「オリジナル」というフレーズが店の売りのようだ。その通りというように頷き、カラーコンタクトの女が続けた。

「コースに、フェイシャルやヘアエステを加えられてはいかがですか？　古関様のように美意識の高い方には、ぜひトータルビューティを目指していただきたいです」

「いいえ。私はスリムアップコースだけで十分です」

「そうおっしゃらず。古関様はVIP会員でいらっしゃいますし、料金の方も特別割引が適用されますよ」

「そういうことじゃなく。ホント、太いのを細くしたいだけなんで」

背中を丸めて体を前後させ、もどかしげに訴える。しかし、傍らに立つ巻き髪の女は諦《あきら》めない。

「本当の美しさは、トータルバランスを整えてこそで――」

「いりません。バランスとか、関係ないし。私は痩せたいだけなの」

雪乃が女を見た。挑むような眼差《まなざ》しと口調。巻き髪の女は絶句し、カラーコンタクトの女も笑顔のまま固まった。

この子、変。違和感は胸騒ぎに変わり、和子は再びクマを見た。康雄は無言。しかし黒いガラスの目で、雪乃を見つめている気配がある。

気まずい空気が流れ、それを破るように雪乃が立ち上がった。

「大学の授業があるので。明後日《あさって》の同じ時間に、予約をお願いします」

伏し目がちの早口で告げ、バッグを肩に掛けて出入口に向かった。

「おい、逃がすな」

康雄にせっつかれ、和子もバッグをつかんで席を立つ。

「私も予定が。お世話になりました」

口を開きかけた女たちに告げ、足早に廊下を進む。雪乃も料金は先に払ってあるのか、受付の前を素通りして、ドアに向かった。

「通りに出たら、声をかけるんだ。俺の言う通りに話すんだぞ」

康雄の指示に小さく頷き、和子はドアから外に出た。

「あの、すみません」

歩きだしたTシャツの背中に声をかける。足を止め、雪乃は振り向いた。

「いいお店だけど、勧誘がしつこいのが嫌ですね」

康雄が言った。笑顔をつくり、雪乃に歩み寄りながら和子は復唱した。

「いいお店だけど、勧誘がしつこいのが嫌ですね」

「ええまあ」

戸惑い気味だが、雪乃も笑みを返してきた。二人で並び、駅方向に歩く。

「たくさん廻《まわ》ったけど、ろくなお店がないの。早く痩せたいのに。ぶくぶく太っちゃって、もう最悪」

確かに少し太ったけど、ぶくぶくは言い過ぎじゃない？　それにその女言葉、キモいうえにバカっぽいんですけど。横目でクマを睨み、しぶしぶ和子は繰り返した。

「たくさん廻ったけど、ろくなお店がないの。早く痩せたいのに。ぶくぶく太っちゃって、もう最悪」

「そうなんですか。大変ですね」

身長差が十五センチほどある和子を見下ろし、雪乃は気遣うように頷いた。

「このところ、なにをやっても上手くいかないんですよ。占い師さんにでも見てもらおうかな」

康雄の言葉通りに和子はリピートした。わずかな間があり、猫背気味だった雪乃の背中がすっと伸びた。

「占いもいいけど……あの、スピリチュアルとか霊的なものとか、抵抗ありませんか？」

「よっしゃ。食いついたぞ」

康雄の弾んだ声が頭に響き、和子もその意図を理解した。次の指示を待たず、答える。

「ものにもよるけど、別に。古関さん、そっち方面に詳しいんですか？　ひょっとして『見える人』だったりして。すご〜い」

「そんなたいそうなものじゃないけど。でも、どうしてもって頼まれて、時々霊視みたいなことはします」

「ホントに？　よければ、私も見てもらえません？　前から興味があったの。あ、私、山瀬和子っていいます」

「古関雪乃です……じゃあ、私でよければ」

雪乃が頷いた。言葉は遠慮がちだが、携帯を取り出す動きは素早い。心なしか、目つきも鋭くなったようだ。

和子も携帯を出し、電話番号とメアドを交換して地下鉄の出入口で別れた。その晩さっそく雪乃から電話があり、三日後に霊視を受ける約束をした。

3

「『気配がないなら、こっちで算段付ける』って、こういうことですか」

隣のソファに置いたバッグを探るふりで、和子はクマに問いかけた。

「まあな。尾行を続けても雪乃は尻尾《しっぽ》を出さなそうだし、西山さんたちからまきあげた金は、エステに注ぎ込んでるのに間違いない。あとは証拠だ。カモのふりで話を訊き、本性を現すのを待つんだ。色紙やら数珠やらを勧める時に、違法行為があればとっつかまえられる。たとえば、『これを買わないとあなたは病気になる』とか『家族が不幸になる』とか言うと、恐喝罪が適用される」

「でも、ちょっと心配。一昨日の様子からして、雪乃って危ない感じがしません？ あんなに細いのに『太い』『痩せたい』って強調して、にこにこしてたと思ったら、急に声を荒らげる。精神的に不安定なのかも」

カフェオレのカップを取って、店内を見回す。渋谷《しぶや》駅にほど近いビルに入る、チェーンの老舗《しにせ》喫茶店。床には絨毯《じゅうたん》が敷き詰められ、天井からは豪華だが古臭いデザインのシャンデリアがぶら下がっている。テーブルの間隔がゆったりしているのはいいが、ソファはアクセントが「ク」のクラブに置いてあるような、ビロード張りの丸みを帯びた形のものだ。客の年齢層は高く、書類や図面を片手に話し合う中年サラリーマンや、スポーツ新聞を広げる老人などがいる。

「その割に、病んだりよどんだりしてる感じはねえんだよな。むしろこう、ぴんと一本筋が通ってるっていうか、妙な緊張感がある」

「霊視詐欺の裏に、なにかありそうですね」

呟いてから、空気が動いた気がして顔を上げた。通路を雪乃が歩いて来る。ミニスカートに生足はいつも通りだが、スカートは裾《すそ》にレースをあしらったシフォン、トップスもフェミニンなノースリーブブラウスだ。さらに長い髪を肩に下ろし、顔には化粧を施している。ヒール付きのサンダルを履いているせいもあり、ひどく目立つ。客のサラリーマンや老人たちも、ぽかんと眺めている。

「だまされるな。あれも手の内かも知れねえぞ。雰囲気をがらりと変えて相手を圧倒し、優位に立つ」

康雄のわめき声が響く中、雪乃は歩み寄って来て会釈をした。

「遅れてすみません」

艶《つや》やかな髪が、するりと肩から胸に落ちる。ソファに座り傍らに置いたのは、真新しいプラダのトートバッグだ。

「ううん」

相手に喋らせると決めていたので、短く返す。しかし雪乃は携帯電話の時計を見たり、髪を直したりして落ち着かない。警戒しながらも、メニューを差し出した。

「取りあえず、注文したら？」

「あっ、そうですね」

はっとして、雪乃はコーヒーを注文した。尾行していた時とも、エステサロンで話した時とも感じが違う。

どれが本当の雪乃なの？　まさか、多重人格？　戸惑っている間に雪乃はもう一度携帯をチェックし、顔を上げた。和子の顔、体、隣席のバッグと視線を巡らせ、また顔に戻る。

「そのぬいぐるみ、かわいい。この間も持ってましたよね」

クマを指して笑う。拍子抜けし、和子もクマを振り返った。

「ありがとう。私がつくったの。ちなみに、ぬいぐるみじゃなく、あみぐるみなんだけどね」

「へえ。すごい」

棒読み気味に驚き、雪乃はさらにクマを見た。丁寧にアイメイクをしているが、マスカラに塗りムラがあり、何カ所かでダマになっている。

運ばれてきたコーヒーを一口飲み、雪乃は声のトーンを落として言った。

「山瀬さん、ひょっとしてお酒好き？　少し飲み過ぎかも。肝臓が疲れてますね。あとは胃も」

「えっ。なんでわかるの？」

「アホ。むくんだ顔に充血気味の目。一目瞭然なんだよ」

わかってるってば。心の中で康雄に言い返し、カフェオレをすすって気持ちを落ち着けた。雪乃は続けた。

「それ以外は、健康に問題はないと思います。あとは……転換期っていうのかな。最近環境や考えが変わるような出来事があったかも。同時に人に言えない、大きな秘密を抱えることになった」

「すごい。当たってます」

歳を考えれば、転換期っていうのはありがち。いい大人なんだから、秘密の一つや二つ抱えてるのも当然だし。

突っ込みながらもこくこくと頷き、身を乗り出して先を促す。

その後、雪乃が口にした和子の現況は、「試行錯誤はしても意志が強く、周りに恵まれているので、おおむね目指す方向に進んでいる。恋愛運も同様。ただし、多少の寄り道、回り道、迷い道は覚悟すること」というものだった。心当たりは大いにあり、どきりとすることもあったが、同じ内容が当てはまる人は大勢いそうな気がする。

アラームをセットしていたらしく、雪乃の携帯が鳴った。霊視は三十分という約束だ。アラームを止め、雪乃は小さく首を傾げた。

「最後に……もしよければ、なんですけど」

体をねじり、バッグを探る。

出た。なにを売りつける気？　色紙？　それとも数珠？　緊張が走る。康雄が身構えたのもわかった。

「山瀬さんにどうかなあと思って」

テーブルに置かれたのは、一体のあみぐるみ。全身が黒いウサギで、ガラスの目と足の先、左耳の付け根に縫いつけられた編みものの花だけが鮮やかな赤だ。

「かわいい〜！　これ、どうしたの？」

思わず手を伸ばし、ウサギをつかむ。とぼけた表情が、なんとも愛らしい。左右の耳の大きさが少し違っていたり、手脚の縫いつけ角度が歪《ゆが》んでいたりするが、バランスが絶妙で、素朴さや手作り感をアップさせている。大きさも重さも和子のクマと同じぐらいだが、出来に雲泥の差があった。

「ちょっとしたつてがあって、手に入ったんです。見た目はかわいいけど、悪い気とか波動を追い払ってくれそうなパワーを感じます」

「ふんふん。で、お値段は？」

「七万円」

「高っ！」

「でも、持っていて損はないと思いますよ。多分、なんだけど、近々山瀬さんは大きなトラブルに巻き込まれる。これを持っていれば最悪の事態は避けられるかも知れないけど、そうじゃないと——」

「二万五千円でどう？　なら買う」

「値切るな。買うな。せっかく雪乃が正体を現しかけてたのに。なに考えてやがる」

康雄にわめかれても、和子は動じない。独り言を装い、反論した。

「でもこの子、すごくかわいいし。クオリティーの高さからして、多分作家ものだわ。なんか呼ばれてる気もするし。こんな気持ちになったの、このクマのモデルになったあみぐるみを買った時以来」

「まあ、無理にとは言いませんけど……これから約束があるので、失礼しますね」

あっさりと言い、雪乃は和子の手からウサギを奪った。焦らせて決断させる作戦かと思いきや、本当に慌ただしく身支度をしている。

「ちょっと待って。それに、霊視の代金は？」

「ああ……千円と、ここをおごってもらえればいいです」

「えっ。そんなんでいいの？」

思わず訊き返したが、雪乃は笑顔で頷いた。

「実は、霊視はこれでお終《しま》いなんです。山瀬さんが最後のお客さん。特別サービスです」

「最後？　それどういう」

うろたえながらも雪乃に手を差し出され、つい財布から千円を出して渡してしまう。雪乃は千円をしまい、バッグをつかんで立ち上がった。

「じゃあ、お元気で」

清々《すがすが》しい顔と声で告げ、足早に店を出ていった。

慌てて伝票をつかみ、後を追った。雪乃はビルを出ると歩道を横切り、タクシーを拾った。和子も別の車を拾い、前のタクシーについて行くよう指示する。

「なにあれ。おかしい、っていうか話が違いますよね。『霊視はこれでお終い』ってなんで？　まさか、こっちの動きに気づいたとか？」

携帯を構え、動揺をぶつける。運転席の中年男が、バックミラー越しにちらりとこちらを見た。車は青山通りを走っている。きつめのエアコンが入っているが、車窓から西日が差し込んでくる。梅雨《つゆ》の合間の晴れ間だが、日差しの強さは真夏並みだ。

「俺は雪乃の慌てぶりが気になる。『約束がある』とか言ってたが……いずれにしろ、正念場だ。気を引き締めてかかれよ」

重々しくももったいぶった康雄の声に、和子の緊張が高まる。

雪乃を乗せたタクシーはすぐに停まった。和子も降車し、間を空けてついて行く。

雪乃は歩道橋を渡って向かいの歩道に降りた。少し歩き、傍らの大きな門をくぐる。ヨーロッパあたりの教会を思わせる重厚な鉄製の門柱には、「南青《なんせい》大学」と書かれた門札が取り付けられている。ミッション系の私立大学だ。

迷うことなく、雪乃はまっすぐに伸びる並木道を進んだ。キャリングケースやデイパックを持った学生が行き来し、それに紛《まぎ》れて和子も構内を進む。

突き当たりまで行くと、広場に出た。周囲に大小の校舎が並び、中央には円形の大きな植え込みがある。中には、大きな樅《もみ》の木が植えられている。この樅の木はクリスマスシーズンにはイルミネーションが施され、和子も青山の雑貨屋でバイトをしていた時に見に来たことがある。

雪乃は植え込みの前で足を止めた。周囲を見回し、携帯を覗く。康雄に指示され、和子は生い茂る枝葉をかき分け、植え込みの中に入った。葉が散って羽虫が飛び、通りがかりの学生に不審の目を向けられたが、ウサギのあみぐるみが心残りなこともあり、構ってはいられない。

手入れの行き届いた芝生の上を頭を低くして進み、後ろから雪乃に接近した。髪をいじったり、携帯をチェックしたりと相変わらず落ち着きがない。

「雪乃ちゃん」

声がして、男が歩み寄って来た。歳は雪乃と同じぐらい。小柄細身で、彫りが深く、ややくどすぎる感はあるが、イケメンだ。

「谷村《たにむら》くん、久しぶり。急に呼び出してごめんね」

雪乃が谷村というらしい男に向き直った。声は明るいが、うわずっている。

「いや、いいけど。ホント、久しぶりだね。修了式以来だから、一年ちょいか。元気? てか、すげえ痩せてない?」

口調は親しげでテンポもいいが、表情はどこかぎこちなく、視線も定まらない。

雪乃の斜め後ろにある植え込みの陰に隠れ、和子は呟いた。

「なんだろう、この空気。どういう関係なのかしら」

「修了式って言ったぞ。学校かなにかの同級生だろう」

胸の前に垂れていた髪を指先で後ろに払い、雪乃は頷いた。

「うん。がんばってダイエットしたの。引かれるかも知れないけど、どうしても諦めきれなくて」

「へえ。なにを？」

縦に長く横に短い雪乃の背中が、緊張したのがわかった。一旦俯いたあと、片手でバッグのショルダーをつかみ、意を決したように顔を上げる。

「谷村くん」

「えっ」

「去年フラれて、忘れようとしたの。でも、できなかった。だから谷村くんの好みに近づけるように、自分を変えたの。今、つき合ってる人はいる？」

「ち、ちょっと待って。俺の好みってなに？　話が見えねえんだけど」

わかりやすくうろたえ、谷村は乳白色のキャリングケースを腋《わき》に挟んで右の手のひらを体の前に上げた。

「だって言ったじゃない。私、痩せたでしょう。一生懸命がんばったのよ」

切羽詰まったような早口で返し、雪乃は前のめりに一歩踏み出した。十センチちょっと身長差があるので、谷村に覆いかぶさっているようにも見える。左右に視線を走らせ、谷村は後ずさった。

「言ったって、なにを？　てか、なんで俺？　雪乃ちゃん、かわいいし、あんなにいい大学に入ったやん……それに、太かもん」

動揺がかなり大きいのか、アクセントと語尾がおかしくなる。

「まだ足りないの？　何キロならいい？　四十？　それとも三十八？」

「いや、だから……雪乃ちゃん、一旦落ち着こう」

片手を伸ばし、言い含めながらもスニーカーの足は一歩、二歩と後ずさる。追いすがるように、雪乃はさらに前進した。

ふいに、人影が和子の視界を横切った。脇から、若い男が乗った自転車が走って来て二人に接近する。男はハンドルを切って雪乃を避けようとしたが、同じ方向に雪乃も動いてしまう。

「危ない！」

谷村が雪乃の腕をつかんで引き寄せた。ぎりぎりのところで衝突はまぬがれたが、雪乃の肩からバッグが滑り落ちた。アスファルトに財布と化粧ポーチ、ウサギのあみぐるみが飛び出す。そこに、自転車のタイヤが迫る。

「ウサちゃん！」

「おい！」

和子が叫び、康雄の声が重なった。状況はすべて吹っ飛び、和子はばきばきと枝を折り、葉を散らしながら植え込みを出た。立ち塞がるように自転車の前に飛び出し、ウサギを拾う。男は短い声を上げてハンドルを切り、ブレーキをかけた。耳障りな、かすれた金属音が響く。

「セーフ」

胸がばくばくいうのを感じながら、ウサギを抱いて振り向いた。同時に、目と口をぽかんと開けた雪乃と谷村と視線がぶつかる。とたんに、焦りと後悔が押し寄せてきた。

「タコ。どう説明する気だ」

康雄の舌打ちが頭に響く。焦りはさらに強まり、和子はバッグのクマを見下ろした。

「だって……康雄さんも、『おい！』って言いましたよね」

「あ、ありゃ条件反射ってやつで」

「山瀬さん、どうして」

雪乃が口を開いた。眼差しに、驚きと疑惑が広がっていく。

まずい。いっそ、こっちの目的を打ち明けようか。でも、詐欺の証拠はつかんでないし。焦りがピークに達した時、谷村と目が合った。ぱっ、と閃《ひらめ》くものがあり、和子は谷村に向き直った。

「ちょっとあなた。ひどくない？」

「えっ」

「女の子が勇気を振り絞って告白してるのに、ああいう態度はないでしょう。第一、こんなスレンダーな子に『太い』ってなによ」

「違う。俺はただ」

「はあ？　今さらなに言ってるの」

「ぎゃあぎゃあわめくな。そいつに喋らせてやれ」

康雄に諭され、口をつぐんで雪乃を窺《うかが》った。眼差しは和子ではなく、谷村に向けられている。取りあえず、上手くごまかせたようだ。

和子に怯《おび》えの目を向けたのち、谷村は話を始めた。


福岡県出身の谷村は、大学の現役入学に失敗。一年余り前に同じ浪人生の友人数人と上京し、池袋《いけぶくろ》の予備校に通い始めた。そこの自習室で顔を合わせ、親しくなったのが、高校三年生だった雪乃だ。気が合って親しくなり、励ましあいながら合格を目指していたが、またもや谷村は志望校合格に失敗。仕方なく、第二志望の今の大学に入学することになった。一方雪乃は第一志望に見事合格、飛び上がって喜び、そのままのテンションで予備校の修了式の後、谷村に交際を申し込んだ。雪乃のことは、「かわいい」「いい子だな」と思っていた谷村だったが、受験失敗の引け目と嫉妬《しっと》もあり、「ごめん。つき合えない」と断ったという。

「ウソよ。受験なんて言い訳でしょ。本当の理由は違う。私、聞いたんだから」

話を聞き終えるなり、雪乃は騒いだ。拾い集めたものをバッグに突っ込み、抱え込んでいる。剣幕に圧《お》され、及び腰になりながらも谷村は訊ねた。

「なにを？」

「私をふった後、予備校の廊下で地元の友だちと話してたじゃない。はっきり覚えてるわ」

「話って？」

ハイテンポの会話が交わされ、和子は二人の顔を交互に見た。返せと言われないのをいいことに、ウサギは持ったままだ。

雪乃はしばらく沈黙し、谷村から顔を背《そむ》けた。

「友だちが『お前、雪乃ちゃんに告《こく》られたと？』って訊いて、谷村くんは『うん。でも断った』って答えた。友だちは『なんで？　お前ら仲良くしとったやん』って驚いたけど、谷村くんは『無理無理。だってあの子、太かもん』って笑ってたわ」

声を震わせ、目に涙をためて答え、俯いて背中を丸めた。和子はぽかんとしている谷村を睨んだ。

「ひどすぎる。最低。てか、何様よ」

「ううん。あのころ私、本当に太ってたの。だから、『ダイエットして痩せよう。谷村くんにふさわしい女の子になって、もう一度告白しよう』って決めたの」

涙を拭い、洟《はな》をすすって雪乃が訴える。表情と仕草だけ見れば、小さな女の子のようだ。

「ああ、そうか。そういうことか。なんだよ」

急に大きな声を出し、谷村は目を閉じて眉間にシワを寄せ、空を仰いだ。すぐに姿勢を戻し、雪乃を見る。

「確かに言った。でも誤解だよ。『太か』って、福岡の方言なんだ。太ってるって意味じゃなく、『立派』とか『すごい』、あとは『背が高い』って言いたい時に使う」

「方言⁉ なにそれ」

和子がわめき、康雄は間の抜けた声を漏らした。雪乃も驚いたように固まり、谷村を見返す。

「じゃあ、私のことも」

「うん。デブって意味で言ったんじゃないし、そんなの、一度も思ったことないよ……俺、チビだろ？　ガキの頃からかわれて、すげえコンプレックスなんだよ。中学の頃、背の高い女子に告ったら、『自分より小さい人とつき合いたくない』ってふられたこともあって」

表情や言葉の硬さからして、本人にとっては相当なコンプレックスで、心の傷なのだろう。しかし谷村の目はまっすぐに雪乃に向けられている。

「そんな……じゃあ私は、なんのために」

固まったまま、雪乃が呟いた。涙は止まっているが、唇が小さく震えている。

今だ。そう閃き、和子は康雄の指示を待たずに問いかけた。

「雪乃さん。霊視でエステのお金をつくってたんでしょう？　きっかけはなんだったの？」

「自己流のダイエットが上手くいかなくて、エステに通うことにしたの。ドラッグストアでバイトしてたんだけど、あるとき常連のおばさんに『手が痺《しび》れる』って相談された。実は私、幼稚園ぐらいまですごく霊感が強くて。場所とか人、ものがどんな状態とか、なにがあったかとかわかったの。今でも、相手の弱ってる部分はなんとなくわかる。おばさんの場合は、頭のどこかだってピンときた。迷ったけどすごくいい人だから、『大きな病院に行って、調べてもらった方がいい』って言ったの。そうしたら十日後ぐらいにおばさんが来て、『信じられなかったけど念のために病院に行ったら、脳梗塞《のうこうそく》になりかけてた。発見が早くて、薬で治してもらえた』って」

弱々しい声で途切れず一気に、雪乃は話した。俯いてはいるが谷村を意識しているのは明らかで、当てつけの意図があるのかも知れない。

「すごいじゃない。それで？」

でっちあげの可能性も高いが、知りたいのはこの先だ。素直に驚いた風を装い、先を促す。

「おばさんはすごく喜んで、店の商品をたくさん買ってチップまでくれた。それからしばらくしたら、おばさんの知り合いって人が、『自分も見て欲しい』って来たの。仕方なく見たら、その人の紹介で別の人、そのまた紹介、みたいな感じで、どんどん人が来てお金を貰《もら》えた。迷ったけど、ドラッグストアより全然稼げるし、どうしても痩せたかったから」

「でも、七万円のウサギは必要？　五万円の色紙や二十五万円の甕がないと、病気や悩みは解決できないの？」

「なんでそれを」

雪乃の顔色が変わった。構わず、和子は続けた。

「遂げたい想いや、譲れない夢があるのはわかる。でも、そのために人をだましていいの？　あなたがしたのは、信じて、頼りに思ってくれた人の心を弄《もてあそ》んで踏みにじること。霊能力がどうとか関係なく、人として間違ってる」

怒りを堪《こら》え、極力ソフトに淡々と告げる。経験上、その方が相手の心に届き、応《こた》えると知っているからだ。

ふん。康雄が鼻を鳴らした。「生意気に」あるいは、「まあまあだな」の意味か。

ぶわっと、雪乃の目から涙が溢《あふ》れた。

「わかってたけど、どうしても痩せたくて。痩せなきゃいけないって思って」

声を詰まらせ、背中を丸めたまま谷村を見る。和子もつられると、谷村は雪乃よりもさらに顔を青ざめさせ、呆然《ぼうぜん》としていた。

沈黙が流れ、気まずい空気が流れた。雪乃は泣きじゃくり、谷村は固まったまま動かない。

今の会話で雪乃が詐欺行為を認めたことになりそうだし、谷村を証人にできる。「後は二人で話し合って」とこの場を去っても、問題はない。しかしなぜかエステサロンでの雪乃の笑顔や、危なげな言動を思い出し、和子の足は動かなかった。

「康雄さん。どうしたらいい？」、心の中で問いかけ、クマを見た。大きく息を吸い込んで吐き、康雄は言った。

「自分をバカだと思うか？」

一瞬面食らったが、ガラスの目を見て雪乃への問いかけだと気づいた。

「自分をバカだと思う?」

康雄の口調を真似、伝える。のろのろと顔を上げ、雪乃は濡れて充血した目を和子に向けた。

「償う気はあるか?」

「償いをする気はある?」

続けて伝える。無言で、しかし大きく雪乃は頷いた。重ねて、和子は問うた。

「それ本気? 大事なものを全部失うかもよ」

「もともと、大事なものは一つだけ。それもダメになっちゃったし」

ひどい鼻声で、雪乃が返す。谷村のことだろう。状況を考えれば無理もないが、被害者意識が強いのが引っかかる。

「それと、谷村」

康雄が言い、和子は視線を滑らせた。

「それと、谷村さん」

呆然としたまま、谷村が見返す。

「コンプレックスは仕方がないとして、青臭いプライドを守るためにそれを雪乃に伝えず、逃げたのは不誠実だ。好いた惚《ほ》れたに関係なく、相応の責任は取るべきだぞ」

言い回しを若干変え、和子が伝えると谷村は開けっ放しだった口を閉じ、目にも生気が戻った。迷う様子を見せながらも、小さく首を縦に振った。

「よし。後はこいつらに任せろ。帰るぞ」

康雄の指示を受け、和子は二人に目礼して歩きだそうとした。

「おっと。ウサギは返せ。どさくさまぎれに持ち帰ろうったって、そうは問屋が卸さねえぞ」

そんなこと思ってません。心の中で憤慨し、心残りながらもウサギを雪乃に渡す。ふと、一つの想いが胸をよぎり、言葉が湧き出すまま伝えた。

「雪乃さんは体重、谷村さんは身長。二人とも、コンプレックスに翻弄《ほんろう》されて過ちをおかしてしまった。つまり、似たもの同士。今なら、お互いの気持ちがわかるんじゃない？」

沈黙。雪乃も谷村も、動揺した様子で和子を見返す。それからゆっくり、互いに向き直る。その視線が重なる前に、和子は身を翻し、歩き始めた。

4

店の前に、黒や紺の傘の列ができていた。スーツや作業服を着た男たちで、その中に赤やピンクの傘をさして財布を手にした制服姿の女も交じっている。

「すごい。大盛況ですね」

バッグのクマに語りかけ、おろしたての水玉模様のレインブーツをぽくぽくと鳴らしながら近づいていく。列の脇に立っていたレインコート姿の男が振り返った。

「和子さん」

「楊さん。開店おめでとうございます」

手提げ紙袋の持ち手を肘《ひじ》にかけ、傘の柄を両手でつかんで頭を下げた。レインコートのフードを外して白い調理帽子も脱ぎ、楊は会釈を返した。

「ありがとうございます」

「初日から行列なんて、すごいじゃないですか」

和子は振り向き、楊も店に目を向けた。小雨が、「お弁当　陸夢亭」の真新しい看板を濡らしている。外壁のあちこちに「本日開店！」のチラシが貼られ、小窓の左右には建設会社や食品メーカーなどからの祝い花が並んでいる。

「お昼時だし、割引券をたくさん配ったから。西山さんには、『本当の勝負は一週間過ぎてからよ』って言われてます」

その西山は、引き戸脇の小窓の奥に立ち、行列の客たちから注文を聞いたり、レジを叩いたりしている。和子に気づき、若干のぎこちなさが感じられる笑顔で目礼してきた。

「おお。思ったより元気そうじゃねえか」

康雄が声のトーンを上げ、和子は手を振って西山に応えた。

「厨房には、江川さんと陳さんが入ってるの？」

「陳さんはお弁当の配達と、スペシャルゲストのお迎えです。厨房は、ボランティアの人が手伝ってます」

「スペシャルゲスト？　ボランティア？」

面食らう和子を、楊は黙ったままいたずらっぽい目で見る。

「和子ちゃん。来てくれたの？」

引き戸が開き、江川が出てきた。真新しい白衣を着て調理帽子をかぶり、店の名前の刺繍《ししゅう》が入った濃紺の胸当てエプロンをしめている。

「おめでとうございます。これ、お祝いです」

思わず、和子の声も弾む。手提げ紙袋から取り出して渡したのは花束。花のチョイスとアレンジはいいが、包装紙のセロファンに貼られた「フローレスところざわ」の、ダサくて大きなシールが恥ずかしい。

「あら、嬉しい。見て。こんなきれいなのをいただいたわよ」

江川が受け取った花束を、楊と西山に見せる。

「本当によかったですね。西山さんもお元気そうだし」

「まあね。和子ちゃんから話を聞いた時はショックを受けたみたいだし、色紙と甕を捨てた時には一悶着《ひともんちゃく》あったのよ。でも、開店準備のドタバタが幸いしたわ。ケンカしたり、悩んでるヒマはなかったから」

「そうですか。一段落してから、落ち込んだりしないといいんですけど。それと、他に霊視を受けた人たち。雪乃さんが事情説明とお詫《わ》びに廻って、『親から借りて、いただいたお金は全部返します』って申し出ても、ほとんどの人が断ったって聞いて驚きました」

「『事情はどうあれ、病気が見つかったり悩みが解決して助けてもらったのは事実。雪乃さんには感謝してるし、事を荒立てる気はない』ってね。これ以上被害が広がる怖れはないし、そう言われちゃうと仕方がないわ」

客に呼ばれて楊が行列の整理に戻り、和子は江川と厨房に向かった。

厨房内はコンロがフル稼働し、業務用の大きな鍋から煙が立ちのぼっている。調味料と肉、炊きたての白米の匂いなどをはらんだ熱気が、出入口の前に立つ和子に押し寄せてくる。

「江川さん。から揚げのつけダレの味見をして下さい」

持ち場に戻った江川に、奥から女が歩み寄った。白衣にエプロン、調理帽子、マスクを身につけ、露《あら》わになっている部分はわずかだが、白く華奢な首とすらりとした脚は見間違えようがない。

「雪乃さん⁉」

思わず出入口から身を乗り出す。タレらしき茶色の液体の入った小皿を江川に渡し、雪乃が振り返った。

「あ、山瀬さん。どうも」

「どうもって……ここでなにしてるの？」

「ボランティアです。西山さんにお詫びに行ったら、一緒にいた江川さんに『金銭だけじゃなく、態度で示すのも大事よ。なにかしたい気持ちがあるなら、店を手伝って』って言われたんです」

南青大学での一件から一週間。江川から成り行きは聞いていたが、雪乃と連絡は取っていなかった。まさか、こんなことになっていたとは。康雄も呆気《あっけ》に取られているようだ。

「ショウガが足りないわね。あと、みりんも少し足して」

味見をして小皿を雪乃に返し、江川はこう説明した。

「雪乃さんをひと目見て、『世間知らずで頭でっかちのお嬢ちゃん』だってわかったの。でも根は真面目そうだし、地道に働かせるのが一番の薬かなと思って。案の定、失敗ばっかりなんだけど、そういう姿を見せた方が西山さんの目も醒めるだろうしね。他の霊視のお客さんにも、うちの開店通知とお弁当やお総菜の引換券を送ったから、当分はここで働いてもらうつもりよ」

「おお、なかなかの采配だな。さすがは同世代。この人、昭和二十四年生まれだったか？　それとも二十五？　寅《とら》年か」

康雄がはしゃぎ、厨房の暑苦しさがさらに増す。和子は訊ねた。

「雪乃さん。谷村さんとは？」

「山瀬さんが帰った後、二人で話しました。谷村くんに、『雪乃ちゃんに告られてすごく嬉しかったのに、コンプレックスに負けて素直になれなかった。想い続けてくれたことも嬉しいけど、今は自分と向き合ってけじめをつけなきゃならないことが、たくさんある。雪乃ちゃんも同じだと思うよ』って言われて、すごく恥ずかしくなるのと同時に、視界がぱっと開けたような気持ちになったんです」

「はあ」

なに、この変わりよう。目なんか輝かせちゃって。呆れる和子に答えるように、康雄の声がした。

「やることは極端で暴走しがちだが、それだけ素直で純粋なんだな。江川さんが言うように、『世間知らずで頭でっかち』だが、それが若さってもんだ。ま、取りあえずは見守ってやるか」

わかるけど、なんかいつもより甘くない？　胸の中で異議と疑問を呈し、クマを見おろす。マスクを引き下げ、雪乃は和子に一礼した。

「いろいろすみませんでした。この間の千円とコーヒー代は、お返しします」

「いいわよ。どうせ経費で落ちるし。そのかわり、無茶なダイエットとエステ、それに霊視も二度とやらないって約束して」

「はい。誓います」

「雪乃さん、今日このあと谷村くんとデートだって。ね？」

からかうように、江川が雪乃の肩を叩く。マスクを口の上に戻し、雪乃は首を横に振った。

「そんなんじゃありません。『ありのままの友だち同士として、メシでも食おう』って、メールをくれたんです。でも、『よければヒールの靴を履いてきて。この間、すごく似合ってたから』とも書いてあって」

「ふうん」

「よかったわね」、のど元まででかかったが言葉にはせず、代わりにこう続けた。

「夕方には雨が上がって、夜はきれいな星空になるらしいわよ」

「はい！」

ぴかぴかの笑顔で、雪乃はもう一度和子に頭を下げた。マスクで半分覆われている上に、汗と皮脂でてかり気味。それでも、これまでに見たどの顔より魅力的だった。

「なんだそりゃ。持って回ったような言い回しは相変わらずだが、なんか刺々《とげとげ》しくねえか？……はは～ん。若さへの嫉妬か。そうかそうか。お前もそういう歳になったか」

一方的に言いがかりをつけ、勝手に納得し、康雄はいかにも楽しげに笑った。その声が和子の頭に響き、鼓膜を震わせる。

ムッとしてクマをバッグの底に沈めようとした時、車の音がした。店の脇に白いワゴン車が停まり、「お弁当　陸夢亭」とペンキで書かれたドアから陳が降りて来た。

「お帰りなさい」

声をかけたが、陳は手を上げて笑っただけでこちらには来ず、傘をさして助手席側に廻る。助手席のドアを開けると、ぴょん、と男の子が飛び降りた。小学校一年生ぐらいで、長袖のTシャツにハーフパンツ、スニーカーという格好だ。

「陸くん！」

和子が声を上げ、江川が厨房から飛び出した。陳がさした傘に入り、陸が歩み寄ってくる。

「お帰り、陸くん。大きくなったね。おばちゃんのこと、おぼえてる？」

陸の前に身をかがめ、江川が問う。陸はその顔を、なにも言わずにじっと見返した。柔らかそうな髪とすべすべの頬、小さな唇。去年病院で会った時と変わりはないが、体はひとまわり大きくなっていた。そして右腕には、ミルクティー色のあみぐるみのクマを抱えている。

緊張気味に見返すだけの陸に、江川は笑って首を横に振った。

「いいのいいの。帰って来てくれただけで、嬉しいわ。この日を、みんなどれだけ──」

言葉に詰まり、俯いて肩を震わせ始めた。怪訝《けげん》そうに目を向けた行列の客に、楊がなにか声をかけてフォローする。

「スペシャルゲスト」ってこのことだったのね。陸くん、外出できるようになったんだ。よかった。本当によかったね。

胸と目頭が熱くなるのを感じながら陸と江川に語りかけ、ミルクティー色のクマに向かって呟いた。

「ミル太も。お帰りなさい」

このクマとの出会いが、すべての始まりだった。どこにでも持ち歩き、辛い時も怖い時も嬉しい時も一緒だった。「古巣」との再会に感無量なのか、康雄は押し黙っている。

「陸くん。お家《うち》だよ!」

後ろから西山の声が飛んだ。こちらも涙ぐみながらも笑顔をつくり、驚く客には構わず、小窓から身を乗り出して陸夢亭の建物を指している。

ゆっくりと、陸の視線が動いた。

「おうち」

発声はやや不安定だが、迷うことなく言い、立てた指でかつての我が家を指した。江川が声を漏らして泣きだし、西山は必死に涙を堪え、レジを打っている。楊と陳も含め、みんなが陸の声を聞くのは、高井夫妻の事件後はじめてだろう。

チュニックのポケットからハンカチを出そうとして、陸の視線に気づいた。和子のバッグの上部、口から顔を出したクマを見ている。

「わかる? この子、クーちゃんにそっくりでしょう。私がつくったのよ」

身をかがめてクマを出し、陸の顔の前にかざす。黒目勝ちの大きな目が動き、小さな唇が開いた。

「違う。こんなヘボいの、クーちゃんじゃない」

大きくはっきりした声に、行列の客が笑う。

ヘボいって……。そりゃクーちゃんとは、出来に雲泥の差があるけど。ショックを受けると同時に、陸の快復ぶりに驚く。ふん。康雄が鼻を鳴らした。

「まあ、事件前は、元気いっぱいのいたずら坊主だったらしいしな。これだけ減らず口が叩けりゃ、退院は近いんじゃねえか」

「ですね。退院後はどこで暮らすとか、課題もありますけど」

ため息とともに呟き、和子は体を起こした。陸はまだ、客たちを見ている。

「陳さん。忙しそうだし、陸くんにも会えたから帰りますね。落ち着いた頃にまた来るので、お弁当を食べさせて下さい」

「わかりました。必ず来て下さい。待ってます」

陳の言葉に頷き、陸や江川たちに手を振って歩きだす。三十メートルほど進んだところで、雪乃が追いかけてきた。

「山瀬さん、待って」

「どうしたの？」

「これどうぞ」

差し出されたのは、黒ウサギのあみぐるみ。歓声を上げ、和子はウサギを受け取った。

「いいの？」

「はい。山瀬さん、『呼ばれてる気がする』って言ってたでしょう。そういう気持ちって、大切だから」

「やっぱり？　だと思った。呼ばれてるっていうか、『この子はうちの子』っていうか」

ハイテンションで捲《まく》し立てる和子に、康雄が大きく下品な舌打ちをする。それで思い出し、訊ねた。

「でも、七万円も払えないわよ」

「とんでもない。差し上げます」

「ホントに⁉　ありがとう。すごく嬉しい！」

片手でウサギと傘の柄を持ち、もう片方の手で雪乃の手を握りしめる。困惑気味に小さく笑い、雪乃はこう付け足した。

「実は、霊視した時に言った『大きなトラブルに巻き込まれる』って、本当なんです。このウサギからパワーを感じるのも本当。だから持ってた方がいいと思う……

それと、そのクマなんですけど、ひょっとして」

「えっ、なに？」

視線をウサギに落としたまま、訊き返す。しかし雪乃は首を横に振った。

「いえ、なんでもないです。じゃあ、仕事があるので」

会釈をして、雪乃はもと来た道を戻っていった。傘を持ち直してウサギを抱き、和子も歩きだした。

「なんか夢みたい。この子、なんて名前にしようかな。ブラッキー？　クロスケくん？　あ、花をつけてるから女の子か」

「おい。浮かれてねえで、ちゃんと前を見て歩け。まったく、いい歳してそんなもんにうつつを抜かしやがって」

「妬《ねた》まない妬まない。そりゃかわいさは比べものにならないけど、ブサイクにはブサイクのよさがありますよ」

「アホンダラ。ブサイクって、つくったのはお前だろうが……それにしても雪乃のやつ、ひょっとして俺に気づいてたのか？　インチキのでまかせだと思ってたが、霊能力とやらは本物？」

「さあ。どっちでもいいじゃないですか」

「トラブルがどうのとも言ってたし。それと、そのウサギ。どうも気に入らねえな」

「はいはい。なんとでも言って下さい」

康雄を受け流し、和子はウサギをバッグのクマの横に入れた。二体のあみぐるみはデザイン・色合いとも、相性がいいようだ。さらに嬉しくなって、頬が勝手に緩む。

ほとんど上がりかけていた雨が、また降りだした。しかも雨脚が強い。傘を打つ雨音も大きくなり、康雄はさらに騒ぐ。しかしどちらも和子の耳には入らず、うっとりとウサギとクマを眺めていた。

第三話

さまよう炎

MY FAIR TEDDY

1

『九月八日　晴れ
・午前七時二十八分＝市川《いちかわ》の自宅を出発。
・午前八時六分＝上小岩《かみこいわ》の勤務先に到着。以後外出なし。
・午後十二時三分＝同僚（男性一名）と昼食へ。勤務先向かいのカフェレストラン〈ローゼン〉入店。オーダーは』

ペンを走らせる手を止め、和子《かずこ》は耳を澄ませた。

「ご注文はお決まりでしょうか」

通路に立ったウェイトレスが、斜め前方のテーブルに声をかけた。向かい合って置かれた椅子には、ベージュの作業服にスラックス姿の男が二人座っている。

「Aランチはハンバーグ、Bランチは焼き魚か……じゃあ、Aで」

メニューから顔を上げ、奥の席の男が答えた。歳は三十代半ば。小太りでよく日に焼けている。

「僕も同じ」

手前の席の男も告げた。おしぼりで手を拭きながら、携帯電話を眺めている。こちらも三十代半ばで色白痩身《そうしん》、銀縁メガネをかけている。

「また？」

小声で突っ込み、和子はノートに「オーダーはAランチ（デミグラスハンバーグ・ライス、サラダ付きで六百三十円）」と記した。その脇を、オーダー票とメニューを手にしたウェイトレスが通り過ぎていく。

「なにを食おうと、いいじゃねえか」

呆《あき》れ気味に康雄《やすお》が言う。隣の椅子に置いたトートバッグから、あみぐるみのクマが顔を覗《のぞ》かせている。

携帯を構え、和子は康雄との会話体勢をとった。

「だって、いつもじゃないですか。ランチする場所と相手は違っても、オーダーは『僕も同じ』」

「食い物に興味がねえんだろ」

「主体性の問題ですよ。ああいうタイプって、結婚したらなんでも奥さんに決めさせそう。シャツから下着から全部買わせて、病院や床屋さんの予約までやってもらうの」

小声で話しながら、つい顔をしかめてしまう。銀縁メガネの男は携帯を弄《いじ》り続け、向かいの日焼けした男も自分の携帯を操作している。どちらも視線は液晶画面に落としたままだが、ぽつぽつと言葉を交わし、時折笑い声も聞こえてくる。

ちっ。例によっての、下卑《げび》た舌打ちの音が響いた。

「男がパンツなんぞ買いにいけるか。病院やら床屋やらの予約だって、女房の仕事のうちだろう」

「出た、男尊女卑。この言葉自体、もはや死語だけど」

「うるせえな。服だ髪だと変に色気づいてるやつより、浮気の心配がなくていいじゃねえか。そのうえ真面目《まじめ》で性格も温厚。結婚相手としちゃ最高だ。報告書にそう書いておけ」

「『報告書に私情は厳禁。起きたこと、見たものだけを書け』って言ったの、康雄さんですよ」

クマに冷ややかな視線を送り、ペンの先でノートを指す。再び、舌打ちの音がした。

「ああ言えばこうと……いいから、お前もオーダーしろ」

「了解。なににしようかな」

携帯を下ろし、メニューを眺める。

「向こうより早く来て、先に食い終われるものにしろよ。働く男の基本は早メシだからな。そこに早ション、早グソと続いて」

「ちょっと、やめて下さい。カレーライスにするつもりだったのに。もう最悪」

思わず声を大きくしてクマを睨《にら》む。聞こえたのか、銀縁メガネの男がちらりとこちらを見た。

オーダーを済ませ、なにかわめいている康雄を無視してクマをバッグの底に沈めた。代わりに、左耳に赤い花をつけた黒いウサギを取り出す。こちらもあみぐるみで、二カ月ほど前に雪乃《ゆきの》という女子大生から譲り受けたものだ。

「あなたのお名前、なににしようか。ずっと考えてるんだけど、ぴったりなのが浮かばないのよね」

指先で長い耳を撫《な》で、ウサギに微笑《ほほえ》みかける。照明を受け、ガラスの赤い目が鈍く光った。名前同様、飾る場所もなかなか決まらず、このところクマと一緒に持ち歩いている。

三日前。白金《しろかね》町内会長・菊田《きくた》に伴われ、一人の中年女がテディ探偵事務所を訪れた。瀬戸川《せとがわ》といい、青山《あおやま》町の住人で二十代後半の娘に縁談話があるという。相手は小岩の物流会社に勤める鶴見《つるみ》という男で、家柄も経歴も申し分なく、引き合わせたところ双方気に入って話を進めることになった。しかし、あまりに申し分がないと逆に「なにかあるのでは？」と思うようで、身上調査を依頼してきた。乗り気でなかった和子も、「娘の一大事。お金はいくらかかっても構わない」という言葉につられ、翌日から調査に取りかかった。

連日尾行と張り込みをしているが、鶴見は自宅と会社の往復で、飲みに行くのもつき合い程度。休日は犬の散歩と親の買い物のつき合いで出かけるぐらいで、これといった趣味もなさそうだ。人柄も真面目で温厚らしく、自宅と職場周辺の聞き込みの結果はすこぶる良好。今のところ、欠点らしい欠点は見あたらない。

康雄の言葉通り、鶴見たちは運ばれて来た料理を早々に平らげ、二十分も経たずに店を出た。和子もカレーをかき込むようにして食べ、後に続いた。鶴見たちが会社のビルに戻るのを確認し、通りを進んだ。JR小岩駅にほど近い一角で、オフィスビルとマンション、倉庫などが雑然と並んでいる。照りつける太陽で首筋がじりじりとして、車道を走り抜ける車からは熱気が押し寄せてくる。残暑が厳しく、九月に入っても最高気温は連日三十度を超えている。

「えっ。ウソ！」

声を上げ、和子は路肩の小型乗用車に駆け寄った。フロントガラスの端に、「駐車違反　速やかに移動してください」と大きく書かれた黄色い紙が貼り付けられている。

「どうして？　昨日までは大丈夫だったのに」

「なんだ、駐禁か。だから車なんか使うなって言ったんだ」

　バッグの底から、康雄のくぐもった声がした。

「だって暑くて。パソコンを持ち歩いて、ネットショップの運営管理もしなきゃならないし。それに、瀬戸川さんがレンタカー代を出すって申し出てくれたんですよ」

　車の脇に立ち、黄色い紙を見ながら呆然《ぼうぜん》と返す。歩道の後ろを通るサラリーマンやOLが、ちらちらと眺めていくのがわかった。

「自業自得だ。鶴見さんは退社時刻まで出てこないだろうから、警察署に行って違反切符を切られてこい。放置車両違反で減点三点、罰金一万八千円か……おっと。罰金は捜査費用とは認めねえからな」

　前半は重々しく、後半はいかにも嬉《うれ》しそうに言い、康雄はいひひ、と笑った。

「よりによって、なんでここ？」

　駐車場に停めた車から降り、和子は息をついた。眼前には古びた鉄筋五階建てのビルがあり、出入口の脇に、「警視庁江戸川東《えどがわひがし》警察署」と書かれた表札が掲げられている。ＪＲ小岩駅周辺は、この署が管轄だ。

康雄が騒ぎだし、仕方なくクマを引っぱり上げた。

「おお、久しぶりだな。我が職場、俺の戦場」

ガラスの黒い目は、警察署に向けられている。

「元職場でしょ。今はしょぼい探偵事務所で、しょっぱい身上調査」

「大きなお世話だ……さっさと用事を済ませろ。張り込みに戻るぞ」

せっつかれ、和子はアスファルトの照り返しが眩《まぶ》しい駐車場を進んだ。出入口の手前で、あることに気づく。

「あれ。垂れ幕がない」

康雄と知り合って以来、時々ここを訪れている。その都度、建物の外壁に垂らされた交通安全標語のダサさと寒さに辟易《へきえき》としていたのだが、なければないで気にかかる。

出入口からロビーに入ると、手前に合成皮革のベンチソファが置かれ、奥に長いカウンターがある。その奥で、制服姿の署員が忙しそうに働いていた。いつもの光景だ。昼休みに用足しに来たらしい人々で混み合い、蒸し暑い。壁にはこのところ街中でもよく見かける、「省エネのため、エアコンを弱めに設定しています」のポスターが貼られていた。

「ぼやぼやするな。交通課の窓口、カウンターの真ん中だ」

康雄の指示が飛ぶ。勝手知ったる元職場ということか。窓口に向かおうとした和子の足を、尖《とが》った女の声が止めた。

「ちょっと、どうなってんのよ」

見ると、カウンターの端に小さな人だかりができている。

「こっちは仕事を抜けて来てるんだからね」

声の主はそう続け、カウンターに太った体を乗り出した。白髪頭にパーマをかけ、色褪《あ》せたTシャツと使い込んだ胸当てエプロン、ハーフパンツという格好だ。

「俺だってそうだよ。いつまで待たせるんだ」

その後ろから背伸びをして、小柄痩身の老人もカウンターの奥を覗いた。こちらはポロシャツにスラックス姿で、首にタオルを巻いている。

と、カウンターの奥で誰かが立ち上がる気配があり、白髪頭の女は身を引いた。

「みなさん、お静かに」

姿を現したのは、ダークスーツの背の高い男。歳は三十前後で、目鼻立ちの整った顔に横長スクエアタイプのメガネをかけている。

「冬野《ふゆの》じゃねえか。こんなところでなにやってんだ」

康雄が反応する。冬野はここの刑事で、生前の康雄とコンビを組んでいた。

「並んで、順番にお願いします。私とて聖徳太子ではありませんから、一度に全員のお話を伺うのは無理です……そうそう。聖徳太子といえば、我が国の妖怪伝承と深い関わりがあるのをご存知ですか？」

気持ち鼻にかかった声で問いかけ、メガネのレンズに落ちた前髪を払う。ぽかんとしている人々には構わず、冬野は続けた。

「昔々、聖徳太子が大阪府に四天王寺という寺を建立した時の話です。太子は今の滋賀県にある箕作山《みつくりやま》の土で寺の屋根瓦を焼こうと考えました。ところがこの箕作山、霊験《れいげん》あらたかな場所で、妖怪・精霊といった、いわゆる物の怪《もののけ》たちの棲《す》み家《か》。うかつに踏み込めば、祟《たた》りに呪い、天罰の雨あられ。そこで太子は一計を案じた」

顎《あご》を上げ、人差し指の先でメガネのブリッジを押さえて熱っぽく、鬱陶《うっとう》しく、かつキザに捲《まく》し立てる。人々は依然ぽかん。薄気味悪そうにしている人もいるが、冬野は得意げに蘊蓄《うんちく》を披露し続ける。

相変わらずオタク丸出し。「私とて」の「とて」ってなに？　心の中で突っ込む一方、いたたまれないような気持ちになり、和子はカウンターに歩み寄った。

「冬野さん」

「おや、山瀬《やませ》さん。こんにちは。どうなさいました？」

さして驚いた風もなく返し、メガネの奥の切れ長の目をこちらに向ける。つられて、カウンター前の人々も振り向いた。ラフな格好が多いので、近所の住民だろうか。

答えようとして来署の目的を思い出し、急に恥ずかしくなって、「駐車禁止」の紙を丸めてフレアスカートのポケットに押し込んだ。それを見咎《みとが》め、康雄が騒ぐ。

クマに宿る康雄の存在を知っているのは、和子以外に二人。そのうちの一人が、この冬野だ。生前から康雄を慕い、尊敬もしていて和子とも知り合いだ。東大出のキャリアでイケメン、仕事もそれなりにできるらしいが、妖怪・怪談・都市伝説等に目がないオカルトマニア。基本善人だが空気が読めないところがあり、署でも厄介者扱いされているという。

また白髪頭の女が喋《しゃべ》りだした。

「とにかく、あたしは犬をなんとかして欲しいの。夜に散歩させてる人たちが、店のシャッターの前でおしっこをさせていくの。一応水をかけてるみたいだけど、シミやら臭いやら残るからね。うちは生ものを扱ってるんだから。勘弁してよ」

鼻息も荒く訴え、太い指でエプロンの胸に入った刺繡《ししゅう》を指す。「魚治《うおはる》」とあるので、鮮魚店かもしれない。

負けじと、ポロシャツの老人もまた背伸びをした。

「なら俺だって。うちの塀の上に、空き缶を載せていくバカがいるんだ。しかも一人じゃなく、ほとんど毎日だ。やめさせてくれよ」

「ですから」

言いかけた冬野を遮り、別の女が前に出た。

「順番を守って下さい。冬野さんは今、私と話してたんですよ」

歳は三十前後。ダークブラウンの長い髪をシュシュで無造作に束ねている。きっぱりした口調ときつい眼差《まなざ》しに、白髪頭の女たちが口をつぐむ。女は素早く身を翻《ひるがえ》し、冬野に向き直った。

「さっきの続きですけど、江戸川東小学校に注意してもらえませんか。子どもの声と校内放送が、うるさくて堪《たま》らないんです。耳栓をしても完全にシャットアウトできないし、甲高《かんだか》い声が頭に響いてノイローゼになりそう」

「わかるよ。俺んちのアパートははるかぜ公園の隣なんだけど、朝早くから子どものボール遊びの音がうるさくて寝てられないんだ。注意しても聞かないし、親を見つけて話したら不審者扱いだぜ？　ふざけんなだよ」

さらにもう一人、二十代の男が加わる。仕事中なのか、ワイシャツにスラックス姿で手にビジネスバッグを提《さ》げている。確かに疲れた様子で、顔色もよくない。

「みなさん、落ち着いて」

なだめるように、冬野が手のひらを上げた。落ち着いてはいるが、説得力は皆無。案の定人々は不満の声を上げ、カウンターに押し寄せた。突き飛ばされ、和子は後退する。

　ふと見れば、冬野はスーツの胸に名札をつけていた。幼稚園児がつけるようなビニール製の星形のもので、色はスカイブルー。中には文字が書かれた紙が入っている。

「『よくやる課』？　なんですか、あれ。どこかの市役所に『すぐやる課』ってあったけど、そのパクリ？」

　バッグのクマに囁《ささや》く。康雄も名札に目をこらしているような気配があった。

「ああ、例のあれか……俺がいた頃から、地域住民の苦情や相談の専門窓口をつくろうって計画があった。ようやく実現したんだな。だが、新人か女の子にやらせるって話だったぞ。なんで冬野が」

　ぱんぱんと、後ろで手を叩《たた》く音がした。驚き、和子と人々が振り向く。

「はい、お静かに。他の利用者の方もいらっしゃいますから」

　ワイシャツにスラックス姿で、手にスーツのジャケットを持った男が立っていた。小柄で丸顔、目鼻立ちも丸く小作りな童顔だが、肌の張りからすると五十は過ぎているようだ。

「刑事課の山根《やまね》です。お話はよくわかりました。窓口を設けたからには、署としてもできる限りのことをさせてもらうつもりです」

言いながら、山根というらしい男はカウンターに向かった。口調も表情も柔らかだが、動きは速く少し荒い。反射的に、人々が道を空ける。

冬野の前まで行き、山根は人々を振り返った。

「でもその前に、みなさんにもできることはやっていただきたいんです。たとえばそちら。犬の尿でお困りなんですよね」

「そうよ」

山根に手のひらで示され、白髪頭の女が頷《うなず》く。

「シャッターに貼り紙をしたり、監視カメラを取り付けたりしましたか？」

「してないわよ。お客さんの目があるし、カメラなんか買うお金ないもの」

「本当に買わなくてもいいんです。『監視カメラ作動中』と書いた紙を貼るだけで、被害がやんだケースがあります」

「そうなの？　でもねえ」

納得できない様子だが、山根に満面の笑みを向けられ言葉が続かない。視線をずらし、山根はポロシャツの老人を見た。

「あなたは、塀の空き缶でしたっけ」

「そうだ。貼り紙はしたぞ。でも効果なしだ」

「要は、缶を置けなくすればいいんですよね？　でしたらホームセンターで野良ネコよけのトゲのついたプラスチックシートを買って、塀の上に並べて下さい」

「冗談じゃない。そんなみっともないものを置けるか」

老人は声を荒らげる。山根は笑顔のまま、小首を傾げた。一緒に、不自然なほど黒々として量も多い髪が揺れる。

「缶と、どっちがみっともないですかね」

老人は絶句、場の空気も固まった。しかし山根は平然と、シュシュの女とビジネスバッグを提げた男に向き直った。

「お二人は、子どもの騒音。これはねえ……誰しもやってきたことですから。お互い様とは言わないまでも、受け取り方を変えられないかなあ」

カウンターに寄りかかり、山根はため息混じりに髪をかき上げた。前髪をやや長めに伸ばし、額の真ん中で分けるというスタイル。二十代の頃から、同じスタイルをキープしていると推測される。その姿を、後ろの冬野が無言で見ている。

むっとして、ビジネスバッグ男が口を開こうとした。一瞬早く、山根が言う。

「あとは言いたくはないけど、江戸川東小学校もはるかぜ公園も、昔から同じ場所にあるんですよ。それを承知で、今のお宅に越してきたんじゃないんですか？」

ビジネスバッグ男は無言。シュシュの女もタオルハンカチを握ったまま、充血気味の大きな目で山根を見ている。

「どちらもまだお若いですよね。失礼ですが、お子さんは？」

「いないけど」

ぶっきらぼうのタメ口でビジネスバッグ男が返し、シュシュの女も首を横に振った。それを待っていたかのように、山根は目を細め、白い歯を見せた。

「親になったらわかりますよ。お二人も子どもを持てば、他の子が多少騒いだりしても見逃せるようになるもんです」

「なにそれ」

つい口に出し、和子は言ってしまう。聞こえたらしく、山根がちらりとこちらを見る。

「すみません、あとは私が。そろそろ会議の時間ですよ」

カウンターに手をつき、冬野が山根に告げた。

「ああ、そう……みなさん、とにかくできることは自分で。工夫と頭の切り替え。大切なのはこの二つです」

深々と一礼し、山根はロビーの奥に歩き去った。

「あの野郎、相変わらずだな」

ため息混じりに、康雄がコメントした。山根の背中を見送っているようだ。気配を感じたのか、冬野がこちらに首を回した。和子も顔を上げ、二人の視線がぶつかろうとした刹那《せつな》、カウンター前の人々が再び抗議の声を上げ、冬野に詰め寄った。

「あの山根って人、刑事なんですか。ってことは、康雄さんの元同僚？」

冬野と話すのは諦《あきら》め、和子は携帯を出して構えた。

「ああ。人当たりと頭の回転がよくて、弁も立つ。やり手ってやつだな」

「でも、ちょっと意地悪じゃないですか。間違ってはいないけど、そんな言い方あり？　みたいな。みんな引いてましたよね」

「それが手なんだよ。理屈で攻めて、標的を落とす。だがそれじゃ、胸の奥底にあるものは引き出せねえ。『誰がやったか』だけじゃなく、『なぜやったか』を明らかにして次につなげるのが刑事《デカ》の仕事だ。何度か注意したんだが、今と同じお面みてえな笑顔で聞き流された。腹が立ったのなんのって」

「いかにもですね。康雄さんとは絶対に合わなさそう」

「あの野郎、俺が死んだ後は我が物顔で刑事課を仕切ってるらしい。冬野がよくやる課に異動になったのも、山根の差し金かもな」

「ああ、そういうこと」

頷いた和子の頭に、さっき見た外壁が浮かぶ。交通標語を考えていたのは冬野なのだが、異動と同時に担当が変わったのかもしれない。署のイメージのためには得策だが、少し気の毒に思える。

エキセントリックなキャラクターに辟易としながらも、時折見せる冬野の男気や優しさに、和子は一度ならず胸をときめかせている。加えて、イケメンだ。性格やセンスは矯正可能だが、容姿はそうはいかない。ゆえに和子は折に触れて二人の距離を縮め、関係をはっきりさせようとしているのだが、なんだかんだと邪魔が入り、うやむやに終わっている。

「さすがにそろそろ」

康雄に聞こえないよう、和子は横を向いて呟《つぶや》いた。

2

しんとした夜道に、鶴見の革靴の音が響く。後ろを歩く和子はフラットシューズタイプのスニーカーだが、足音を立てないように注意を払い、鶴見との距離も多めにとっている。

前方の信号が赤に変わった。蔵前橋《くらまえばし》通りにかかる横断歩道の前で、鶴見が立ち止まる。街灯に照らされた後ろ姿は、半袖のワイシャツにスラックス。手にナイロンのビジネスバッグを提げている。俯《うつむ》き加減なのは、携帯電話を弄っているからだろう。

和子も飲み物の自販機の陰で足を止めた。午後十時を回って人通りは少なく、周囲の家々からは、エアコンの室外機の音が重く低く聞こえてくる。

「おい。こいつをどけろ」

康雄がわめいた。バッグを覗き、和子は小声で返した。

「こいつって？」

「決まってんだろ、ウサ公だ。色といい素材といい、暑苦しいんだよ」

「ウサ公って……色はともかく、素材はクマと同じ毛糸ですよ」

バッグの中には、二体のあみぐるみが寄り添っておさまっている。

「そもそも、いつまでこいつを持ち歩いてるつもりだ。いい歳こいて、脳みそに花を咲かせやがって」

「まさか焼きもち？　ちっともかわいくない、っていうかむしろキモいんですけど」

「人のことを簡単に、『キモい』なんて言うな。近頃のガキは言葉の意味だけじゃなく、重みってものをおろそかにしすぎる」

「いい歳こいて」なのか「ガキ」なのか、どっちよ。突っ込みは浮かぶが、疲れているので口には出さない。

身上調査を開始して十日。違反切符を切られたのに懲《こ》り、以後は徒歩で尾行をしている。昼間は相変わらずの暑さだが、夜は少しずつ涼しくなってきている。

「じきに調査期限の二週間だけど、なにもなさそうですね。瀬戸川さんに、『素行、健康、家族関係、オールＯＫ。面白いかどうかは別として、盤石《ばんじゃく》で安定した結婚生活が送れること間違いなし』って報告したら、喜ぶんじゃないですか」

「なにを偉そうに。そう言うお前は、脆弱《ぜいじゃく》で不安定ないき遅れ生活じゃねえか。それに、盤石かどうかはまだわからねえぞ。帰りがこんなに遅くなるのは、はじめてだしな」

「ずっと会社にいたし、残業でしょ」

信号が青に変わり、鶴見が歩きだした。和子も自販機の陰から出る。この先は人通りが多くなるので、携帯を出して耳に当てた。

「どうも引っかかるんだ。聞き込みした相手が教えるだろうし、鶴見さんはたぶん身上調査に気づいてる。よくあることだし、それはいいんだ。問題はあの態度」

「別に怪しいところはないですよ」

「だから怪しいんだよ。やましいことがなくても後をつけ回されれば、多少はぎこちなくなるもんだ。だが、鶴見さんは平然。こっちを見もしねえ」

「自信があるんじゃないんですか。もしくは食べ物や服と同じで、興味がない」

ふん。康雄が鼻を鳴らした。脳みそに鼻息を吹きかけられたようで気持ちが悪く、和子は顔をしかめる。横断歩道を渡った鶴見は、住宅街の中の道を進んでいく。

「言うじゃねえか……お前から見て、鶴見さんはどうだ。なにか気にならねえか」

「なにかねえ」

鶴見のワイシャツの背中を眺めながら、和子は首を傾げた。

最近時々、康雄は今のような質問を投げかけてくる。「脳みそに花」だの「脆弱で不安定」だのと言いつつ、自分と違った視点と価値観で人やものを見ていると認めてくれているらしい。嬉しく思う反面、探偵仕事から抜け出せなくなりそうで複雑だ。

「強《し》いて言うなら、携帯を弄りすぎ。会社の行き帰りも昼休みも、ずっとでしょう。でも通話してる様子はないから、メールかゲーム？　ネット検索をかけた限りでは、鶴見さんはブログやツイッターはやってないみたいだけど」

前を行く鶴見は依然携帯を握り、画面に見入っている様子だ。

通りの向かいから、人々の一団が近づいてきた。小岩駅に電車が到着したのだろう。暗く狭い通りだが通勤通学に使われているらしく、この時間でも人通りは絶えない。

すれ違った一団はスーツ姿の男数人と大学生らしきカップル、ＯＬと思《おぼ》しきしゃれたバッグを持った女もいる。カップル以外はみんな俯き加減で、ハンカチで顔や首筋の汗を拭《ぬぐ》っている人もいる。

お疲れ様です。親近感を覚え、心の中で声をかける。鶴見が帰宅するのを見届ければ和子も業務終了だが、事務所でネットショップの仕事をしなくてはならない。終電に間に合わず、このところ事務所に泊まることも多い。康雄が勧める寝袋には抵抗があり、探偵事務所のソファで寝て、風呂は銭湯。大きな湯舟は気持ちよく、「和」を感じて和みもするが、一回四百五十円の入浴料は痛い。事務所の大家にかけ合い、シャワーをつけられないかと画策中だ。

「おい。ぼけっとするな」

康雄の声で我に返り、前を見た。一団が通り過ぎて視界は開けたが、あるはずのワイシャツの背中が消えている。

「えっ、ウソ」

慌てて左右を見回し、小走りで通りを進む。立ち並ぶビルやマンションのエントランスを覗いてみたが、鶴見の姿は見あたらなかった。

「どこに行ったのかしら。このあたりにお店はないし、脇道に入ったとか？」

「撒《ま》かれたのかもな。やっぱりだ。なにかあるぞ」

怒鳴《どな》られるかと思いきや、康雄は至って冷静。むしろ自分の読みが当たったのを喜んでいるようだ。

「火事だ！」

後ろで裏返った男の声が上がった。振り向くと、脇道の一つからチワワを抱いた老人が飛び出してきた。

「だ、誰か消防車を。早く」

脇道を指して通行人に訴える。しかし、振り向きはしても足を止める人はいない。

「和子、行け」

「でも、鶴見さんが」

「いいから行け。走れ！」

耳がきん、とするほどの大声に、勝手に足が動く。老人に駆け寄り、訊《たず》ねた。

「どこですか？」

「この奥。左側の家だ」

チワワに負けじと目を剝《む》き、老人は答えた。確かに脇道の中ほどに白い煙が漂っている。

バッグを抱え、和子は脇道を進んだ。着いたのは小さく古い二階家で、一階部分にはビルトインガレージがある。車は入っておらず、煙はガレージの奥から流れてくる。手のひらで口と鼻を押さえて覗くと、オレンジ色の炎が見えた。高さは四十センチほどだが、横に大きく広がっている。

「住人に知らせろ。それから消防に電話！」

再度康雄に叫ばれ、ガレージ脇の門に向かう。インターフォンのボタンを押したが、反応はない。和子は門を開け、玄関ドアに駆け寄った。

「火事です！　起きて下さい」

訴えながらドアを叩く。しかし誰も出てこず、ドア脇の小さな窓に明かりが灯《とも》る気配もない。

「そこ、空き屋よ！　誰も住んでない」

切羽詰まった女の声に振り返った。向かいの家の玄関ドアが開き、パジャマ姿の中年女が顔を出している。

「消防車を呼んで下さい。あと消火器か水」

「おい、そこの箒《ほうき》だ。持ってこい」

康雄の言葉が理解できず、和子は女の家の玄関に視線を巡らせた。確かにドアの脇に、柄の長い竹箒が立てかけられている。

「これ、借ります」

門を開けて短いアプローチを進み、竹箒を取る。目が合うと女は、慌てた様子で頷いた。小太りで、前髪をカーラーで巻いている。

ガレージの前に戻った和子に、次の指示が下された。

「箒で叩いて、火を消せ」

「冗談でしょ⁉　無理。あり得ない」

「大丈夫だ。火は、天井の高さまでなら自力で消せる。署の防災訓練で習った」

「訓練と本番は違うから。それに、きっとすぐ消防車が」

うろたえ、和子は周囲を見回した。庭の水道で水を汲んでくれているのか、パジャマの女の家からは水音と話し声が聞こえる。他の家からも、数人の住人が出てくるのが確認できた。

「ごちゃごちゃ言ってねえで行け。服やら靴やらが気になるなら、後でいくらでも買ってやる」

「えっ、本当⁉」

つい状況を忘れ、問い返してしまう。頭の中には、ファッション雑誌やブティックで目を付けた秋冬新作のコートやセーター、ブーツなどがぽんぽんと浮かぶ。

「約束ですよ！」

トートバッグを肩から外し、地面に置いた。片手で口と鼻を覆い、もう片方の手で竹箒の柄を握ってガレージに近づく。熱気をはらんだ煙が押し寄せてきた。

「頭を低くして、一気に進んで消火しろ。火を散らさないようにして、根元を叩くんだ」

腰を落として大きく息を吸い、和子は煙の中を進んだ。

熱い。顔も手も焼けそうだ。上手く呼吸ができず、目も痛い。早くも胸に後悔が湧く。煙の向こうに立ちのぼる炎は、根元が黄色で先端はオレンジ。揺れてうねり、生き物のようだ。

ばちん。なにかが弾ける音がして、舞い上がった火の粉が和子の頬《ほお》に当たった。猛烈に熱く、刺すような痛みも感じる。

やったわね？後悔を押しのけ、強い怒りが湧いた。炎が、不気味な虫か棘《とげ》を持った植物に思える。和子は炎の列の前に立ち、両手で箒の柄を握って振り上げた。

「ざけんなよ！」

怒鳴るとともに、箒の先で炎を叩く。なにかが固いものを叩いたような手応えがあり、炎が割れて勢いが落ちた。

間髪《かんはつ》を容《い》れず、場所を移動しながら二度、三度と箒を振り下ろした。炎は小さくなったが、目が痛くて息も続かない。

「危ない。下がってろ」

後ろから数人の男が駆け込んできた。手には消火器と水が入ったバケツ、毛布などを持っている。

「和子、もういい。後は任せろ」

背後のバッグから、康雄のかすかな声が聞こえた。迷わず、和子はガレージを出て箒を捨てた。激しく咳《せ》き込《こ》み、目からどっと涙が溢《あふ》れる。

「お姉さん、大丈夫?」

パジャマの女が現れ、背中をさすってくれた。道の向こうから、消防車のサイレンの音が聞こえてきた。


消防車が到着する前に、近隣の人々によって火は消された。和子は一緒に到着した救急車に乗せられ、救急救命士の処置を受けた。頬のやけどは軽傷で、喉と目は医師の診察は必要らしいが、心配はないという。やけどを消毒してもらい、マスクで酸素吸入をしていると救急車のドアがノックされた。

「どうも。江戸川東署の者です」

現れたのは前髪真ん中分けの童顔。山根だ。

「出た」と呟こうとして喉が詰まり、プラスチックのマスクの下で咳き込んでしまう。

「大丈夫ですか？　少しお話を伺わせて下さい。山瀬和子さんでしょう？」

ドアの外に立った山根は貼り付けたような笑みで問いかけ、和子の全身を眺めた。

「はい」

マスクを持ち上げ、和子は頷いた。咳《せき》のせいで声がガラガラだ。チュニックとクロップドパンツは煤《すす》まみれで焦《こ》げ臭く、スニーカーはところどころ焼け焦げとゴムが溶けている箇所がある。捨てるしかなさそうだが、康雄にさっきの約束を再確認しなくては。クマが入ったトートバッグは、和子が座るストレッチャーの脇に置かれている。

「天野さんのお知り合いの方ですよね。ここに来る途中でお名前を聞いて、思い出しました。確か、元『猫目小僧』のメンバーだとか」

「いえあの」

「知り合いはそうですけど、猫目小僧じゃありません」。訂正したかったのに、喉のせいで上手く言葉が出てこない。

心中事件を調べていた時、とある場面で和子は自らを、「天野さんが少年課にいらした頃に、面倒をみていただきました」と説明した。猫目小僧は、東京の下町に存在した暴走族の名前らしい。考えたのは康雄で、もちろんでっちあげだ。しかしそれ以後、窮地に追い込まれたり強い怒りを覚えたりすると、ヤンキーチックな言葉が口をついて出るようになった。さっきの「ざけんなよ」もそうで、「ほっこり」を愛する和子としては受け入れがたい事実だ。

「高井《たかい》フーズの事件では、大活躍でしたねえ。その後も、天野さんのお嬢さんの事件に関わられたとか。加えて今日は、竹箒で消火活動。いや、天晴《あっぱ》れだ。もう少し若ければ、警察にスカウトしてますよ」

　感心してるふりして嫌み。しかも微妙にセクハラ。山根の方も、康雄をよく思っていないらしい。

　腹立たしさを紛《まぎ》らわそうと、和子はマスクを外して深呼吸をした。その間も、山根は話し続ける。

「でも、なんでそう事件にばかり巻き込まれるんでしょうね。うちの管内だけで三件。ホント、不思議だなあ」

　なにそれ。私が事件を起こしてるって言いたいの？　反論したいが、康雄の存在など秘密もあるので、迂闊《うかつ》な真似はできない。康雄も同感なのか、押し黙ったままだ。

「ちなみに今日は、こちらでなにを？」

　満を持して、といった感じで訊ね、山根は小首を傾げた。署で見たのと同じ動き。クセなのかも知れないが、気持ちが悪い。

「ああ、いたいた。山瀬さん、ご無事ですか」

にゅっと、山根の肩越しに冬野が顔を出した。いつものダークスーツ姿。山根とは十センチ以上身長差があるので、身をかがめる格好だ。驚いて振り返った山根に、会釈をした。

「お疲れ様です。山瀬さんは、僕の趣味仲間なんですよ」

「趣味って、まさか例の」

わかりやすく山根がうろたえる。当然というように、冬野は頷いた。

「彼女はすごいですよ。霊力、霊圧、オーラともに最高ランク。正に現代の巫女《みこ》、シャーマン。平成の宜保愛子《ぎぼあいこ》も夢ではないと」

「ちょっと、変なこと言わないで」

ふと、助けに来てくれたのではと閃《ひらめ》く。視線がぶつかり、冬野は小さく頷いてみせた。

「そうそう。現場検証にお連れするように言われたんです。さあ、行きましょう」

滑舌よく言い、冬野は山根を押しのけて和子の腕を取った。バッグをつかみ、和子は立ち上がって救急車を降りた。後ろで山根と救急救命士がなにか言ったが、無視して進む。救急車はさっき鶴見を見失った通りに停められているので、脇道に向かって歩いた。

山根の目の届かないところまで行き、冬野は立ち止まった。

「大丈夫ですか」

今までとは別人のように真剣な顔と声になり、こちらに身をかがめる。久々の接近に胸が高鳴り、緊張が緩んだ。急に心細くなって、スーツの腕にすがりつきたくなる。しかし冬野の視線がクマ、和子、もう一度クマと動いたのを確認し、みるみる気持ちがしぼむ。

「平気です。それより、よくやる課の人がなんでここに？」

冬野の脇を抜け、和子は歩きだした。つい不機嫌な声になるが、冬野は気にせずについてくる。

「刑事課の人間に聞いて、慌てて駆けつけたんです……あれ？　なんで僕が異動したって知ってるんですか」

「あっそう。ところであの山根って人、ひどくないですか。さっきの火事が放火で、私が犯人みたいに言うんですよ」

「和子さんが犯人だとは思えませんが、火事は恐らく放火です」

「えっ！」

和子、そして康雄も声を上げる。

て下さい」

「一週間ほど前からこの近辺で放火と思しき不審火が続いていて、これで四件目です。住民の皆さんは不安を訴えているし、新聞などにも取り上げられて捜査の不備を指摘されています。山根さんも必死なんですよ。失礼はお詫《わ》びしますが、わかって下さい」

通りの先、火事現場の脇道の入口に大勢の人が集まっている。野次馬に交じり、上にライトを灯したテレビカメラや、ごついデジタルカメラを構えた男の姿もある。黄色いテープが張られているので脇道には入れないが、野次馬の中には作業をする警察関係者になにか問いかけたり、文句を言ったりしている人もいる。

「連続放火事件か。俺としたことが。身上調査に夢中で、チェックを怠っていたぜ。和子、事件の詳細を聞け」

「なんでですか。まさか、首を突っ込もうっていうんじゃ」

「どうしました？　天野《あまの》さんがなにか言ってるなら、教えて下さい」

やり取りに冬野が入ってくる。答えようとして、ふと前方に目が向く。

「鶴見さんだ」

「なに⁉」

康雄が反応し、冬野も和子の視線を追う。

現場前の人だかりから少し離れた場所に、五、六人が横並びに立っている。こちらも野次馬と思われるが、中に鶴見の姿がある。さっきと同じワイシャツにスラックス姿。片手にバッグ、片手に携帯も変わりがない。

「見失ってから一時間近く経ってますよね。どこにいたのかしら」

「焦《あせ》るな。とにかく、気づかれないように近づけ」

「了解。冬野さん、事情は後で説明するから一緒に来て」

「了解《ラジャー》」

なんでわざわざ英語にするのよ。しかも、ムダに発音がいいし。イラつきながらも、なにも聞かずに協力してくれるところはありがたく、頼もしい。

カップルのつもりで冬野に寄り添い、俯き加減で横並びの列の後方に回った。

「あそこって、最近空き屋になったところでしょ。前の住人が荷物を残してたのかしら」

「らしいわよ。段ボール箱とか古新聞とかが置いてあって、それに火をつけられたって」

「すぐに気がついたからいいようなものの、怖いわねえ。警察はなにやってんのかしら。税金返せって感じ？」

端に立つ近所の主婦らしき中年女三人が、テンポよく言葉を交わす。鶴見はその数人先だ。周りには部屋着の女やスーツの男などがいて、現場の方を見ながらなにか話している。

声を潜《ひそ》め、和子はクマに問いかけた。

「やっぱりお店に入ってたのかも。マンションの中のレストランとか、民家風の居酒屋とかあるし」

「そんなの聞いたことねえな。都心ならともかく、ここじゃ商売にならねえだろう」

「そうかなあ……まさか、鶴見さんが放火犯とか？」

「なんでそうなるんだよ。ここんとこ、鶴見さんには俺らが張り付いてたんだぜ。放火は連続犯の仕業らしいし、どう考えても無理が」

「つっかけや、つっかけ」

康雄の鬱陶しい語りに、女の声がかぶさった。中年女の誰かかと、和子は前を見た。三人は、依然ぺらぺらと喋っている。

怪訝《けげん》そうに、冬野がこちらを見た。

「どうかしましたか」

「『つっかけ』って、なんですか」

「靴だろ。今でいうサンダルか。踵《かかと》の部分がなくて、甲のところにバンドとか紐みたいのがついてる」

答えたのは康雄だ。曖昧《あいまい》な相づちを打ち、和子は視線を鶴見に戻した。

ワイシャツ、スラックス、バッグに携帯。やはり変わりはない。スラックスの裾《すそ》から覗くのは、なんの変哲もない黒革靴——のはずが、そうではない。チャコールグレイのビジネスソックスの踵が剝き出しになり、その斜め下に細くて華奢《きゃしゃ》なヒールが伸びている。

「なにあれ」

和子は後ろからそっと鶴見に近づいた。身をかがめ、隣に立つ部屋着姿の若い女との隙間《すきま》から足を覗く。

甲の上で、赤く派手な合成皮革のバンドがX字状にクロスしている。サイズが小さいものを無理矢理履いているらしく、バンドはいびつな形に広がり、ソックスに包まれた指は先端しか見えない。俗にいうミュール、明らかに女物だ。

混乱し、和子はバッグからクマを出して鶴見の足を見せた。

「なんだこりゃ……おい、ひょっとして」

ふいに、部屋着の女が動いた。凝《こ》ったデザインのジェルネイルの指を、鶴見の腕にからめる。鶴見は体を引き、咎めるようになにか囁いたが、女は首を強く横に振り、鶴見の腕にすがりついた。

「はは～ん。読めたぞ。そうだったのか」

しかし和子は、依然状況が見えない。その頭に、笑う康雄の顔が浮かぶ。山根のような嫌らしさはないが、暑苦しいことこの上ない。

あくびをしながら階段を下り、和子は居間のドアを開けた。十畳ほどのスペースに、くたびれたソファセットと通販の家具が詰め込まれている。壁際のテレビの前に、座り込んでいる背中が二つ。細い方は兄の一平《いっぺい》、太い方は母の厚子《あつこ》だ。

「おはよ」

声をかけ、奥の洗面所に行って顔を洗い歯を磨いた。洗面台と収納棚は、ぱっと見はきれいだが、整髪料のボトルがベタついていたり、化粧品を収めたトレイに埃《ほこり》がたまっていたりする。気がつくと掃除をするようにしているが、家自体がボロいのであまりやる気にならない。

このところ事務所に泊まり込みで、所沢《ところざわ》の家に戻ったのは一週間ぶりだ。駅から自転車で十五分。周囲を畑と雑木林に囲まれた新興住宅地で、十分歩かないとコンビニも郵便局も銀行もない。せめて都内より涼しければと思うが、蒸し暑く虫が多い。加えてここは埼玉。ダサくてヤンキーばかりが多く、海はない。「ほっこり」の対極に位置するロケーションだが、和子はここで生まれ育ち、今も住んでいる。

身支度をして戻っても、一平と厚子はまだテレビの前にいた。

「なにしてるの？」

「おう。おはよう」

一平が振り返った。サイドに意図のよく見えないレイヤーと金色のメッシュが入ったロングヘアに、黒いTシャツと黒のスリムジーンズ、赤い靴下。先日三十路を迎えた一平だが、ヘヴィメタルやハードロックと呼ばれる音楽が大好きで、ファッションもそれ風なものを好む。

「もうお昼過ぎてるわよ。やっと帰ってきたと思ったら」

呆れた様子で、厚子も和子を見る。雑なつくりの顔におばさんパーマ、身につけているのは出っ張った腹を隠すためのボリュームのあるブラウスとスカートだ。しかしどちらもよそゆきで、珍しく化粧もしている。

「出かけるの？」

「そう。堀尾《ほりお》さんがお相撲《すもう》に誘ってくれたの。枡席《ますせき》よ、枡席。テレビ中継があるから、映るかもしれないって。今お兄ちゃんに、ビデオをセットしてもらってたの」

「あっそう」

よく見れば、パーマもかけたてだ。一平が立ち上がり、申し訳なさそうに和子を見た。

「瑠衣《るい》ちゃんは『お父さんと和子ちゃんも一緒に』って言ってくれて、このあとおやじと待ち合わせするんだけど、和子は全然帰って来ないし、携帯もつながらないから。のけ者みたいにして、ごめんな。おみやげを買ってくるから」

「いいのいいの。疲れてるし、仕事もあるから。それより、瑠衣ちゃんと上手くいってるみたいじゃない。たまにメールをもらうけど、お兄ちゃんのことばっかり書いてあるわよ」

「まあ、ぼちぼちだよ。休みが合わないから、なかなか会えないんだけどね」

照れ臭そうにサイドの髪の先を弄り、一平は厚子そっくりな小さな目を細めた。

一平は昔から優しく思いやりのある性格で、和子のこともあれこれ気遣ってくれる。職場のホームセンターでも五十代以上の女性客を中心に大人気らしいが、妙齢の女性とはさっぱり縁がなかった。しかし去年の夏、この町内で起きたある事件をきっかけに親しい女友だちができた。それが瑠衣で、慶大医学部出身の研修医、父親も大きな病院の院長だ。

「ところで、その格好で行くの？　瑠衣ちゃんの両親も一緒なんでしょ。まずくない？」

「そうかな。これでも地味にしたんだけど」

言われて、改めて一平の格好を眺める。確かにいつもはじゃらじゃらとつけているアクセサリーは、小振りなピースマークのネックレスが一つだけ。Tシャツの柄もドクロやコウモリなどではなく、外国語の文字が並んでいるだけだ。

お兄ちゃんも勝負時だもんね。冬野さんほどじゃないけど、瑠衣ちゃんも頭がよすぎるせいか、ちょっとつかめないところがあるし。感心しながら、Tシャツの文字を目で追う。英語ではないようで、意味も読み方もわからない。

「それ何語？　なんて書いてあるの？」

「ドイツ語。最近気に入ってるジャーマンメタル、つまりドイツ出身のヘビメタバンドのグッズなんだ。音はもちろん歌詞がすげえ過激で、英語でいうFワードとかSワードがてんこ盛り。これはその歌詞なんだけど、どうせ読めないし、いいだろ」

「……お医者さんって、ドイツ語がわかるんじゃなかったっけ」

「えっ、マジ⁉　ヤバいじゃん。着替えなきゃ」

顔色を変え、一平は手にしていたビデオのリモコンを厚子に押しつけ、居間を飛び出した。

兄妹そろって詰めが甘く、チャンスに弱い。そんな言葉が浮かび、和子は暗澹《あんたん》たる気持ちになる。

「ちょっと、お兄ちゃん。もうすぐ出かけるわよ……そういう訳で和子、留守番をお願いね。ご飯は用意してあるから」

二階に向かって声を張り上げ、厚子は和子に向き直った。リモコンで隣接するキッチンを指す。中央のテーブルには、ラップをかけた皿がいくつか載っている。何気なしに見て、一つの小鉢に縁がギザギザの緑の野菜が盛りつけられているのに気づいた。ゴーヤのおひたしだ。

ゴーヤは苦手なんだけどな。でも、せっかくつくってくれたんだし、ちゃんと食べよう。そう思い、隣の皿を見る。味噌《みそ》と挽肉《ひきにく》を使った炒め物のようだが、こちらにもゴーヤがたっぷり入っている。不吉な予感を覚え、他の皿もチェックしたが、どれもゴーヤ入りだ。

「お母さん。まさかこれ、全部ゴーヤじゃ」

「ピンポーン。おひたしに味噌炒め、ナムルにフライ。全部ゴーヤの、『ゴーヤだけメニュー』です」

「なにそれ。手抜き？　ひどくない」

思わず苦情を申し立てると、厚子は胸の前で腕を交差させて×マークをつくった。

「ブーッ。手抜きじゃありません。こういうのは『だけメニュー』『づくしクッキング』といって、流行《はや》ってるのよ。同じ食材を使えば残りものが出ないし、下ごしらえも一気にできてエネルギーを節約できる。エコでしょ。地球に優しいわよね」

小鼻を膨らませた自信満々の表情に、和子は反論する気を失ってため息をついた。

見た目も言動も「昭和のおばさん」そのものの厚子だが、「エコ」という言葉が大好きで、ヒマさえあればリサイクル手芸やロハスクッキングに精を出している。しかし和子からするとどこか的外れで、かえってゴミを増やしたりムダ遣いをしているようにしか思えない。

「ちなみに明日は、アスパラが安いからアスパラだけメニュー、明後日《あさって》は田舎からキャベツが送られてくるから、キャベツだけメニュー……あら大変。もうこんな時間」

言いたいことだけ言い、厚子はソファに置いたバッグをつかみ玄関に向かった。

厚子たちが出かけ、和子は仕方なくゴーヤづくしの朝食兼昼食を済ませた。二階に戻り、自分の部屋に入る。六畳のスペースにベッド、ローテーブル、飾り棚などが置かれ、その上にぬいぐるみや写真立て、花瓶等が並べられている。どれも家具屋や雑貨屋、フリーマーケットなどを回り、吟味して買い集めたものだ。いずれはこの雑貨を飾ったカフェを、代官山《だいかんやま》か自由が丘に開くのが夢だ。

エアコンのスイッチを入れ、キッチンで淹《い》れたマグカップのコーヒーをすりながローテーブルの前に座った。テーブルの中央にはノートパソコンがセットされ、向かい合うかたちで二体のあみぐるみ、その周囲にデジタルカメラと小岩周辺の地図、ネットショップの伝票や包装紙などが置かれている。

「おう。メールがきてるぞ」

康雄の声に、和子はマグカップを置いて、パソコンの画面に目を向けた。

「瀬戸川さんからだわ」

「鶴見さんの件だ。結局、縁談話はチャラになったそうだ。『娘もようやく吹っ切れたようです。お世話になりました』だとよ。調査料の請求書を送って欲しいそうだ。さっさとやれよ」

「ちょっと、勝手に読まないで下さい……でも驚きましたよね。鶴見さんってば、大人しそうな顔してあんなこと」

小岩の放火事件から、三日が経過していた。あのあと鶴見は部屋着の女とともに現場を離れ、和子は後をつけた。鶴見たちが入って行ったのは、現場近くのアパート。二時間ほどして鶴見は帰宅し、和子と康雄は調査のターゲットを女に変えた。結果、外山《とやま》紗英《さえ》、年齢二十三歳、職業はキャバクラ嬢と判明。勤務先の錦糸町《きんしちょう》のキャバクラを中心に聞き込みをしたところ、鶴見は紗英の指名客で、このところめっきりだが以前は三日にあげずに来店していたらしい。そこでタイムリミットとなり、瀬戸川に報告すると、「後はこちらで対処する」と言われた。その後、菊田から聞いた話では、瀬戸川と娘は鶴見に和子たちの調査結果を突きつけ、事情説明を迫ったらしい。はじめは否定していた鶴見も、娘の涙を見ると土下座し、すべてを告白した。

一年ほど前。仕事のつき合いでキャバクラに行った鶴見は、紗英に一目惚《ひとめぼ》れ。店に通いつめて同伴・アフター・プレゼントとのめり込み、やがて紗英も鶴見に好意を抱くようになった。しかし結婚を考え、紗英を市川の家に連れていくと鶴見の両親は大反対。すったもんだの末に別れさせられ、瀬戸川の娘との縁談を勧められた。表向きはそれに従った鶴見だが紗英が忘れられず、密会を重ねていた。そこに和子たちの調査が始まり、メールのやり取りで愛を確かめ合っていたものの耐えきれなくなり、あの晩、和子たちを撒いて紗英のアパートに向かったのだ。ところがすぐに「火事だ！」の声が聞こえ、二人で様子を見に出かけた。ミュールは慌てるあまり、紗英のものを履いてしまったという。

「でもまあ、よかったんじゃねえのか。あのまま結婚してたらそれこそ悲劇だ。瀬戸川さんの娘には別の縁談がくるだろうし、鶴見さんもおふくろさんに泣かれ、親父にぶん殴られても『紗英とは別れない』って宣言したらしいからな。まあ、なるようになるさ」

「だといいんですけど。鶴見さん、必死に平静を装って紗英さんとの関係を隠そうとしていたんですね。はじめからその勇気や意志の強さで親を説得してれば、と思うけど、それができないのも優しさなのかな」

「しかし、よく鶴見さんの靴に気づいたな。つっかけがどうのと言ってたが、関係あるのか？」

「そう。それなんですけど」

言いかけた時、ハナレグミの「さらら」の着メロが流れだした。テーブルの上のものを引っ掻《か》き回し、携帯を探す。

「もしもし。冬野さん？」

「はい。メールを読みました。放火犯を捕まえるって、本気ですか」

いつも通りの少し鼻にかかった声。周囲が騒がしいので、昼休憩に出たついでに電話をくれたのかもしれない。康雄にも会話が聞こえるように、和子はクマを受話口に近づけた。

「らしいですよ。当然反対でしょ？　私もどうかと思うんですけど、康雄さんが聞かなくて」

「当たり前だろ。鶴見さんの調査も終わったことだし、古巣の窮地を放ってはおけねえ」

康雄ががなり、和子はうんざりしながらも冬野に伝えた。

「なるほど。まあ、反対したところでムダでしょうね。しかし、意外に早く収束するかもしれませんよ。このところも何件か不審火はありましたが、山根さんたちがパトロールを強化しているせいか、火事の規模が小さくなってきています。放置自転車のカゴにポイ捨てされたゴミが燃えるだけとか」

「大きさの問題じゃねえ。犯人《ホシ》を挙げるのが俺らの使命だ。刑事課から飛ばされて、そんなこともわからなくなっちまったのか」

康雄はさらに興奮し、それも冬野に伝えたが、つい「刑事課から飛ばされて」はカットしてしまう。

「ごもっとも……マスコミにも公表していることですが、犯行の目撃者はおらず、遺留品もないんですよ。加えて、現場は商店の裏口、駐車場、マンションのゴミ捨て場、空き屋と一貫性がなく、犯行時刻も午後十時台から真夜中、明け方近くとバラバラ。現場の所在地にも共通点はありません」

「共通点ならあるじゃねえか。全部江戸川東署の管内だ」

待ち構えていたように康雄が言い、和子は大きく頷く。伝えてやると、冬野も感心したような声を漏《も》らした。

「確かに。江戸川を渡って市川に行けば、材木工場や資材倉庫がたくさんある。それなのに管内に留まり、規模を縮小してまで犯行を続けてる。ひょっとして」

「犯人は、江戸川東署に恨みを持ってるとか？　思い当たる人はいますか」

二人に置いていかれるものかと、和子も加わる。あっさりと、冬野は返した。

「いるでしょう。ある意味、悪人に恨まれるのが仕事みたいなものですから。でも対象者が多すぎて、特定するのは難しいでしょうね」

「そうか。言われてみれば」

「私もこの間の駐車禁止、いまだに思い出すと腹が立つし」、心の中でそう続け、怒りがふつふつと湧くのを感じる。

ちっ。下品極まりない、しかし勢いのいい舌打ちが響いた。

「諦めてどうする。絞り込みの糸口は、必ず見つかる。いや、見つけてみせる……バシッとホシを挙げて、あの世《あっち》のポイントをドカンとアップ。ついでに山根の野郎を、ぎゃふんと言わせてやるぜ」

暑苦しくオヤジ臭くがなり、最後に康雄はいひひ、と笑った。

3

その後、和子は一週間かけて放火現場を回り、適当な理由をつくって被害者や近隣住民から話を聞いた。犯人は段ボール箱やゴミ袋、古新聞にライターで火をつけているが、冬野が言っていた通り現場と被害者の年齢・職業などには一貫性はなく、恨みを買うような覚えもないという。すると康雄は「現行犯逮捕しかねえ。夜回りをするぞ」と言いだした。

午後十時半。和子は江戸川東署の管区の外れにいた。新中川にかかる、大きな橋の近くにある工場街だ。左右には屋根の高い大きな建物が並び、広く薄暗い通りは時折トラックが通るだけで、がらんとしている。

「きょろきょろするな。背中も丸まってるぞ」

「だって怖いし。放火魔より、通り魔と痴漢《ちかん》が出そうなんですけど」

バッグの持ち手と携帯を握り、和子は周囲を見回した。

「しゃんとして隙を見せるな。それに、いつでも助けを呼べるように、冬野の番号を携帯の画面に出してるんだろ」

「ええ。それが、『放火魔捜しを黙認する条件の一つ』って言われたし。でも、犯人は逆恨みもいいところだわ。元は、法を犯すようなことをした自分が悪いのに」

「警察は特にだが、公僕《こうぼく》は恨みを買いやすいからな」

「コウボク？　いい香りのする木のこと？　……逆恨みされて、マスコミにも叩かれて。でもすごく偉い人以外、特別お給料がいいわけでもない。大変な仕事ですよね。辞めたいと思ったことなかったですか？」

「ねえな。一度たりとも思わなかった」

きっぱりと、康雄が言い切る。

「なんで？」

「義務感に使命感に覚悟。いろいろあるが、わかりやすく言えば、『この道より、我を生かす道なし、この道を行く』ってやつだな」

「ふうん」

今のちょっといいかも。康雄のオリジナルのはずはないので、あとで誰の発言か検索してみよう。相づちを打ちながら、和子は心の中で呟いた。

夢は一つでも、そこへ向かう道はさまざまだ。いま歩いている道でいいのか、もっと平坦でショートカットできるものはないのかとつい考えてしまう。「ここしかない。だから行く」と言い切る潔さはカッコよく、惹かれる。

「さすがにみんな警戒してるな。段ボール箱やゴミなんかの燃えやすいものは、目につくところには出してない」

康雄が言い、和子も立ち並ぶ倉庫を眺めた。どれも扉を閉ざし、人気《ひとけ》はない。近づくと昼間のように明るいセンサーライトが灯るところも多い。

「でも不審火は続いてる。火をつけられる側とつける側じゃ、見るものが違うってこと?」

「その通り。『ホシの目になれ』は、デカの基本だ」

「なるほど。ホシの目ね」

繰り返し、和子は改めて左右を見た。

「火がついて燃えれば、なんでもいい」というのなら、狙う場所はまだある。たとえば壁や電柱に貼られてるポスター、チラシ。木枠に布を張った、いわゆる「捨て看板」もそうだ。自動車のカバーも危ない。

カチカチと、前方でかすかな音がした。

「おい」

鋭く、潜めた康雄の声がして、和子は急いで傍らの工場の前に停められたフォークリフトの陰に飛び込んだ。

カチカチ。また音がした。軽く、乾いたバネ状のものが動く音。

「あれ、着火ライターの音じゃないですか。柄が長くて、ボタンのスイッチのやつ」

「わからん。火は見えないぞ」

康雄の答えを聞き、和子はフォークリフトの陰からそっと顔を出した。

三十メートルほど先の路肩の暗闇に、人影が見える。また音がしたが、確かに火は見えない。しかし目をこらすと、人影の向こうに太く長い円柱が立っているのがわかった。電柱だ。その下部には、四角く細長い板状のもの。

「捨て看板がある。火をつけるつもりかも」

胸がはやり、和子は通りに戻った。

「バカ。やめろ」

康雄は言ったが、動きだした足は止まらない。バッグを抱え、腰を落として抜き足差し足で人影に接近する。

カチカチ。一際大きく、クリアな音がして人影がゆっくりとこちらを振り向いた。

見つかった。胸に焦りと緊張が押し寄せ、和子は足を止めた。人影も、こちらを向いたまま動かない。

しばらく睨み合いが続いた。和子は腰の引けた中途半端な姿勢のまま、薄暗がりに目をこらした。人影は小柄で、スーツを着た男のようだ。右手には、細長い棒状のものを握っている。

衣擦《きぬず》れの音とともに、人影が顔の横に手を挙げた。ぱっ、と人影の左右から白く丸い明かりが灯り和子を照らした。眩しさに顔を背《そむ》けると、後ろからも明かりを向けられた。

　短い悲鳴を上げ、和子は上げた腕で目をかばった。バッグの中で康雄がなにか言ったようだが、パニック状態で聞き取れない。

「あなた、山瀬さん？」

　のんびりしながらも、どこか偉そうな声。和子は顔を上げ、細めた目で前方を窺《うかが》った。明かりのせいでよく見えないが、人影は小首を傾げている。

「山根か」

　バッグの中で康雄が言い、和子は山根に向かって首を縦に振った。

「そうです。山瀬和子です」

「やっぱり……ＯＫ、いいよ。後は任せて」

　山根は再び手を挙げ、明かりが消えた。足音がして、懐中電灯を手にしたスーツの男たちが集まって来る。

「おお。奥寺《おくでら》にナベさん、川島《かわしま》も。久しぶりだな」

　康雄が声を弾ませる。みんな江戸川東署の刑事だろう。和子も見覚えのある顔が、いくつかあった。

　二メートルほどの距離を保ったまま、山根は丸い目で和子を眺めた。

「なにしてるんですか？」

「ええと……散歩？」

「こんな時間に？」

「見回りも兼ねて。この間の火事以来、放火事件が気になっちゃって。私、これでも探偵なんです。そうしたら、人影が見えてカチカチって音が」

必死に頭を働かせて答え、山根の手を見る。

「カチカチ？……ああ、これ？　パトロールをしながら、危険なものがないかチェックしていたんです」

あっさり返し、山根は棒状の物体をかざした。ボールペンだ。山根が上部のノックボタンを押すと、さっき聞いたのと同じ音がする。ペン軸が太めでボタンが大きいので、普通のものより音が高く大きく響く。

呆気《あっけ》に取られ、和子は呟いた。

「なにそれ。ライターじゃないの？」

「探偵って、『テディ探偵事務所』でしょう？　ホームページを拝見しました。ご活躍ですねえ。トップページのコピーに『数々の難事件を解決した元刑事』とありますが、ちなみにどなたですか？」

含みたっぷりに問いかけ、山根はさっきとは逆方向に首を傾けた。一緒にふさふさの髪も揺れる。

まずい。こういうのを「やぶ蛇《へび》」っていうの？　和子の胸にまた焦りが湧《わ》く。

「どうかしました？　もしウソだとすると、虚偽・誇大広告といって取り締まりの対象になるんですよねえ」

「ウソじゃありません。所長は元刑事です」

「おう、そうだ。構いやしねえ、ビシッと言ってやれ」

康雄があおり、和子の脳裡《のうり》にも「所長はあなたたちの元同僚です。しかも、今もこのクマの中に！」と、水戸黄門《みとこうもん》の印籠《いんろう》よろしく、あみぐるみを突き出す自分の姿が浮かんだ。しかしそんなことをすれば、虚偽・誇大広告の罪に問われたうえ頭がおかしいと思われるのは必至だ。

「待って下さい！」

息を切らした男の声がした。和子が振り向き、山根と刑事たちも通りの後方に目を向ける。メガネに落ちた前髪をかき上げ、スーツの男が駆け寄って来る。

刑事の一人が驚いて声をかけた。

「冬野。なにやってんだ」

「すみません、僕の責任です。先日の放火事件の際、山瀬さんにあれこれお話ししてしまいました」

「おいおい、頼みますよ。異動になったとはいえ、一応は警察官でしょう」

わざとらしい敬語、しかも「異動」と「一応は」を強調して言い、山根はため息をついた。その前に立ち、冬野は頭を下げた。

「申し訳ありません。迂闊でした」

「それもヤッさんのお仕込みか？　困ったもんだ。叩き上げだか現場主義だか知らないが、俺に言わせりゃただの浪花節《なにわぶし》だよ」

薄ら笑いを浮かべ、首を左右に振りながら捲し立てる。ヤッさんとは、康雄の生前のあだ名だ。冬野は頭を下げたまま。他の刑事たちは、若い者はもっともという様子で頷いているが、年配者はむっとして顔を背けている。

「ちくしょう。あの野郎」

康雄が呟いた。声に怒りと無念が滲《にじ》んでいる。強い憤りを覚え、和子は口を開こうとしたが、一瞬早く冬野が体を起こした。

「始末書を書きます。山瀬さんにも重々注意しておきますので。ご迷惑をおかけしました。失礼します」

早口で一気に言い、冬野は身を翻した。すたすたと来た道を戻り、すれ違い様に和子の手をつかむ。驚きながらも引っぱられるまま、和子も歩きだした。

大通りに出てファミリーレストランに入った。窓際の席に冬野と向かい合って座り、和子は頭を下げた。

「すみません」

「俺も謝る。すまん。迂闊《こうべ》なのはこっちだ」

バッグのクマも、頭《こうべ》を垂れる気配があった。和子がそれを伝えると、冬野は小さく息をついてジャケットを脱いだ。

「いえ、僕の責任です。山根さんたちがパトロールしていると、知らせるのを忘れました。気がついて和子さんの携帯に電話したところ、つながらないので駆けつけたんですが」

「そうだったんですか。なんかホント、すみません」

恐縮し、和子は再度頭を下げた。ついでにクマをつかんで会釈のポーズを取らせる。冬野は苦笑し、スタンドからメニューを取って一つを和子に渡した。

淡々としながらもキザな口調と仕草は、いつも通り。しかし言葉の端々に投げやりなニュアンスを感じる。なにより、さっきから和子はもちろん、クマも一度も見ようとしない。

和子はコーヒー、冬野はキウイのフレッシュジュースを注文した。ウェイトレスが立ち去るのを待ち、康雄が言った。

「いつもあんな風に言われてるのか？　山根のやつ。俺が生きてる間は知らん顔だったクセに、今さら仕返しか。根性が曲がってるにもほどがあるぞ。異動も、あいつの差し金なんだろ？」

和子はクマをテーブルの自分の前に置き、康雄の言葉を伝えた。ゆっくりと、冬野は首を横に振った。

「違います。僕の能力の問題です。異動についても、以前から打診されていました。わかりやすい左遷ですが、よくやる課に持ち込まれる苦情からは、街の動向や人間関係が伝わってくる。捜査に役立つかも知れないし、やり甲斐《がい》もあります」

「だが、お前はデカだ。俺が見込んで、育てたんだ。まだまだ未熟で的外れなところもあるが、お前は真正面から人と向き合い、話も聞く。必ずいいデカになるんだ。間違いない」

早口で熱っぽく、康雄は訴えた。できるだけそのトーンのまま、和子は復唱した。聞き終えた冬野はクマを見て腰を浮かせ、深々と一礼した。

「ありがとうございます。天野さんにそんな風に言っていただけるとは、光栄の至りです。むろん僕も、いずれは刑事課に戻りたいと思います。今はその日のために自分を見つめ直し、鍛錬《たんれん》を重ね」

「お前みたいのが自分を見つめ直すと、ますます泥沼。ロクなことにならねえんだって……なんとかならねえもんかな」

ため息混じりの康雄の声に、和子は胸が締めつけられた。ウェイトレスがやって来て、テーブルにコーヒーとジュースを並べていった。

同情やなぐさめなど必要としていないのはわかるし、逆に自分と康雄との関わりが、冬野の立場に影響を及ぼしているのは間違いない。それでも、この人のためになにかしたい。強くそう思った。

「刑事課に戻るには、どうしたらいいんですか？」

顔を上げ、問いかけた。

「人事等の兼ね合いを省けば……僕が刑事課になくてはならない人間だと、認識されることでしょうね」

肩をすくめ、冬野が前髪をかき上げる。スカしてる場合か。イラつき、和子はつい返してしまう。

「私には、なくてはならない人です！」

冬野が和子を見た。袋から出したストローを口にくわえたまま、固まっている。

康雄の驚いたような視線も感じ、急に恥ずかしくなった。

「いえあの、私たち。力を貸してもらってるし、他にもいろいろ」

「ありがとう」

冬野が言った。敬語以外を聞くのは初めてで、和子の胸がどきんと鳴る。こちらに向けられた眼差しは穏やかで温かく、包み込まれるようだ。しかし、なにを考えているのかわからない。

なにそれ。イエスってこと？　それともノー？　ていうか、私が告白した風になってない？　なんで？

押し寄せる感情で胸が破裂しそうだ。店内はエアコンが効いているのに、頬がみるみる赤く熱くなっていくのがわかる。

「じゃなくて。つまりなにが言いたいかっていうと」

「大丈夫。わかっています」

「なにが？　その余裕の根拠はなに？　……あ〜もう、面倒臭い」

投げやりに言い放ち、和子はソファの背もたれに体を預けた。バッグのウサギが目に入ったので取り上げ、抱きしめて顔を埋《うず》める。もう消えてしまいたいという気持ちと、この場をなんとか立て直したいという思いがせめぎ合う。

呆れたように、康雄が息をついた。

「なにやってんだ、お前らは……まあ、冬野は一筋縄じゃいかねえってことだ」

「うるさい。放っておいて下さい」

「おっかねえな、なんだよ……いいから、仕事だ仕事。さっきの様子じゃ、山根たちも放火犯の尻尾《しっぽ》はつかめてなさそうだな。現行犯で押さえるしかねえ、ってんでパトロールしてるんだろ？」

やる気になれないながらもウサギをバッグに戻し、和子は康雄の言葉を繰り返した。冬野は憎たらしいほど平然とそれを聞き、ジュースを飲んで頷いた。

「その通りです。署の上層部からもプレッシャーをかけられ、相当焦ってますね」

「やっぱりな。てことは、ここで一発冬野が手柄を上げりゃ……よし、和子。空き屋の火事の晩を見直すぞ。犯行時刻に現場のすぐ近くにいたんだ。犯人を目撃してる可能性が高い」

「それなら、あの晩刑事さんに話しましたよ。何人か見かけたけど、とくに怪しい人はいなかった」

あの晩。和子と康雄は鶴見の後をつけ、通りをJR小岩駅方面に歩いていた。途中、駅に着いた電車の乗客と思しき十人ほどの男女とすれ違った。スーツ姿の男ばかりで、他に覚えているのは若いカップルとOL風の女。

「怪しくなくてもいい。気になった人、目についたものを挙げてみろ」

「そう言われても。康雄さんこそ、どうなんですか」

「俺は鶴見さんしか見ていなかった。だがお前は、普段から服だの髪型だの、人のどうでもいいところを見て、ああだこうだ言ってるだろう」

「それ、褒《ほ》めてるんですか？　ファッションウォッチングも、雑貨ショップ店長の大事な仕事なんです」

抗議とともに、テーブルをばしんと叩いた。衝撃でクマが横倒しになり、康雄がわめく。

「ズタ袋や。あんた、見とったやろ」

女の声がした。ぎょっとして、和子は周囲を見回す。前後のテーブルに客はおらず、通路を挟んだ斜め前の席には老夫婦が座っているが、声はすぐ近くで聞こえた。

「なに今の。二人とも、聞こえました？」

「なにが？」

康雄と冬野が同時に訊《き》き返す。

「おばさんの声。関西弁で――あれ確か火事の晩にも」

「落ち着いて。どんな声が、なにを言ったんですか？」

冬野に問いかけられ、和子は顔を上げた。

「ズタ袋ってなんですか？」

「袋だろ。坊さんが身の周りの品を入れる時に使った袋のことらしいが、俺らはなんでも放り込めるようなデカい袋やカバンを呼ぶ時に使ってたな」

寝転がったまま、康雄が答えた。似たようなやり取りを、火事の晩もした気がする。

「なんでも放り込めるデカい袋やカバン」

繰り返し、頭を巡らせる。今になって思えば、鶴見と紗英の関係は火事の晩に聞いた、「つっかけや、つっかけ」の声がきっかけで明らかになった。

和子の脳裡にある記憶が蘇《よみがえ》った。通りですれ違ったOL風の女。顔や服装は覚えていないが、肩にかけたバッグが印象的で目がいった。

「一人いました。小岩駅への道ですれ違った女性。三十過ぎぐらいで、変わったバッグを提げてて気になったんです」

「どんなバッグですか」

「赤がメインの小花模様で、素材はたぶんデニム。通勤用にしては大振りで、トラベルバッグにしては小さい。ポケットがたくさんついていました」

「絵だ。忘れねえうちに、描き残せ」

康雄の指示が飛び、和子はバッグからノートとペンを出した。記憶を辿《たど》ってイラストを描き、言葉や数字も書き添えた。

完成したのは幅四十センチ、高さ三十センチ、マチが十五センチほどのバッグ。上の開閉部分はファスナーで、短い持ち手の他に幅広のショルダーも取り付けられている。本体前面に大きなオープンポケット、下にカマボコを横に引き延ばしたような形のファスナーポケット、脇にも蓋《ふた》付きの縦長のポケットがある。

「カメラマンが機材を入れるバッグに似てませんか？　検索してみます」

そう言って、冬野は携帯電話を取り出した。なにやら入力して操作し、液晶画面を和子に見せる。四角い小窓の中に、バッグの写真がずらりと並んでいた。

携帯を受け取り、いくつか拡大して添えられている文章を読んだ。康雄が騒いだので、クマを起こして引き寄せる。

「形と大きさは似てるけど、地味っていうか武骨っていうか。素材もナイロンばっかりですね」

「犬を運ぶカバンに、似たようなのがあっただろ」

和子のイラストと携帯の画面を見比べる気配があり、康雄が訊ねる。

「ペットキャリーですね。でも、あれはもっと大きかったような。本体に空気穴もあいてないし」

「これはなんでしょうか」

冬野がイラストのバッグの下部を指した。カマボコ型のファスナーポケットだ。

「変わってますよね。ものは少ししか入らなそうだし、デザイン的にもない方がすっきりするのに」

「ひょっとして、ポケットはバッグの底の部分とつながってるんじゃないですか？

なら、かなり大きなものが入りますよ」
「ものって？」
「そこだ」
待ち構えていたように、人差し指を立てる。芝居がかった仕草に和子はイラつい
たが、冬野は構わずに続けた。
「色と柄からして、明らかに女性用。旅行カバン、カメラバッグ、ペットキャリー
ではないが、具体的な用途を意図してつくられている」
前髪をかき上げ、和子の手から携帯を取ってまた操作しだす。キーワードを変
え、ネット検索をしているようだ。和子も自分の携帯を出して検索をした。康雄と
アイデアを出し合い、「バッグ　幅四十センチ　高さ三十センチ」「花柄　底部　ポ
ケット」等々を調べたが、イラストのバッグはヒットしなかった。
「『女性　バッグ　底部　収納』はどうだ？」
「それ、さっき調べませんでしたっけ」
「単語の順番が違うと、出てくる情報も違ったりするんだろ。念のためにやってみ
ろ」
康雄に促され、和子は検索サイトの横長のバーに単語を打ち込んだ。画面が切り
替わり、検索結果が表示される。「デキる**女性**のビジネス**バッグ**　**収納**たっぷり・

底部 鋲《びょう》打ち」「ハンドメイド　たっぷり収納・底ラウンドバッグ　女性用」、キーワード部分が強調されたタイトルがずらりと並んでいるが、どれも確認済みだ。がっかりして、和子は片手で画面をスクロールさせ、もう片方の手をコーヒーカップに伸ばした。

「あれ」

ふと、画面下の一文に目が留まる。「マザーズバッグ　がんばる女性をサポートしたい！　サイドにほ乳瓶用のポケット　底部にはおむつとベビーシューズを収納可」。急いで画像を呼び出す。縦長だが、ポケットの位置と形はイラストのバッグにそっくりだ。

「おい、どうした」

「和子さん。なにか見つかりましたか？」

気配を察知したらしく、康雄たちがこちらを窺う。「マザーズバッグ」で再検索しながら、和子は返した。

「マザーズバッグですよ。たぶん間違いない——あった！　そう、これ。ほら見て」

テンションが上がるのを感じながら、和子は二人に携帯の画面を見せた。表示されているのは、無地だが形やポケットの位置、ショルダーなどがイラストとそっくりのバッグ。

「子育て中のママが、赤ちゃんとお出かけする時のためのバッグです。大きさやショルダーの幅、長さ、ポケットの形は、ママが使いやすいようにつくられてるみたい。カマボコ型のポケットはやっぱり底とつながっていて、おむつとかベビーシューズを入れるそうです。こんなアイテムがあるなんて、全然知らなかった。雑貨ショップ店長失格だわ」

「反省してる場合か。女が持ってたのがマザーズバッグだとしたら、怪しいぞ」

「どこが？　……康雄さんが、バッグの持ち主が怪しいって言うんですけど」

和子の問いかけに、冬野は同感といった様子で頷いた。

「ママ用のバッグを持ちながら、女性は一人だったんでしょう？　しかも、時刻は夜の十時過ぎだ」

「そうか。確かに不自然かも」

「冬野。署への怨恨《えんこん》関係で該当する人物はいないか？　歳は三十前後、ＯＬ風。目につくほどの大柄でも、小柄でもない。恐らく服装も地味だ」

和子の口から康雄の推測を聞くと、冬野は俯いて考え込んだ。ストローをつまみ、グラスの底に残ったキウイジュースを飲む。黒い点々状の種が混じった緑色の液体が、薄く形のいい唇に吸い上げられていく。それを眺め、和子は訊《たず》ねた。

「よくやる課はどうですか？　さっき『苦情からは、街の動向や人間関係がストレートに伝わってくる』って言ったでしょう」

「いなくもありませんが……ああでも、あの人は子どもはいないか。和子さんたちも、このあいだ署で見かけてるはずですよ。川下《かわした》みつるさんという主婦で、『江戸川東小学校の子どもの声がうるさい』と、陳情にいらした方です」

「覚えてます。シュシュで髪を束ねてた人でしょう」

「ええ。三カ月ほど前から頻繁《ひんぱん》にいらしていて、学校にも連絡したものの『休み時間や校庭でまで子どもに騒ぐなと言うのは無理』と、もっともな返答で。それをお伝えして、防音工事や引っ越しを提案したんですが、『なんとかして』の一点張りでした。でも、このあいだ山根さんにアドバイスされてからは、納得されたのかみえてませんね」

「アドバイス？　暴言の間違いでしょ。あんなひどいこと言われて誰が」

言いかけて、黒く尖ったものが胸をよぎった。同時に、江戸川東署のロビーで見たみつるの充血気味の目と、タオルハンカチをきつく握った指を思い出す。

「あの時みつるさんは、山根さんに言い返したりせずに黙り込んじゃいましたよね。なにか事情があるのかも。聞いてませんか？」

「さあ。とくには」

「なら調べましょうよ。放火が始まったのは、あのやり取りの後でしょう？」

「ええ。しかし、それだけで疑うのは無理があるかと」

「ああ。暴言云々《うんぬん》はともかく、みつるさんの苦情は無茶だしな。山根の言う通り、声や音が気に障《さわ》るなら、なんで小学校の近くに越してきたんだって話だ」

二人揃《そろ》っての否定。しかも、呆れているような雰囲気がある。カチンときて、和子は身を乗り出した。

「それはそうかもだけど、あんなこと初対面の他人に言われて、なにも思わないはずないでしょう。ましてや、みつるさんは女性ですよ。親になるとかならないとか、すごく大切でデリケートな問題なんです。つまりなにが言いたいかっていうと、『大きなお世話』『ほっとけよ』」

テンションが上がり、後半はついヤンキーチックな口調になる。締めにテーブルを叩くとまたクマが転がり、康雄がわめく。冬野は唖然《あぜん》としてこちらを見ている。

「とにかく、みつるさんを調べます。反対されてもやりますから」

断言し、和子はイラストが描かれたノートを引き寄せた。

4

「ほら見ろ。今日もカルチェじゃねえか」

康雄が鼻を鳴らした。バッグのクマの顔は、小岩駅の改札に向いている。ちょうど川下みつるが出て来たところだ。和子は人波に紛れ、後について歩きだしながら携帯を構えた。

「カルチェじゃなく、カルティエです。康雄さん、ヴィトンをビトンとか言ってません？」

「どっちでもいいじゃねえか。カバンだよ、カバン。本当に、あの晩お前が見たのはみつるさんなのか？」

「バッグね……何度も言ってるでしょう。間違いないです」

送話口に告げ、みつるの背中を窺う。カットソーにコットンニットのカーディガン、デニムのガウチョパンツ、スニーカーというラフなスタイル。長い髪を束ねているのは、署で見たのと同じシュシュだ。バッグもシンプルな黒革のトートバッグだが、前面にアルファベットの「C」を組み合わせたカルティエのブランドロゴが入っている。お気に入りらしく、外出時はいつもこれを肩にかけている。

「だが、尾行も今日で三日目だぞ。そろそろ諦めろよ」

「なんで？　この三日間、放火事件は起きてないんですよ。それに、事件は全部みつるさんの家から徒歩圏内で起きてる。バッグにライターとかガソリンとかを入れて、パート帰りに火を点《つ》けてたのかも」

「そのバッグが、影も形もねえんじゃな。あとは動機。冬野の話じゃ、みつるさんは山根に言われたことを覚えてなかったそうじゃねえか」

「一人でもやりますから」と断言した翌日から、和子は川下みつるの尾行を始めた。同時に冬野を拝み倒し、陳情の件を口実にみつるの自宅を訪ねてもらった。結果、みつるは二十九歳、小岩駅から徒歩十分ほどの住宅街の一戸建てで、会社員の夫と暮らしていると判明。専業主婦だったが、半月ほど前からパートを始めた。錦糸町の割烹《かっぽう》料理店で、午後五時から十時までの勤務だ。

「みつるさんは、『気持ちを切り替えようと思って働き始めた』とも言って、ふっきれたような顔をしてたって話だぞ。なにを意地になってんだか知らねえが、そのへんにしとけ」

「意地じゃありません。気持ちを切り替えたいなら、小学校の音声が聞こえる昼間に働くでしょう。矛盾してるし、やっぱり変だわ」

冬野は防音工事を口実にみつるの家の中を歩き回り、隙をみてクローゼットの中などもの覗いてくれたらしい。しかし、マザーズバッグは見つからなかった。

みつるは構内を抜け、階段を下りて駅前のロータリーに出た。闇の中に、ぱっと人がばらけていく。見失うまいと、和子は二段抜かしで階段を下りた。今夜も蒸し暑いが、風が少しあるので過ごしやすい。

みつるはロータリー中央の横断歩道を渡り、スーパーマーケットやオフィスビルが並ぶ大通りを進んだ。

「あれ？いつもは脇道に入るのに……まさか、これから犯行を」

「タコ。この先は繁華街で、夜中まで人通りが絶えない。パトロールの警官も大勢いるし、放火なんかできるはずねえだろ」

「わかってますよ。うるさいなあ」

言い返しながらも、視線はニットカーディガンの背中から外さない。

繁華街に入り、赤い顔をしたサラリーマンや、騒々しい学生のグループなどが増えた。メニューと割引券片手に寄ってくる飲み屋の呼び込みを避けるように、みつるはバッグを抱き、足を速めた。

少し行くと、通りの傍らが暗くなった。真新しいアスファルトが敷かれたコインパーキングがある。ビルを取り壊し、新しいものを建てるまでのつなぎ営業だろう。通りの向かい側は大きな酒屋で、煌々《こうこう》と明かりを灯している。

みつるは歩を緩め、駐車場に歩み寄った。バッグを抱え、和子も通行人の間を縫って追いかける。酒屋の店頭に向かい、カゴに山積みになったチューハイとカクテルの缶を眺めるふりで、後ろを窺った。

よく見ると駐車場の敷地の端に、高さ三メートル、幅二メートルほどの白い壁があった。壁は長方形に仕切られ、それぞれのスペースの左端にカギがぶら下がっている。コインロッカーだ。

「おい」

康雄の声が厳しく、緊張したものに変わる。和子はチューハイの缶を置き、駐車場に入って斜め後方からみつるに接近した。ロッカーの一つを開け、なにか取り出している。現れたのはバッグ。場内のオレンジの照明が、生地の赤い小花模様と大きなポケットを照らす。

「やった！」

思わず声に出してしまい、みつるがこちらに首を回した。慌てて体を反転させ、和子は駐車スペースに停められた車に歩み寄った。窓にスモークフィルムを貼ったいかついベンツだが、構わずドアに手をやる。

「そう、いま駐車場。これからそっちに向かうから……うんうん。わかった」

できるだけ能天気に送話口に語りかけてごまかす。その間にみつるはマザーズバッグを肩にかけ、カルティエのトートバッグをロッカーにしまって歩きだした。

「前言撤回だ。和子、でかしたぞ。こりゃ、ひょっとするとひょっとするかもしれねえ」

だから言ったじゃない。心の中で憤慨し、和子は尾行を再開した。胸の鼓動がどんどん速くなる。

五十メートルほど行き、みつるは脇道に入った。人通りが減ったので間隔を長めに空《あ》け、足音も忍ばせて和子が続く。バッグの口からは、クマとウサギが並んでガラスの目を前方に向けている。

いくつか通りを渡り、角を曲がってみつるは歩き続けた。足を止めたのは十分後。柴又《しばまた》街道にほど近い裏道だ。古く小さな民家やアパートが立ち並び、エアコンの室外機とテレビの音らしきものは聞こえるが、通行人はいない。風が少し強まり、どこかで風鈴《ふうりん》が鳴っている。

みつるは和子に横顔を向け、立っている。その前には薄汚れたブロック塀。奥に築五十年ほど経過していると思しき木造二階建てのアパートがあり、いくつかの窓に明かりが灯っている。

足元にバッグを下ろし、みつるが首を回して周囲を窺った。急いで、和子は路肩の町内会の掲示板の後ろに隠れる。耳を澄ませると、前方でファスナーを開ける音とレジ袋らしきものがガサつく音がした。

「いいか。無理に取り押さえようと思うな。放火の現場を確認して、後は冬野に任せろ……そうだ。お前の携帯は動画が撮れるんだよな？　証拠を押さえろ」

押し殺した声で康雄が指示する。和子は携帯を手に顔を突き出し、前方を窺った。

バッグから体を起こし、みつるは再び塀と向き合った。街灯の青白い光が、手にした使い捨てライターと捻《ひね》った新聞紙を照らす。そして、塀の上には五百ミリリットルの炭酸飲料のペットボトル。通行人が置いていったのだろう。

みつるはペットボトルをつかみ、飲み口に新聞紙をねじ込んだ。しかし上手くいかず、新聞紙を捻り直したり、先端を細くしたりしている。

「あれに火を点けようっていうの？　風があるし、下手《へた》をすればアパートに燃え移って大変なことになりますよ」

「わかってる。現場を押さえてから、飛び出して火を消せ。もうちょっとの我慢だ」

カチリ。軽く硬い音がした。みつるが握るライターの先に、オレンジ色の炎が灯る。もう片方の手には、新聞紙を挿したペットボトル。力任せにねじ込んだらしく、新聞紙はシワくちゃになっている。

一陣の風が通りを吹き抜け、ライターの炎とみつるの顔の脇に落ちた一房の髪を揺らした。炎に照らされた横顔はまっ白で表情がなく、お面のようだ。しかし充血気味の大きな目は涙で満たされ、今にも溢れそうだった。

腹の底から強い衝動が突き上げ、和子をゆさぶった。ダメ。あの新聞紙に火を点けさせちゃいけない。思いは焦りに変わり、全身を急《せ》き立てる。耐えきれなくなって、和子は飛び出した。

「おい！」

康雄の声を無視し、前進する。はっとして、みつるが振り返った。またカチリと音がして、ライターの炎が消える。

「みつるさん。やめて下さい」

みつるが和子に向き直った。潤んだ目に、たちまち驚きと警戒の色が満ちていく。

「あなたのしたことは、全部知っています。この間、江戸川東署であなたを見たんです。山根さんが言ったことも聞きました」

「和子、やめろ。どうしちまったんだ、おい」

康雄の混乱と焦りが伝わってくる。ぽかんとした後、みつるはうろたえだした。ライターを体の後ろに隠し、小さく後ずさりをする。

「なに言ってるの？　あなた誰？」

「事情があるんですよね？　聞かせて下さい。絶対悪いようには」

くるりと身を翻し、みつるが駆けだした。両手には、ライターとペットボトルをつかんだままだ。反射的に、和子もダッシュする。康雄がなにか言っているが、聞き取れない。

追いついて、とっさに長い髪の先をつかんだ。頭を後ろに引っぱられ、みつるが足を止めて上半身をのけぞらせる。

「放して！」

裏返った声で叫び、みつるは激しく抵抗した。身をよじり、和子の手を振り払おうとする。ライターの底がぶつかり、和子の肩や腕が鋭く痛む。

ライターに火が点いたらどうしよう。恐怖が湧き、髪をつかむ手が緩みそうになる。

「あんな男のために、これ以上罪を重ねたらあかん！」

女の声が響いた。

また⁉　和子は周囲を見た。通りはがらんとして、和子たちの他には誰もいない。

「なにしてんねん。はよ、言い」

また声がした。みつるはなにも聞こえないように抵抗を続け、康雄もわめき続けている。

「あんたや、あんた。ボケッとせんと、おばちゃんの言ったことをネエちゃんに伝え！」

「えっ、私⁉　なんで、っていうか誰？」

「早《はよ》う！　逃がしてもええんか」

一喝《いっかつ》され、和子はみつるの髪を握り直した。混乱しながらも、女の言葉を繰り返す。

「あんな男のために、これ以上罪を重ねたらあかん！」

大声と関西弁に驚いたのか、みつるが動きを止めた。すかさず、女の声が続く。

「辛かったんやろうし、腹も立ったんやろ。女なら当然や。許せへんのもわかる。けど、あんなアホのために自分を傷つけてどうする。もうやめとき。あんたの想いは、十分伝わったで」

なにがなんだかさっぱりわからない。しかし女の声は優しく力強く、おまけに説得力がある。和子は導かれるようにして復唱した。

「辛かったんやろうし、腹も立ったんやろ。女なら当然や。許せへんのもわかる。けど、あんなアホのために、自分を傷つけてどうする。もうやめとき。あんたの想いは、十分伝わったで」

すっ、とみつるの肩から力が抜けたのがわかった。ライターとペットボトルを持った手が体の脇にだらりと垂れる。和子が声をかけようとすると、一筋の涙がみつるの頬をつたった。驚く間もなく、二筋、三筋。やがて両目から、どっと涙が溢れる。嗚咽《おえつ》が漏れ、みつるは肩を震わせて泣きだした。

「なんだおい、今のは……冬野に電話だ。大至急！」

康雄の指示にはっとして、和子はみつるの髪を握ったまま、携帯を取り出した。

5

ルーフに赤色灯を載せた乗用車が裏道に入って来た。和子はバッグを抱え、民家の壁に身を寄せた。後方に固まって立つ野次馬《やじうま》の人々も、ばらけて道を空ける。その前を、乗用車は最徐行で進み、やがて停まった。

ドアが開いて降車したのは、スーツの男たち。そのうちの一人、体軀《たいく》のいい中年男がアパートのブロック塀の前で作業をする男たちに声をかける。小走りに駆け寄って来たのは、冬野と山根。中年男は二人を車の陰に連れて行き、話しだした。冬野たちは頷いたり、時折なにか言葉を挟んだりしながら、それを聞いている。

間もなく、冬野は一礼して男の元を離れた。こちらに走って来て、野次馬を気にしながら抑え気味の声で言う。

「マスコミが集まる前に、署に移動しましょう。刑事課がお話を聞きたいそうです」

「わかった。迷惑をかけるな」

「みつるさんは、一足先に連行されました。署の連中が到着する前に聞いたんですが、やはりきっかけは山根さんの言葉でした」

「そうか」

「みつるさんは、元は大の子ども好きで結婚後は出産を望んでいたそうです。小学校の近くに家を買ったのも、子どものため。程なく身ごもり、大喜びのご主人からプレゼントされたのがあのマザーズバッグでした。ところが流産してしまい、その後も二度、三度と続き、精密検査を受けると不育症と判明しました。ご主人とともに治療に取り組みましたが上手くいかず、周囲からのプレッシャーもあって次第に追い詰められていったそうです。微笑ましかった小学校の音声が不快に感じられるようになったのもその頃で、耐えきれずによくやる課に苦情を申し立てた」

「ああ。あのバッグには、そんないきさつがあったのか。辛かったろうな。子どもの声もプレッシャーに感じたんだろう」

「だが苦情は聞き入れられず、しかもあの日、いきなり現れた刑事に無神経な言葉を投げつけられた。山根さんの『親になればわかる』と『子どもを持てば』に、『ギリギリで自分を支えていた柱を、根元からぽっきり折られた気がした』とみつるさんは話しています。同時に強い怒りも覚え、山根さんと江戸川東署が憎くて仕方がなくなったそうです。我々を翻弄《ほんろう》させ、世間の批判を集めるにはどうしたらいいかと考え、放火を思いついた」

「う〜ん。なんでそうなっちまったんだろうなあ」

「僕の個人的推測ですが、みつるさんは山根さんに折られた柱の代わりに、我々を憎悪し、犯行を重ねることで自分を支えていたのではないでしょうか。それほどに、彼女が背負っているものは大きく、重かった。ファミレスで和子さんが怒ったのも、あるいはそういうことではないかと。いかがですか？」

　冬野の説明は聞こえたし、康雄がバッグの中から見上げたのもわかった。しかし和子はなにも答えず、首を動かして左右を眺めた。背伸びをし、野次馬と現場検証の刑事たちも見る。

　業《ごう》を煮やし、康雄がわめいた。

「おい、さっきからなんなんだ。冬野が説明してくれてるんだぞ。ちゃんと聞け。俺の話も伝えろ」

「だって」

　クマに言い返し、また視線をさまよわせる。

「お前の事件《ヤマ》なんだぞ。最後まで責任を持て……みつるさんは、このあと取り調べか。有罪はまぬがれねえが、事情が事情だし、まあ情状酌量の余地ありだろう。お前に自首したってことにできるんだよな？　……和子、ちゃんと言え」

「はいはい」

　仕方なく冬野に向き直り、康雄の話を伝えてやる。冬野は頷いて答えた。

「ええ。僕に自分から『私が放火しました』と言いましたし。ここを通りかかった和子さんが偶然犯行を目撃、連絡を受けた僕が駆けつけ署に通報、という流れで刑事課には説明します」

「すまねえ、頼んだぞ。で、山根のやつはどうなるんだ」

「山根さんはどうなるんですか？」

　復唱し、和子は冬野の肩越しに通りの先を見た。山根はまだ中年男と話している。二人とも冷静だが、心なしか山根の顔は青ざめ、引きつっていた。

「マスコミが事件のいきさつを書き立てるでしょうし、署としても相応の対処をせざるを得ない……近々、刑事課に人事異動があるかも知れませんね」

「だな。山根が飛ばされて、冬野が戻る」

「戻れるんですか？」

驚いて、和子はクマと冬野を見比べた。

「すぐは無理だろうが、いずれはな。山根の後に刑事課を仕切るであろう連中は、みんな俺のかつての同志、叩き上げのデカだ。みつるさんの自首を含め、こいつが『なくてはならない人間』だってことも、わかってくれるはずだ」

「そうなんだ」

呟き、きょとんとしている冬野を見たとたん、安堵《あんど》と喜び、いとおしさが胸に湧いた。だが康雄の言葉を伝えようとした刹那、メガネの奥の目がクマ、自分、クマと動くのを確認し、一気に気持ちが醒《さ》める。

「教えてやらない」

ぶっきらぼうに告げ、背中を向ける。「教えて欲しいなら、ファミレスの告白に答えて」。そう続けたいが、口にする勇気がない。冬野は訳がわからないといった様子で、前髪をかき上げている。

「ところで和子。さっきの関西弁、ありゃなんだ？　頭がどうかしちまったのかと思ったぜ。その割には、なかなか筋の通ったいい話だったけどな。みつるさんも、あれが決め手で罪を認めたようなもんだろ」

「そう、それ。さっきも説明した通り、女の人の声がしてあの台詞《せりふ》を伝えるように言われたんです。前にも二度、同じ声が聞こえて」

　再びざわめきを覚え、和子は道の真ん中に出て左右を見た。冬野が首を傾げる。

「しかし僕にはなにも聞こえなかったし、天野さんも同じなんでしょう？　……それ、ひょっとして多重人格、いや、背後霊かも。時折見られるヤンキー的言動といい、和子さんの背後にはその筋の女性がいると推測します。そのうち、『往生しいや』とか、『日本中火だるまにせにゃ！』とか」

「言いません」。そう反論しようとすると、また女の声がした。

「言うかいな。アホらし」

　ぎょっとして、和子は固まる。さらに女は言う。

「今の台詞、極道のなんとかという映画やろ？　主演の女優さんは好きやけど、あれに出てくる関西弁はあかん。まちごうとるし、けったくそ悪うてかなわんわ。あ、『けったくそ悪い』いうのは、変とか気分が悪いとかいう意味で……ちょっと、あんた。なにポカンとしてんの。いい歳して、口開けっ放しやで」

　言われて、反射的に口を閉じてしまう。康雄が騒ぎだした。

「おい、今のはなんだ。誰が喋ってる？」

「康雄さんにも聞こえるんですか⁉　誰？　どこ？」

「背後霊の声が聞こえたんですか？　なんて言ってます？」

冬野も騒ぐ。女の声は聞こえないらしい。

えっ。ってことはまさか……いや、そんなバカな。頭をもたげた不吉な予測を、必死に打ち消す。

「あんた、どこ見てんねん。ここや、ここ！」

テンションを上げ、女が叫ぶ。

ウソ。あり得ない。ていうか勘弁。しかし目は勝手に動き、バッグのクマ、その隣のウサギを見る。

「はいな。うちやで！」

明るく、力強く、所帯じみた声が和子の頭に響き、ウサギの赤い目がきらりと光った。

第四話

マイ・フェア・テディ

MY FAIR TEDDY

1

息苦しさと蒸し暑さに耐えきれなくなり、タオルケットから顔を出した。窓にはすべてブラインドを下ろしているが、江戸川《えどがわ》土手の街灯で事務所内はほの明るい。ソファに横になった和子《かずこ》の目に、応接テーブルと向かいのソファが映る。奥にはノートパソコンとビジネスホン、蛍光灯の電気スタンドが載ったスチールの事務机と書類棚のシルエットも浮かんでいた。高い天井にはうるさいばかりで効きはいまいちのエアコンの音が響き、それに混じってぼそぼそとした話し声も聞こえる。寝返りを打って背中を向けようとした時、声の一つが大きくなった。

「だから、俺が言いてぇのは」

「し〜っ。あんた、声がデカい。ねえちゃんが起きてまうで」

もう一つの声も、ボリュームを上げる。

「ねえちゃんじゃねえ、和子だ。ついでに俺は天野《あまの》」

「わかってるがな。やいやい言いな」

うんざりして、和子はタオルケットをはいで起き上がった。クロックスサンダルに裸足の足を突っ込み、応接テーブルの上の携帯を覗《のぞ》く。時刻は午前二時過ぎだ。

立ち上がり、Tシャツとスウェットパンツの裾《すそ》の乱れを直しながらテディ探偵事務所のスペースを出て、自分のオフィスに向かった。手前の大きな木のテーブルには電源を入れっぱなしのノートパソコンが置かれ、液晶画面の明かりがコードレスホンの子機とガラスシェード付きのアンティークの電気スタンド、向かい合う形で置かれたクマとウサギのあみぐるみを照らしている。傍らにはトートバッグも置かれていた。

「ほれ見いな。起きてもうたやないの。さっきあの刑事、冬野《ふゆの》はんやったっけ？『今夜はそっとしておいてあげて下さい』って言われたのに」

ウサギの中から、女が非難がましくわめく。負けじと、クマの中の康雄《やすお》も言い返した。

「ふざけるな。それもこれも、元はといえば誰のせいだと」

「どっちみち起きてましたから。この状況で寝られるはずないし」

ため息混じりに割り込み、和子は椅子を引いて座った。バッグを脇に避《よ》けて電気スタンドをつける。

小岩《こいわ》の放火未遂事件現場で関西弁の女に呼びかけられてから、二時間弱。あのあとパニックを起こしかけた和子の前に刑事課の刑事が現れ、江戸川東署に連れていかれた。取調室に入る前に、事態を察知したらしい冬野がクマとウサギを預かってくれたのでなんとか事情聴取に集中でき、一時間ほどで解放された。冬野になにか言い含められた様子で、市川《いちかわ》の事務所に戻ってからも康雄たちは大人しくしていた。しかし和子が横になったとたん、ぼそぼそと話しだすし、女の「はいな。うちやで！」が頭の中で繰り返し再生されるしで、とても眠れたものではない。

待ち構えていたように、康雄が話しかけてきた。

「和子、どういうことだ。なにを訊《き》いてもこいつは、『ねえちゃんが一緒やないと、話されへん』の一点張りだぞ」

「当たり前や。あんたらはコンビ。一心同体やろ」

「なにを偉そうに。いきなり現れたんだ。まずは氏素性《うじすじよう》を明らかにするのが、礼儀ってもんだろ」

「はいはい、わかりました。ほな、説明させてもらいましょ」

咳《せき》払いをして、女がウサギの中で姿勢を正す気配があった。和子はウサギの黒い顔を見下ろし、康雄も身を乗り出したのがわかった。

「ご挨拶《あいさつ》が遅うなりました。うち、姓は林田《はやしだ》、名は寿子《ひさこ》いいます。酉《とり》年生まれで大阪は吹田《すいた》出身。命日はおととしの十月八日。去年が三回忌やったっちゅうことやね」

「命日⁉ ってことはあんたも」

驚く康雄に、寿子はあっさり答えた。

「はいな。死んでます。康雄はんと同じようにあの世《あっち》のカード持たされて、この世《こっち》で善行ポイント稼ぎやらされとりますわ」

「なぜここに？　ポイント稼ぎは互いの存在に気づいても、見て見ぬふりがルール。コンタクトを取るのも御法度《ごはっと》なはずだぞ」

「えっ、そうなの？　なんで？」

クマとウサギの顔を交互に見て、和子が問う。

「まあまあ、そう焦《あせ》らんと。こっからが本題や」

寿子が返し、和子の脳裡《のうり》に母・厚子《あつこ》が人をなだめる時によくやる、片手をひらひらと上下に振るおばさん臭いポーズが浮かんだ。また咳払いをし、寿子は話しだした。

昭和三十年代後半。地元の看護学校を卒業した寿子は、大阪のとある下町の病院で働いていた。ある日、地元の小さなヤクザ・宝龍《ほうりゅう》組の組長が持病をこじらせて担ぎ込まれ、寿子を見初《みそ》める。熱烈なアプローチに戸惑う寿子だったが、組長の真摯さと男気にほだされ、周囲の反対を押し切って結婚した。しかし間もなく持病が悪化して夫は亡くなり、寿子は幼い息子と子分たちのために跡目を継いだ。その後、苦労を重ねながらも飲食店の経営や不動産売買、芝居の興業と手を広げ、ミナミの繁華街に事務所を構えるまでに組を成長させた。ところが二十一世紀を迎えた頃から、法律の締めつけや組の若手幹部たちとの対立で苦しむようになり、四年前に堅気の勤め人だった息子が夫と同じ病気で亡くなったのをきっかけに、引退と組の解散を決意した。だが、これに反発した宝龍組の若頭《わかがしら》・梨井《なしい》は側近と謀り、寿子の車を操作して交通事故に見せかけ殺害、まんまと組長におさまった。

無念ながらも、「これで旦那と息子に会える」と自分に言い聞かせ天に昇った寿子だったが、待っていたのは三途《さんず》の川の大行列。仕方なくこの世に戻り、生前かわいがっていた下っ端組員・善治《ぜんじ》の背後霊となって「虫の知らせ」や「夢枕」などで小さな善行をやらせては、ポイントを稼いでいた。ところがそのせいで根は真面目《まじめ》で優しく、また寿子の殺害計画を知りながらも脅されて阻止できなかったことを悔やんでいた善治が更生してしまい、「足を洗いたい」と言いだした。聞きつけた梨井は悪行の発覚を恐れ、側近に善治抹殺を命じる。気配を察知した善治は大阪を脱出するが、梨井は諦《あきら》めていないらしい。

話を聞き終えても、康雄は無言だった。なにか考え込んでいるようだ。沈黙が息苦しくなり、和子は仕方なく相づちを打った。

「なるほど。そうだったんですか」

組長に若頭、ミナミの事務所に殺害計画。物騒なキーワードが並ぶが、ビデオ映画かマンガのようでリアリティーは感じられない。語り手の見た目がウサギなので、なおさらだ。

康雄が顔を上げる気配があった。

「あんた、ひょっとして『金筋《きんすじ》弁天のお寿《ひさ》』か？」

「まあ、そないに呼ばれたこともありましたなあ」

「やっぱりな」

「えっ。牛すじ弁当がどうかしたんですか？」

和子の問いかけに、康雄は呆《あき》れたように息をついた。

「タコ。牛すじ弁当じゃねえ、金筋弁天。あだ名だよ。金筋ってのは、筋金入りの極道って意味だ。仁義を重んじ、『麻薬と売春、堅気衆には手を出さない』を掟《おきて》に、持ち前の度胸と商才でのし上がった伝説の女親分……噂《うわさ》には聞いていたが、亡くなっていたとはな」

「へえ、すごい。寿子さんってセレブだったんですね」

「そんな、テレるやないの。『女ゆうてナメられたらあかん』と思って、死にものぐるいでやってきただけなんよ」

寿子が照れ、康雄はまた舌打ちをした。

「なにがセレブだ。所詮《しょせん》は反社会的勢力、暴力団じゃねえか」

「暴力団ちゃう。極道や」

きっぱりと寿子が返す。康雄は語気を荒らげた。

「ふざけるな。人の欲と弱味につけ込んで汚ねえ金を稼いでる、社会のダニには変わりはねえだろうが。胸くそ悪い。とっとと消えろ」

「言われんでも用が済んだら消えるわ。あんたらデカこそ、偉そうな顔して裏でなにやってる思てんねん」

「まあまあ。用ってなんですか？」

なだめながら、和子は二つのあみぐるみを少し離した。

「他でもない、善治のことや。うちのせいで命を狙われる羽目《はめ》になったんやし、助けてやりたいねん。あっちに戻って神様《うえ》に相談したら、あんたらのことを教えてくれた……和子ちゃんこそ、あっちじゃ結構なセレブやで」

なぜか最後は声を潜《ひそ》め、低い声で笑う。和子は脱力し、康雄は腹立たしげに急《せ》かした。

「だからなんだ。さっさと続けろ」

「おお、こわ……うえのお偉いさん曰《いわ》く、『なら天野氏の力を借りればいいじゃん』。で、こっちを覗いたら、このウサギのぬいぐるみが和子ちゃんのところに行くところやった。急いで潜《もぐ》り込んで、しばらく様子を見させてもろてたんよ」

「ぬいぐるみじゃなくて、あみぐるみ。それに『天野氏』に『じゃん』って。本当にそんな話し方なんですか？　なんか軽いっていうか、アキバ系」

「ボケ。そこに突っ込んでどうする……要は俺らに、善治とかいうチンピラを救う手助けをしろ、ってことか？」

「ご名答。よっ、さすが元敏腕デカ」

「今さらおべっかこくんじゃねえよ……断る。暴力団の手助けなんぞできるか」

「暴力団やなくて極道……もちろん、タダとは言わへん。善治を見つけたら警察に行かせて、梨井の悪事を洗いざらい喋《しゃべ》らせるつもりや。その暁《あかつき》にもらえる善行ポイント。康雄はん、丸々あんたに譲りますわ」

「ふざけるな！　俺を買収しようって言うのか」

「買収ちゃう。取引や……小耳に挟んだんやけど、あんたの善行ポイント、もうちょいで満点らしいやないの。デカい事件の一つも解決すれば、一気にゴール。成仏や」

「えっ。本当⁉」

驚いて、和子はウサギをつかんだ。腕がぶつかってクマが倒れ、康雄がなにかわめく。

「モチのロンや。和子ちゃんにも礼はするで。通販の仕事をしとるんやろ？　商品の発送には、佐助《サスケ》急便を使っとるね。個別契約ができれば、送料が割引になるで。お客さんも喜ぶんちゃう？」

「そうですけど、個別契約は扱う商品が月に五十個以上とかの大口じゃないと、結んでもらえないんです。うちなんかとても」

「佐助急便の本社は大阪で、社長はうちがやってたクラブの常連さんや。身内や言うて話を通せば、契約できるで」

「でも」

「ウソやないで。なんなら、今から社長に電話するか？」

自信満々な寿子に、和子の気持ちは揺れる。寝転がったまま、康雄が騒いだ。

「だまされるな。甘いエサで誘い込むのが、こいつらの手だ」

「いいから、少し静かにして下さい……善治さんって人は、どこかに隠れてるってことですか？」

「そうや。あいつが大阪を出る時、うえに相談に行くために、うちは背後《うしろ》霊から離れてしもたけど、あちこちを転々としてたはずや。けどそろそろ手持ちの金も尽きる頃やし、東京に来るやろな」

「根拠は？」

「不幸な育ち方をしたらしくて昔のことはよう話さんやつやったけど、前に一度だけ『中学生の頃、しばらく東京の表参道《おもてさんどう》で暮らした。いい仲間ができて、今でもつき合いがある』と言うてたんよ。他にも手がかりはある。全部片づいたらうちは善治の後ろに戻って、更生を助けながらポイント稼ぎを続けるつもりや……どうや、和子ちゃん。この話、乗るか？」

「誰が乗るか！　言語道断、断固拒否だ」

「ああ、もううるさい。寿子さんは私に訊いてるんですけど？　……わかりました。乗ります」

康雄が鬱陶《うつとう》しく、当てつけの意味も込めてつい頷《うなず》いてしまう。

「ボケ！　こいつはヤクザだぞ。これまでの事件とは訳が違う。関わったらとんでもねえことになるんだ」

「冬野さんに相談するし、大丈夫ですよ。それに康雄さん、成仏したくないんですか？」

「俺を見くびるな。ヤクザからもらったポイントで、成仏なんぞできるか！」

「そのヤクザに、事件を解決してもろたんは誰や」

寿子が鼻を鳴らした。康雄が反論する隙《すき》を与えず、こう続けた。

「じっくり見させてもろたけど、あんたらの仕事ぶりはいまいちやね。とくに康雄はん。熱意は買うけど、視野が狭いっちゅうのか頭が固いっちゅうのか。もどかしゆうて、つい『つっかけや』だの『ズタ袋や』だの、口を出してしもたわ。身上調査も放火事件も、それで解決したようなもんやろ。ある意味、あんたらはうちに恩があるっちゅうことや」

「確かに」

事実関係を思い出し、和子は頷いた。痛いところを突かれたらしく、康雄はノーリアクションだ。

「決まりやね」

勝ち誇ったように、寿子が言い放つ。意味不明の声を上げ、康雄がクマの中でじたばたと手脚を動かした。

翌日から仕事に取りかかった。寿子から宝龍組についてのレクチャーを受け、インターネットで情報を集めた。

宝龍組は構成員約七十人。他に準構成員と呼ばれる見習いが約十人、シンパという協力者が全国に約三十人いるらしい。寿子亡き後、梨井は掟を破ってドラッグ売買やマルチ商法、振り込め詐欺《さぎ》などの、寿子曰く「汚いシノギ」に手を出し、また近隣の小さな組織を傘下に収めてさらなる勢力拡大を図っているという。

2

午前九時過ぎ。通勤の人の波が途絶え、通りは静かになった。外回りの営業にでも出かけるのか、立ち並ぶビルの一つから、重たそうなビジネスバッグを提《さ》げたスーツ姿の男が数人出て行くのが見えた。

「そろそろや。目を離したらあかんで」

寿子の重々しい声がした。ダッシュボードの上にウサギのあみぐるみが座り、フロントガラス越しに前方を眺めている。運転席の和子は頷き、路肩に停めた車の左右を窺《うかが》いながら、手にした書類の束をめくった。

仕事を始めてから二日後。和子は上野《うえの》の裏通りにいた。寿子によると、「梨井は善治の身辺を徹底的に洗い、東京に仲間がいることも突き止めているはず」らしい。しかし「警察や他の組織の目があるので自らは動かず、在京のシンパを使って善治を拉致《らち》させ、大阪に連行させる」そうだ。そこで和子はレンタカーを借り、シンパの事務所があるこの街にやって来た。

事務所は三十メートルほど前方の、古く小さなビルの二階だ。さっきエントランスの郵便ポストの名札を確認すると、「イースト企画」という会社名が記されていた。

「それにしても、梨井って若いんですね。しかもなにげにイケメン。俳優さんに、ちょっと似た感じの人がいた気がする」

　書類の一枚をウサギに向ける。モノクロ写真のコピーで、喪服姿の二十人ほどの男たちが列をつくって歩いている。皆いかつく、髪型は坊主かパンチパーマ。サングラスも多い。最前列中央で一人だけ喪服の上にコートを着ているのが梨井で、歳は四十代半ば。背が高くがっしりとして、鋭い目と引き締まった口元が印象的だ。

「ああ、それはうちの葬式やな。梨井のやつ神妙な顔しとるけど、腹ん中じゃ『してやったり』と思うてたに違いないわ。ほんま、えげつない男やで……しかしそんな写真、よう手に入ったな」

「でしょ？　ネット検索をかけたら、ヤクザさん御用達《ごようたし》の雑誌があるってわかったんです。試しにバックナンバーを買ってみたんですけど、『○○組五代目組長襲名』とか『××一家会長が語る半生』とか、いかにもな内容。寿子さんのお葬式の記事もばっちり、グラビア四ページも使って載ってました。でもこういう雑誌、警察的にはどうなんでしょう。コンビニで普通に買えちゃうんだけど、いいの？」

　疑問を呈し、書類を今度は助手席に向けた。しかし康雄は無言。クマは和子たちを拒絶するように、シートの上に背中を向けて座っている。

「うちもこういうのは好かんから、取材は全部断ってた。うちの写真は見つからへんかったやろ？」

「と、思うでしょ。ところが」

ダッシュボードに向き直り、和子は別の書類をウサギに見せた。

寿子の葬式の写真で、引きのアングルではあるが、たくさんの白菊で飾られた祭壇の奥に黒いリボンのかかった大きな額縁と写真が見える。写っているのは留袖姿の初老の女。おばさんパーマに贅肉のついた顎《あご》。メガネと基本アイテムは厚子と同じだが、髪を明るい茶色にカラーリングしているところと、メガネが派手な金縁でメイクも濃いめなところが、「大阪のおばちゃん」テイストか。

「葬式か。けど、この遺影はないわ。実物はもうちょいマシなんよ。自慢やないけど、これでも昔は『吹田のソフィア・ローレン』て言われて」

「はいはい。これでしょ？」

さらに書類を捲《めく》ると、寿子は甲高《かんだか》い声を上げた。こちらも雑誌のコピーで、「伝説の女親分・金筋弁天のお寿の謎《なぞ》に迫る！」という特集だ。記事には寿子の生《お》い立ちや人となり、広域暴力団や警察の圧力にも屈せず掟と仁義を貫き、弱い立場の人のために尽力して慈善団体などに多額の寄付をしていることが、写真を交えて紹介されている。隠し撮りと思《おぼ》しき「最近の姿」は巨大なヒョウの顔がプリントされたブラウスに、じゃらじゃらと首からぶら下げた貴金属とコテコテだが、「若き日の姿」と題された写真の寿子は別人のようだ。胸元が大きく開いた幾何学模様のミニ丈のワンピースを身につけ、腕やウエストは細いのに胸はボリュームたっぷり。アーモンド型の大きな目と先の尖《とが》った高い鼻は、確かに以前雑誌で見たイタリアの名女優、ソフィア・ローレンに似ていなくもない。

「いや、恥ずかし！　そんな記事、いつの間に出てたん？」

「バックナンバーを漁《あさ》って見つけました。寿子さん、きれい。ご主人が見初めるのも納得だわ。このワンピースもいいなあ。今また、こういう七〇年代テイストの幾何学模様が流行《はや》ってるんですよ」

「そうなん？　若い頃の洋服やらアクセサリーやら、大阪のトランクルームに放り込んだままやで。よければあげよか？　若い頃は洋裁が好きやったから、生地やボタンなんかもぎょうさんあるで」

「下さい！　その生地でうちのショップの作家さんに雑貨をつくってもらったら、絶対ウケますよ。寿子さん、ありがとう。超嬉《うれ》しい〜！」

「うるせえ！　いい加減にしろ」

突然、康雄が怒りを爆発させた。両手を顎の下で組んだポーズのまま、和子はクマを振り返った。

「愚にもつかねぇ話をぺちゃくちゃと。これだから女は嫌なんだ。やる気がねえなら、とっとと帰れ。そもそも、なんで俺がこんなところに。依頼を受けた覚えはねえぞ」

「わかってますよ。だから寿子さんと二人で出かけようとしたら、『クソ暑い事務所に置いて行く気か。熱中症で死んだらどうする』って康雄さんが騒いだんでしょう。『死んだらどうする』って、もう死んでるし」

呆れて、和子はクマの頭をつかんでこちらを向かせた。ダッシュボードの上で、寿子が低く笑う。

「康雄はん。うちと和子ちゃんが仲良うしとるのが、気に食わんのやろ？　焼き餅《もち》か。かわいいとこあるやんか」

「ふざけるな！　ヤクザとタコ娘がどうなろうが、知ったことか」

「それはあんまりなんじゃないですか？　確かに寿子さんはヤクザで、康雄さんからすれば仇《かたき》かも知れない。でも寄付とかいいこともたくさんしてきたし、今だって善治さんの命を助けようとしてる。ポイント稼ぎばっかり考えてる誰かさんより、ずっと立派だわ」

和子が割って入ると、康雄は鼻息を荒くした。

「なんだと？　宅配便の一件以来ころっと寝返りやがって。和子、見損なったぞ」

「はあ？　なにそれ」

言い返しはしたが、内心は動揺している。

依頼を受けた翌日。和子は佐助急便の本社に電話をかけた。寿子の身内を名乗って受付、秘書と話し、連絡先を告げるとほどなくして社長本人から電話があった。そこで寿子に言われるままにクラブでの社長との思い出を語り、取引先などを紹介した恩を強調し、「社長さんに力になっていただくように、寿子さんに言われてたんです」とダメ押しすると、あっさり和子の雑貨ショップとの個別契約を承諾してくれた。

「康雄はん。娘みたいな歳の子を相手に、そないにケンケン言わんでも。あんた、丑年《うし》なんやて？」

「そういうあんたは酉年だろ。昭和八年生まれか」

「ちゃうわ、アホ」

「じゃあその上、大正十年」

「昭和二十年や！　生きてたら今年で六十八、あんたの四つ上や」

シートとダッシュボードの間で、言葉が行き交う。話題は年寄り臭いのに、テンションは異常に高くテンポもいい。その上、見た目はキュートなクマとウサギだ。

不条理、っていうかカオス。どっと疲れ、和子は首を回してイースト企画のビルを見た。

晴天だが、向かいの大きなビルのせいで陽当たりは悪く、二階のイースト企画の部屋は明かりを灯《とも》している。このあたりは寺院や墓所が多く、さっき通りを歩いた時には線香の香りをかすかに感じた。

と、通りを白いセダンが走って来た。イースト企画のビルの前で停まり、運転席から男が降りる。歳は三十過ぎだろうか。髪を短く刈り込み、地味なスーツ姿だが目つきは鋭い。

短髪の男は携帯を取り出して構えた。間もなく、ビルから男が二人出てきた。一人は五十過ぎで色白小太り、丸く張り出した額が白イルカの頭部を彷彿《ほうふつ》とさせる。もう一人はすらりと背が高く、前髪が鬱陶しいホストのような髪型だが顔立ちはまだ幼く田舎臭い。

「寿子さん。あれ」

訴えて、手のひらでウサギの背中を叩《たた》く。寿子が前方に目をこらしたのがわかった。

「現れよったで。あいつらや……和子ちゃん、よう覚えとき。梨井はあの三人に善治を捜させとる。表向きは観葉植物のリース会社の社員っちゅうことになっとるけど、宝龍組のシンパのチンピラや」

「はあ。なんていうか、そのまんま。すぐに脇役で、ビデオ映画に出られそうなキャラですね」

「キャラじゃねえ。あいつらは本物のヤクザだ。命じられれば、人殺しだってやりかねねぇぞ」

いつになく深刻な声で、康雄が告げる。短髪の男は運転席に戻り、ホストもどきは助手席、白イルカは後部座席に乗り込んだ。間もなく、車が走りだす。

「よし、尾行や。距離を空けて、くれぐれも見つからんようにな。けど、見失ってもあかんで」

「任せて下さい。尾行は得意なんです」

そう返し、和子はシートベルトを締めて車のエンジンをかけた。クマを取り、ウサギの隣に座らせる。リアクションを窺ったが、康雄は無言。しかし、前を行く車に見入っているのがわかった。

「和子さん。まずいですよ」

送話口から、冬野の呆れ声とため息が聞こえた。和子の頭に、ほっそりとした指がメガネにかかった前髪を払う、キザで薄ら寒い姿が浮かぶ。

「でもチャンスなんです。私のネットショップと、あとは康雄さんをクマから追い出すためにも」

後半は声を潜め、後ろを振り返った。路肩に停めた車のダッシュボード上に、クマとウサギが並んで座っている。また言い合いをしているのか、少し開けた窓から二人の声がかすかに聞こえる。

「金筋弁天のお寿なら、僕も聞いたことがあります。確かに今どき珍しい義理と人情に厚い組長だったそうですが、暴力団には変わりないですからね」

「暴力団じゃなく、極道……寿子さん曰く、『全然別物。一緒にされたない』らしいですよ」

「とか、呑気なことを言ってる場合ですか？　追っ手の三人に見つかったら大変ですよ。それに善治という男に会えたとして、状況をどう説明し、なんと説得するんですか」

「それは寿子さんが『考える』って言ってるし。最悪、警察を呼べばどうにかなるかと」

「つまりは他人頼りのノープラン……そういう無鉄砲さと根拠の見えない度胸はあなたの魅力だし、大いに惹《ひ》かれる部分でもあります。しかし、今回に限っては天野さんに賛成です。すぐに調査をやめて、ウサギを手放して下さい。なんなら聖水とか数珠《じゅず》とか、浄霊アイテムを貸しましょうか？　あるいは、谷中《やなか》くんに霊能者を紹介してもらうとか。確かこの間、『霊能者と陰陽師《おんみようじ》の合コンの幹事をやった』と言ってたし」

「なんですか、その合コン。どっちが女子でどっちが男子？　人数は？」

突っ込みながらも、「魅力」や「大いに惹かれる」といった言葉に胸がときめく。こういうフレーズがテレもためらいもなく出てくるということは、先だっての「告白」の返事はＯＫ、冬野的には既につき合っているつもり、なのだろうか。頭を巡らせたとたん、なぜか貧相な背中を丸め、意味深に笑う谷中の姿が頭に浮かんでどんよりした気持ちになった。谷中は冬野のオタク仲間で、「チャンネルファンタズモ」なるオカルト番組専門放送局のＡＤだ。クマの中の康雄の存在を知っており、和子とも面識がある。

冬野が口を開く気配があったので、先回りして和子は言った。

「でも、善治さんの居場所を見つけられるかどうかわからないし。寿子さんに携帯番号を聞いてかけたけど、不通でした。追っ手の三人組を丸二日尾行したら、このあたりのビジネスホテルやネットカフェを調べているだけで、居場所は特定できていないみたい」

携帯を握り直し、周囲を見回す。明治通りと表参道の交差点前。平日の午前中だが、人も車も多い。歩道を行き来するのは若者ばかりで、カラフルでにぎやかなファッションの十代と、身につけているアイテムはシンプルながらもディテールが凝《こ》っている二十代といった印象だ。制服姿の修学旅行生と、封筒やプラスチックのキャリングケースを手にしたマスコミ・アパレル業界人風の男女も目につく。通りの先には、横長でガラス張りの表参道ヒルズの建物が見えた。

代官山《だいかんやま》や自由が丘と並び表参道も和子の大好きな街で、どうせ事件調査をするならこういうところがいいと、常々思っていた。晴れてその願いが叶った訳だが、洗練された街並みと、ヤクザの組長の依頼で組員を捜索中という己の境遇のギャップは凄まじく、暗澹《あんたん》たる気持ちになる。

「少し調べて善治が見つからなかったら調査を降り、寿子にウサギから離れてもらう」と約束して、電話を切った。車のドアを開けると言い合いは止《や》み、康雄が話しかけてきた。

「どうだ。冬野はなんて言ってる？」

「事情は説明しましたけど、警察は梨井や善治さんの動きは把握していないみたいです。隠れ場所について訊いたら、『表参道と言っても広いし、それだけの手がかりではなんとも』だそうです」

運転席に乗り込んで答える。康雄は鼻を鳴らした。

「思った通りだ。偉そうに『他にも手がかりはある』と言うから来てみりゃ、このザマだ。所詮は、口先だけのはったりじゃねえか」

「あんたこそ、お口にチャックして黙っときや。うちの依頼は、『断固拒否』言うたやないの」

負けじと寿子が噛《か》みつく。二人の声がわんわんと響き、和子は軽い頭痛を覚えた。

「ざっと見て回っただけじゃないですか。私は雑貨屋さんやブティック巡りでこのへんにはしょっちゅう来てるから土地カンがあるし、なんとかなりますよ……寿子さん。確認ですけど、善治さんは、『表参道で暮らした』と言ったんですよね。手がかりというのも、その時に聞いた言葉で」

「そうや。うちが『表参道ってどんなとこ？』と訊いたら、善治はいたずらっぽく笑って『屋上から、ふるさとが見えるんですよ』と答えよった」

「でも、善治さんのふるさとは熊本《くまもと》市なんでしょう？　どんなに高い屋上でも、九州は見えませんよね」

「ふるさとに似た風景、って意味ちゃうか？　熊本市いうたら、ここと同じくらい都会やし」

「なるほど。じゃあ写真を探して、それらしい場所があったら行ってみましょう」

「ナイスアイデア。和子ちゃん、冴《さ》えてるなあ。能書きと文句ばっかりの誰かさんとは、大違いや」

「なんだと？　そっちこそ、『暴力団やない。極道や』とかなんとか屁理屈をこねまくりじゃねえか。目くそ鼻くそもいいところだ」

寿子の挑発に康雄が乗り、また言い合いが始まった。

「目くそには目くそ、鼻くそには鼻くその意地とプライドがあるんや。拳銃《チャカ》と手錠《ワッパ》が頼りのデカさんにゃ、わからへんやろけどね」

「この野郎。女だと思って手加減してりゃあ」

「なんや、やる気か？　殴れるもんなら殴ってみぃ。その毛糸の腕でな」

「あ〜もう、いい加減にして。それ以上騒ぐと、二人ともトランクに入れますよ」

頭を振ってわめき、和子はクマとウサギをダッシュボードの両端に引き離した。トートバッグを開けて、ノートパソコンを取り出す。

「やだ〜。超かわいいんですけど」

窓の向こうで甘くベタついた声がした。歩道で若い女が隣の男にしなだれかかりながら、二体のあみぐるみを見ている。

「どうも」

笑顔で会釈を返す。しかし心の中では、「かわいくねえよ。中身は丑年のおっさんと酉年のおばはんだよ」と毒づき、小さく舌打ちまでしてしまう。

パソコンで熊本市内の情報を調べ、画像も検索した。結果、シャワー通りというセレクトショップや時計店、カフェなどが並ぶ繁華街があり、若者に人気とわかった。確かに石畳の歩道に木のテーブルとベンチ、イルミネーションが施される街路樹とヨーロッパ風の外観で、ショップもレンガの壁に白い庇《ひさし》テントなどしゃれたつくりだ。しかし通りは二百メートル足らずと短く、ショップの数も多くない。繁華街は他にもいくつかあるが、アーケードだったり飲み屋街だったりして、表参道とは明らかに雰囲気が違った。

「表通りがダメなら裏通り、ってことで来てみたんですけど、どうでしょう」

構えた携帯に話し、和子はバッグの中のウサギとクマを見下ろした。ひと通り調べたので車をコインパーキングに入れ、徒歩で見て回ることにした。

「ええやん。こぢんまりして、シャワー通りいうのに似てる。ここ、なんてとこ ろ?」

「キャットストリートです。正式には旧渋谷川遊歩道路っていって、道路の下を川が流れてるんですって」

「暗渠《あんきょ》いうやつやね。確かに、くねくねした道とか川の感じがあるわ……東京には何度も来とったけど、銀座《ぎんざ》か六本木《ろっぽんぎ》くらいしか知らへんかった。まだまだ、おもろいところがあるねんなあ」

感心したように寿子が言う。バッグの口から、ウサギがちょこんと顔を覗かせている。

アスファルトの細い道の左右に石畳の歩道があり、ブティックやカフェなどが入った低層のビルが並んでいる。車は進入禁止なので、のんびりウィンドウショッピングや立ち食いが楽しめるのがここの魅力だ。自転車やスケートボードに乗る人、肌を焼いているのか上半身裸でベンチに横になる男の姿もある。日差しが強く、帽子をかぶってこなかったのが悔やまれた。

「物見遊山《ゆさん》とは呑気だな。で、ふるさとが見える屋上とやらは、どこにあるんだ？」

嫌みたらしく訊《たず》ね、康雄が左右を見回す気配があった。横目で睨《にら》み、和子は返した。

「ここが善治さんの言う『ふるさと』だとしても、屋上はどのビルにもあるし、もう少し絞り込まないと。熊本市のどのあたりの生まれとか、聞いてませんか？」

「ごめんな、聞いてへんねん。けど、善治は必ずこの街におる……そうや。善治は

『いい仲間』とも言うてたやろ？　そこから絞り込めへんかな。善治と同年代、二十二、三歳ぐらいのヤンチャしとる連中。ヤンキーや」

「え～っ、ヤンキー？　市川や小岩ならともかく、表参道にはいないっていうか、いて欲しくないっていうか」

「いや、おる。極道とヤンキーがおらん場所はない」

伝説の女親分の言葉だけにリアリティーはあるが、ヤンキーを「日本の恥部」「センスの番外地」と嫌悪する和子としては、容易には受け入れがたい。

「でも、絞り込みの方向としては正しいと思います。『つっかけ』や『ズタ袋』もそうだけど、事件調査の経験があるんですか？」

「まあな。昔、組事務所に手榴弾《しゅりゅうだん》投げ込んでケツを割《逃亡》ったチンピラを追いかけて……まあ、それは置いといてやな、作戦変更。ヤンキー捜しといこか」

テンポよく促され、和子は改めて街を歩いた。裏通りから表参道、明治通り、竹下通りまで足を伸ばす。ダボダボのジャージやパーカにシルバーやゴールドのアクセサリー、手脚のタトゥーとそれ風の若い男はいたが、怯《おび》えながらも声をかけると、アウトロー系のファッションが好きなただの大学生だったり、ブティックやヘアサロンのスタッフだったりして、ヤンキー、チンピラの類《たぐい》はいなかった。あっという間に午後二時を過ぎ、作戦会議を兼ねて表参道沿いのカフェに入った。

「こういう状況になるのを、俺は危惧《きぐ》してたんだよ」

和子が壁際の席につき、モデルかタレントの卵と思しき目鼻立ちと眉の形状の整った若いウェイターに注文を済ませたとたん、康雄は喋りだした。

「最近のガキはグレてるのか、グレてる風を装ってるだけなのか、ぱっと見にはわからねえ。ガキ同士も見分けがつかねえらしくて、人違いで襲われたり、殺されたりする事件も起きてる」

「確かにそうやね。昔はヤンキーいうたら、剃り込み入りのリーゼントで眉毛剃って、着てるもんはドカジャンにボンタン。見るからに『毒入り危険　食べたら死ぬで』いう感じで、だ〜れも真似しよなんぞ思わへんかったしな」

「『毒入り危険〜』って、あんたも古いな……だが、その通りだ。見た目が曖昧《あいまい》になったせいで、堅気と筋者《すじもん》の境界線も曖昧になってる。『半グレ』とか呼ばれる連中が出てきたのも、そのあたりと関係してると俺は思う」

「うん。一理ある思うわ」

珍しく意見が一致しているようだ。寿子の希望でウサギはテーブルに座らせ、クマもその向かいに置いた。数人の女の客がこちらを見て、「かわいい〜」と言っているのがわかったが、和子としては、「あみぐるみ相手にお茶する、痛くて危ない女」と思われるのではと気が気でない。

間もなく、注文したミックスサンドイッチとアイスラテが運ばれてきた。携帯を耳に当てたまま、和子はそれを食べた。

「キャットストリートのビルを、片っ端から調べるしかないのかな。でも屋上に入れないところも多いし、困りましたね」

「ほな、セスナを飛ばして上から見よか？　大阪やけど、そっち方面にも知り合いがおんねん」

「バカ言え。それこそ、あっという間に追っ手に見つかるぞ。こういう時は……いや、なんでもねえ。あんたらがどうなろうと、俺には関係ねえからな」

「そんな。言いかけたんだし、教えて下さいよ」

サンドイッチを咀嚼《そしゃく》しながら、和子はクマの顔を覗いた。なんだかんだ言いながらも、さっき康雄が和子の資料やパソコンの画面をちらちらと見ていたのを知っていた。

もったいつけるように、康雄が腕を組む気配があった。

「仕方がねえな。一度だけだぞ……困った時は振り出しに戻って頭を冷やす、が捜査の基本だ。今回の場合は、善治の『屋上からふるさとが見える』って言葉。屋上と言ってもビルとは限らねえし、ふるさとにも別の意味があるかもしれねえ」

「でもこのあたりは、ビルばっかりですよ。となると、ふるさと？　……ちょっと待って」

携帯を取り、辞書のサイトで「ふるさと」を調べる。「生まれ育った土地」の他に、「廃《すた》れた古い土地や、以前行ったことのある場所」という意味があると判明したが、手がかりにはならない。

「情報に頼るな。頭を使え。ふるさとって言葉から、イメージするものはなんだ？」

「そうやなあ……山に川に、兎《うさぎ》に小鮒《こぶな》。青き山と清き水」

「そりゃ唱歌の『故郷』の歌詞だろ。あんたも単純だな。和子はどうだ」

「やっぱり山と川。あとは海。青い空と白い雲。茅葺《かやぶ》き屋根の家とか」

「陳腐だな。雑貨屋の店長ってのは、想像力も大事なんじゃねえのか？」

「すみませんね。でも、世間一般のふるさとのイメージってそんなものでしょう。どのみち、表参道とはほど遠い要素ばっかり……あれ」

ふと、脳裡に一つの映像が浮かんだ。囓《かじ》りかけたサンドイッチを皿に戻し、身を乗り出してクマとウサギを見る。

「記憶が間違ってなければだけど、この街にもありますよ、海と青空と、茅葺き屋根の家」

「なんだと⁉」

「なんやて⁉」

二人が同時に声を上げ、和子は席を立った。携帯と二体のあみぐるみをバッグに突っ込み、伝票をつかんでレジに向かう。店内の客がなにごとかと振り返った。

事情説明を求める康雄たちを無視し、和子は通りを小走りに進んだ。表参道ヒルズと伊藤病院の前を抜け、結婚式場・アニヴェルセルも通り過ぎて青山《あおやま》通りとの交差点に向かう。

「ここです」

息をつき、食べたばかりのものが胸に詰まるのを感じながら、歩道の傍らを指した。バッグの中の康雄と寿子が、同時に首を回したのがわかった。

交差点の角に小さなビルがある。三階建てで、一階は書店。和子も何度か雑誌を買ったことがある。古びていたが、数年前に改装してレンガ貼りのしゃれた外観に変わり、二階と三階はギャラリーになったらしい。建物は青山通りに面していて、表参道からは建物の側面が見える。

「そうか。これか」

「ははあ。こんなもんが。こりゃ、びっくりやわ」

ビルの側面を見上げ、二人が言う。

幅五メートル、高さ十五メートルほどのコンクリートの外壁には、ある装飾が施されている。モザイク壁画だ。中央に幅の広い坂道が描かれ、上に茅葺き屋根の大きな家がある。家の脇には白波の立つ海が見え、背景は白い雲の浮かんだ青い空だ。かなり古いもので色褪《あ》せているが、こまめにメンテナンスしているらしく、タイルの欠けや剝《は》がれはない。以前雑誌で絵は有名な画家のものだと読み、壁画が飾られたいきさつなども紹介されていたのだが、思い出せない。

「この壁画は昔からあるし、何度も前を通っていたが思いつかなかった。確かにふるさとって感じだな。和子、よくやった。ダテにちゃらちゃらふらふらしてねえな」

「この間も言いましたけど、それ褒《ほ》めてるんですか？……ここが善治さんの言うふるさとだとしたら、屋上は」

バッグを抱え、和子はビルの前に立って周囲を確認した。壁画が一番よく見えそうなのは、表参道を挟んだ向かいのビルだ。ここには昔から都市銀行が入っていて、セキュリティーはかなり厳しそうだ。屋上まで上がれるとは思えない。

それではと、青山通り側を見た。ビルはたくさんあるが、距離がありすぎて屋上に上っても壁画はよく見えなさそうだ。

「和子ちゃん。あそこはどうや」

寿子の声に、視線をバッグに向けた。ウサギのガラスの目は、壁画のビルの後方を向いている。

壁画のビルの後ろには狭く薄暗い通りがあり、向かいは四階建ての小さなビルだ。屋上には女性歌手のニューアルバムのビルボードが乗り、縁《ふち》には鉄の柵が張り巡らされている。壁画のビルより表参道に少し張り出す形で建っているので、屋上の端まで行けば壁画が一望できるだろう。

和子は歩道の端まで下がり、ビルを見上げた。ビルボードの下には、コンクリートづくりの小さな小屋がある。

「怪しいな」

寿子が呟《つぶや》き、和子は頷いた。康雄も首を縦に振る気配があった。

ビルの一階はイタリアンレストランで、店の出入口の脇にはもう一つアルミのドアがある。ドアの窓から中を覗くと、左右を壁に囲まれた黄色いビニールタイル張りの急な階段が見えた。

「中に入ります？」

躊躇《ちゅうちょ》しながらも訊ねる。当然というように、寿子は返した。

「モチのロンや。和子ちゃん、頼むで」

ここは表参道、東京屈指のおしゃれタウン。ヤンキーもヤクザも、きっとそれ風。「それ」がどれなのかよくわからないが、心の中で唱えたら少し落ち着いた。

バッグをしっかりと抱えてクマの白い頭に視線を投げかけ、和子はドアを開けて階段を上った。

足音を忍ばせ、二階まで行く。狭い廊下に、トイレと曇りガラスのドアが見えた。オフィスらしく、室内には明かりが灯り人の気配もある。三階、四階も同じつくりだった。

四階の奥まで行き、急カーブを描く短い階段を上った。先には屋上に通じるドアが見える。

ドアの前で和子は呼吸を整え、タオルハンカチで額の汗を押さえた。ドアの外からは、かすかに話し声が聞こえる。緊張が高まり、バッグを見下ろした。クマの中から康雄が見返す気配を感じたが、口を開いたのは寿子だった。

「大丈夫、うちがついてる。佐助急便の社長さんの時と同じようにやればええから」

「わかりました」

ウサギに頷き、クマにも目を向けたが康雄は無言。先を越され、気を悪くしたのかもしれない。

ノブを握り、そっと回した。カギ穴はあるが、通常屋上のドアは内側からしか施錠できないので、外に人がいるならカギは開いているはずだ。予想通り、金属の軋《きし》む音とともにドアは開いた。

眼前に淡いグレーのペンキが塗られた鉄柵で囲まれた、長方形の空間が現れた。その中央に人影が三つある。

「ここ、立入禁止」

手前の一人が振り向いた。若い男だ。和式トイレで用を足す時の姿勢、通称「ウンコ座り」をしている。

「すみません。ちょっと人を捜していて。善治さんっていうんですけど」

「知らねえな」

立ち上がり、鬱陶しげな茶髪の前髪をかき上げる。同時に丸い目は素早く和子を眺め、小太りの体には緊張と警戒が走る。後ろの二人も腰を上げた。一人は坊主頭を金色にカラーリングし、口の端に煙草をくわえている。残りの一人は背が高く、フレームの細いサングラスをかけていた。三人とも、いかつく派手な柄と色のＴシャツにハーフパンツ姿で、茶髪前髪は、脛《すね》にトライバル模様のタトゥーを入れている。

おしゃれタウンでも、ヤンキーはヤンキーか。こういう人たちのセンスって、ワンパターンっていうか頑《かたく》なっていうか、もう様式美の域？　うんざりして、つい心の中で突っ込んでしまう。

「和子ちゃん。右を見てみ」

寿子の声に視線を動かした。右手奥の鉄柵の前に、ビルの前から見たコンクリートの小屋がある。ドアは閉ざされているが、窓には明かりが灯っていた。

金髪坊主頭とサングラスが、威嚇《いかく》するように顔を突き出した。

「俺も聞いたことねえな。そいつになんの用？」

「あんた誰？」

一瞬怯《ひる》んだが、ヤンキーとは探偵業で何度か相対している。はったりは利《き》くが、単純で場の空気に流されやすい、という印象だ。

背筋を伸ばし、和子は三人を見返した。

「私は山瀬《やませ》和子。あなたたちはテナントの人？」

「てか、ここうちのビル」

かったるそうに、しかし自慢のニュアンスが滲《にじ》む口調で答え、茶髪前髪はハーフパンツのポケットからなにかを取り出した。キーホルダーで、先にステンレス製のカギがぶら下げられている。屋上のドアのカギらしい。

「えっ、オーナーさん？　すご～い。超一等地じゃない」

知らず足は前に進み、声も大きくなる。

「まあ、正確には親のだけどね」

「じゃあ、地元もここ？　表参道生まれの表参道育ちってやつ？」

「ああ。じいさんの代から」

「いいなあ。私なんて、生まれも育ちも埼玉よ。そのうえ勤め先は千葉。もう最悪。なんの呪い？　って感じ」

さらに前進して捲《まく》し立てる。茶髪前髪たちが噴き出し、和子は続けた。

「だって、出身地って変えられないじゃない？　もし私が青山や代官山で暮らせるようになっても、出身地は埼玉のまま。一生、『ダ埼玉』の十字架を背負って生きなきゃならないの」

「呪いに十字架って、ホラー映画かよ」

「いや、埼玉と千葉のコンボはキツいだろ」

「言える。マジ勘弁」

三人が笑う。金髪坊主頭とサングラスも地元出身ということか。寿子が口を開いた。

「どうやら狙いは当たったようやな……和子ちゃん、その調子や。ぐいぐいいったって」

ウサギに頷き返し、和子は三人に向き直った。

「あなたたち、善治さんの幼なじみよね？　宝龍組の寿子さんの使いが来たって伝えて」

小屋を指して告げた。茶髪前髪がはっとする。

「あんた、一体」

「いいから。伝えて」

気圧《けお》されたように、茶髪前髪は小屋に向かった。中に入り、間もなく戻って来る。

「バッグの中を見せろ」

硬い表情でこちらに手を差し出した。抵抗を感じながらも和子が従うと、他の二人も寄ってきてトートバッグの中を検《あらた》めた。パソコンと事件資料は車に置いてきたので、入っているのは地図と筆記用具、デジカメに財布、化粧ポーチ、あとはあみぐるみが二体だ。ひっくり返るか、ものにぶつかったかして寿子と康雄が短く叫ぶ。財布の中の免許証を凝視してから、茶髪前髪は顎で和子についてくるよう促した。

茶髪前髪に続いて小屋に入った。細長く狭い部屋で、物置らしく、アルミの脚立や工具箱、消火器、段ボール箱、蛍光灯などが置かれている。茶髪前髪の肩越しに、奥の床の上に置かれた青い寝袋と、散乱する衣類、コンビニ弁当の空き容器、飲み物のペットボトルなどが見えた。

「お前、誰だ？」

前方で声がした。窓の横に、白いジャージの上下の男が立っている。小柄痩《や》せ形で、色白。下ぶくれの顔に厚ぼったい一重まぶたの目と低い鼻、小さな口が載っている。

「善治！　心配かけよってからに……なんや、青白い顔して。髪もぼさぼさやないか」

寿子の取り乱した声が頭に響く。安堵《あんど》と緊張を同時に感じながら、和子は進み出た。

「善治さんですね？」

質問には答えず、善治は目をギラつかせて和子を睨んだ。

「誰に言われて来たんだ。なんでここがわかった？」

「寿子さんの知り合いです。頼まれて、あなたを助けに来たの」

「ウソつけ！　組長は二年も前に死んでるんだぞ」

唾を飛ばし、善治は顔を突き出した。無精ヒゲと目の下の隈《くま》が目立つ。黒く硬そうな髪も伸び放題だ。

ここからが勝負。でも、どう説明すれば。迷う和子に、寿子が指示を下した。

「構わへんから、ありのままを言うたって。こいつ、肝っ玉は小さいがカンは働く。下手なウソは逆効果や」

「でも」

戸惑い、泳がせた視線が善治とぶつかった。幅の狭い肩を怒らせ、片手でジャージの上着のポケットを探っている。ちらりと、ポケットの口から折りたたみ式ナイフの柄のようなものが覗く。和子の背筋を冷たいものが走り、心が決まった。トートバッグからウサギを出して見せる。

「寿子さんはここにいます」

ぽかんと、善治がウサギを見返す。

「亡くなってからも、魂はずっとあなたを見守っていたんです。でもあなたが梨井に命を狙われてしまって、なんとか助けたいとこのあみぐるみに入って私に呼びかけてきたの。ちなみに、こっちのクマには刑事の魂が」

慌ただしくもう一体のあみぐるみを取り出す和子を、善治が目と口を開けたまま眺める。

小バカにするように、後ろで鼻を鳴らす音がした。茶髪前髪だ。

「ぬいぐるみに魂？　ホラーの次はオカルトかよ。バカバカしい」

「ぬいぐるみじゃなく、あみぐるみ。信じられないでしょうけど、全部本当の――」

「今年の二月。夜中にアパートの隣の部屋が火事になる夢を見たやろ?」

ふいに寿子が話しだす。赤いガラスの目は、まっすぐ善治に向いている。ピンときて、和子は復唱した。

「善治さん。今年の二月の夜中に、アパートの隣の部屋が火事になる夢を見たでしょう」

「えっ」

「で、いてもたってもいられんようになって隣の住人を起こしたら、子どもが蹴飛ばした布団が電気ストーブにかぶさって燃えてた。あんたは涙ながらに感謝されて、消防署から賞状までもろうた。けど、梨井には『そんな度胸があるなら、鉄砲玉に使おか』とバカにされて、辛い思いをしたんやったなあ……あれ、実はうちの仕業なんよ。火事に気づいて、夢枕いうのか、ちょいと細工して伝えたんや」

てきぱきと、しかし心のこもった声で語りかける。和子はできるかぎりそれを真似、繰り返した。

「おい、一体どういう」

わかりやすく取り乱し、善治は和子とウサギを交互に見た。間髪《かんはつ》を容《い》れず、寿子は続けた。

「それと、去年の夏。台風の朝に組事務所に向かう途中、通りがかりの公園が気になって寄ってしもうたやろ？　で、植え込みの中に捨てネコが入った段ボール箱を見つけた。あれもうち。虫の知らせいうやつや。もともと動物好きのあんたは、びしょ濡れになりながらネコを知り合いのクラブのママさんに届けて、飼ってもらえるように頼んだ。そのせいで遅刻して兄貴分にぶん殴られたけど、言い訳一つせえへんかった。その後もこっそりママさんのところに通って、ネコと遊んでやってたなあ。『ミャーちゃん』いう名前をつけて、抱っこや頬《ほお》ずりやと正にネコっかわいがりで」

目を細めながら語る寿子の姿が目に浮かび、和子も微笑《ほほえ》ましい気持ちになる。しかし善治は「ミャーちゃん」の名前が出たあたりからきまりの悪そうな顔になり、

「やめろ！　もういい」

と、上目遣いに茶髪前髪を窺った。呆然《ぼうぜん》と、こちらを見ているようだ。

「わかったでしょう？　寿子さんは善治さんを助けて、更生して欲しいと願ってます。追っ手に見つかる前に、警察に行きましょう。寿子さんの死の真相と、梨井の悪行を話すの。知り合いに信用できる刑事がいるから、迎えに来てもらって」

「ざけんな！」

怒鳴ったのは茶髪前髪だ。和子を押しのけ、善治の前に立ちはだかる。

「おまわりなんか信じられるか。善治は俺らが守る。体を張ってでも、絶対梨井に

は渡さねえ」

「このたわけが！」

さらに大きく、強い声で寿子が怒鳴る。耳がきん、となり和子は思わず首を引っ込めた。

「極道気取りも大概にせえ。簡単に『体を張る』言うやつに限って、意味も重みもわかってへんのや。あんたの体も魂も、あんただけのものやない。親御さんやご先祖さんが必死に生きてきた証《あかし》。いわば命のリレーのバトンや。それを断ち切って他人に差し出すいうのは、罪なんやで。差し出した相手にかて、その罪を背負わすことになるんや」

すごみと重み、そして哀しみに満ちた言葉だった。きっと寿子は和子には想像もできないような修羅場を乗り越え、血が流れ命が失われるのを見てきたのだろう。それは死んでもなお寿子の頭を離れず、背中にのしかかっているのだ。

復唱しようとした和子の腕を、茶髪前髪がつかんだ。

「出てけ！」

いきり立ち、ドアに向かう。引きずられながら、和子は振り返った。

「善治さん！」

「おい」

手を伸ばしかけた善治に、茶髪前髪がぴしゃりと言う。

「俺に任せておけ」

小屋を出ると、金髪坊主頭とサングラスがなにごとかと近づいて来た。それを無視し、茶髪前髪は和子を連れてビルに戻り階段を下りた。歩道に和子を突き飛ばし、「今度ツラを見せたら殺す」とすごんでドアを閉めた。

和子はビルの前に立ち、呆然と階段を駆け上がって行く足音を聞いていた。

「和子ちゃん、大丈夫か？　怖《こわ》かったやろ」

寿子の声に我に返る。動悸《どうき》がして脚も震えているのに、頭はうつろだ。

寿子に言われるまま、携帯番号を記した名刺をドアの隙間に挟み、ビルを離れた。表参道を原宿方面に戻り、さっきとは別のカフェに入る。通りに面したテラス席にはパラソルつきのテーブルが並び、気持ちよさそうだったが、人目につきたくなくて奥の席を選んだ。

アイスココアを注文し、先に運ばれてきたグラスの水で喉を潤した。汗ばんだ手のひらをおしぼりで拭いたら少し落ち着いたので、二体のあみぐるみをテーブルに並べた。とたんに、頭の中に舌打ちの音がした。

「ざまぁねえな」

久しぶりに聞く康雄の声だ。すかさず、寿子が言い返す。

「そない言いな。和子ちゃん、がんばったやないの。度胸あるし機転も利くし、大したもんやで」

「どこがだ？　居場所を突き止めたはいいが、交渉決裂。これであいつらが隠れ家《かくが》を変えたら、全部パア。どうする気だ」

「だから、それをこれから話し合おうと」

携帯を取り出しながら、和子も反論する。

「お茶を飲みながら、か？　所詮は女だな。ごまかすのは上手いが、その場限り。底が浅いんだよ」

「出た、セクハラ。そう言う康雄さんこそ、根性の悪い姑《しゅうとめ》みたい」

「なんだと⁉」

「だってそうでしょ。揚げ足を取ってケチをつけるだけなら、誰にだってできるもの。そのクセ、天国のポイントがもうすぐ満点とか大事なことは言ってくれないし」

「それはお前」

怒るかと思いきや、気まずそうに口ごもる。それが腹立たしく、和子はクマを見下ろしてぶつけた。

「『相棒』だの『感心も感謝もした』だの持ち上げて、結局は自分のことしか考えてないんですね。ポイント稼ぎに、私を利用しただけなんでしょう?」

「二人とも、いい加減にしいや。みんな見てるで」

寿子にたしなめられ、顔を上げた。通路にアイスココアを載せたトレイを抱えたウェイトレスが立ち、怯えたような目でこちらを見ていた。周囲の席からも視線を感じる。

康雄がクマの中から隣のウサギに、身を乗り出す気配があった。

「うるせえ!　どこのどいつのせいで、こうなったと思ってるんだ」

「ドイツもフランスもあるかいな。自業自得、身から出た錆《さび》。全部あんたのせいやろ」

「なに⁉　ヤクザ風情がよくも」

「やめて!」

耐えきれず、和子は立ち上がった。ウェイトレスが短く声を上げて後ずさる。腹立たしさに、恥ずかしさと居心地の悪さが加わる。

「寿子さんは関係ない。私は自分で決めて、善治さんの仕事を受けたの。康雄さんじゃなく、寿子さんを選んだんです」

感情のままに言葉をぶつけ、クマを見た。康雄はなにも言わない。和子はテーブルの上の携帯とウサギをつかみ、バッグに放り込んだ。クマにも手を伸ばすと、これまでに聞いたことのない、厳しく尖った声が頭に響いた。ミルクティー色の体からは、強い拒絶のオーラが立ちのぼっている。胸に押し寄せる感情に後悔が加わり、和子は身を翻《ひるがえ》した。

「勝手にすれば！」

声が震えるのを感じながら返し、レジに向かった。

「触るな！」

3

「そりゃ、まずいですよ」

眉を寄せ、冬野は助手席でスーツの腕を組んだ。運転席の和子は、片手でハンドルを撫《な》でながら返す。

「どっちが？　携帯を構えずに康雄さんたちと話したこと？　それとも、クマを置き去りにした方？」

「どっちもです。ただでさえややこしくてひっ迫した事態を、さらに悪化させただけ。つまり誰得《だれとく》……あ、誰得とは『誰が得するんだよ』の略で若者言葉、いや、ネットスラングなのかな」

前髪をかき上げ、ダッシュボードの上のウサギに語りかける。

「ほうほう、誰得。解説おおきに……親切で物知りで、そのうえ二枚目。前に警察署で会《お》うた時も思うたけど、ええ男やなあ。和子ちゃんの彼氏なんやろ？　お似合いのナイスカップルや」

「ナイスなのかなあ。そもそも、カップルかどうかも微妙で」

「どうしました？　寿子さんが僕のことをなにか言ってるんですか？」

子どものように目を輝かせ、冬野がウサギと和子を交互に見る。うんざりして、和子はフロントガラスの向こうを眺めた。

神宮前交差点にほど近い、裏通り沿いのコインパーキングで、アスファルトと敷地を囲むフェンスはまだ新しい。ビルを壊し、新しいものを建てるまでのつなぎ営業だろう。傾き始めた陽《ひ》が、ガラス越しに車中の和子たちを照らしている。

カフェを飛び出し、レンタカーを停めたコインパーキングに戻ってすぐに冬野から電話があった。ことの次第を報告すると、仕事を早引けして原宿まで駆けつけてくれた。

狭いスペースで、冬野は脚を窮屈そうに組み替えた。

「天国のポイントの件ですけど、天野さんは悩んでたんじゃないかな。成仏が嬉しい反面、和子さんやご家族とは別れなきゃなりませんからね」

「だからって、そんな大事なこと」

「話せばもっと悩むし、それをあなたに背負わせるのは本意ではないんでしょう。いかにも、あの人らしいな」

冬野がメガネの奥の目を細める。納得できず、和子が黙っているとさらに続けた。

「そこに言葉は悪いですが、寿子さんが転がり込んできた。ポイントの件をあっさり話されるわ、女同士で盛り上がるわ……唐突ですが、僕には姉と妹がいます。昔から家族で食事などをしていると、姉たちに母も加わって喋る喋る。そういう時、僕は呆れてますが、父はちょっと寂しそうです。天野さんも同じだったんじゃないでしょうか」

「えっ、妹さんっていくつ？　お姉さんはなにをしてるんですか？」

「和子ちゃん。そこ食いつくとこちゃうやろ……つまり、仲間はずれにされてヘソを曲げたいうことか。どんだけ子どもやねんと思うけど、そこが男のかわいいところでもあるんよねえ」

低く穏やかに言い、寿子が笑う。なにを考え、誰を想っているのか。和子はウサギの黒い顔に見入った。

「とにかく、天野さんを迎えに行きましょう。カフェで保管してくれているはずです。和子さんが嫌というなら、僕が」

　冬野の言葉に、さよならポニーテールの「ナタリー」の着メロが重なった。手を伸ばし、和子はウサギの横の携帯をつかんだ。画面には「非通知」と表示されている。

「もしもし？」

　問いかけたが返事はない。しかし、押し殺したような息づかいが聞こえる。冬野に目配せし、問いかけた。

「もしもし、善治さん？」

「あんた、忘れ物をしただろ」

　やはり善治だ。ウサギを取って携帯に近づける。冬野も身を乗り出してきた。

「クマのこと？　なんで知ってるんですか」

「俺のダチ、さっきの茶髪のやつが『正体をつきとめる』と言って尾行したんだ。喫茶店で、ぬいぐるみ相手にキレたんだって？　あんたが店を出た後、知り合いだと言って引き上げた」

「じゃあ、そこにあるの？　あと、ぬいぐるみじゃなくてあみぐるみ」

　騒ぐ和子の肩を、冬野が叩く。ジェスチャーで「落ち着いて。話を引き延ばして」と促された。頷き、和子は携帯を握り直した。

「善治さん、無事？　お友だちは一緒なの？」

「ああ。いま小屋には俺一人だけどな……ダチは言ってたよ。『あの女、ウサギとクマに普通に話しかけてマジギレしてた。完全にイッちゃってるか、さっきの話が本当か、どっちかだと思う』」

「本当です。寿子さんは今もここにいて、善治さんを想ってる。信じて」

和子が訴え、寿子も呼びかけた。

「善治！　うちや、寿子や。聞こえるか？」

「もう、なにがなんだかわかんねえよ」

ふいに、善治の口調が変わった。俯《うつむ》いて頭を抱えているようだ。

「ダチは『俺らが守る』って言ってくれてるし、その気持ちは嬉しい。けど、あいつらはヤクザもんの恐ろしさを知らねえ。梨井はマジで俺を殺す気だ。追っ手っていうのは、イースト企画の連中だろ？」

「そう。三人組」

「やっぱりな……ここを突き止められるのも、時間の問題か。ちくしょう。こうなりゃ、連中と刺し違えて――」

「アホ！　なに言うてんねん」

また寿子が怒鳴った。

「ドジで不器用で、あんたは子分としては三流やった。けど、裏を返せば真面目で素直いうことで、堅気さんとしては最高、超一流や。ええか？　人は誰でも生まれた時から、『命』いう看板を背負ってる。辛くてもみっともなくても、自分の道を見つけて極めなあかん。それがほんまの『極道』いうもんや」

小気味のいい言葉が、ぽんぽんと繰り出される。和子がそれを伝えている途中、善治は嗚咽《おえつ》を漏らし始めた。

「けど俺、組長を守れなかった。あんなに世話になったのに、ビビって見殺しにしちまった。クズで卑怯《ひきょう》なヘタレだ。助けてもらう資格なんかねえ」

「まだ言うか？」

寿子がうんざりし、和子の頭にも「さんざん逃げ回っといて、今さら？」と突っ込みが浮かぶ。

「けど善治さん。死ぬのって、めちゃくちゃ辛いみたいですよ」

面倒臭くなり、ついでまかせを言ってしまう。ぴたりと、善治の嗚咽が止んだ。

「寿子さんが、『ほぼ即死のうちがあんだけキツかったんやから、あんたは大変やろな。梨井はほんまえげつないし、拳銃で急所をズドンいう訳にはいかんやろ。半殺しにされた挙げ句、サメがうようよする海にドボンとか』って」

「やめろ！」

「すみません。でも、本当みたいだし」

あっさり言ってのけると、善治は黙った。荒い息遣いだけが聞こえる。

「和子ちゃん、ナイス。大阪弁も堂に入ってるやん……けどまあ、善治はほんまにしょうもないビビリやな」

寿子が息をつく。振り返り、和子は隣を見た。冬野は力強く頷き、右手の親指を立てて見せた。寒くて芝居がかったポーズに辟易《へきえき》としつつ、和子は送話口に告げた。

「そこにじっとしてて。五分で行く」

電話を切ってウサギをバッグにしまい、車のエンジンをかけた。

夕方の渋滞が始まった表参道を戻り、ビルの前で車を降りた。駐車禁止エリアなので、傍らの交番から制服姿の警察官が出て来る。冬野が警察手帳を見せて事情説明をしている間に、和子はビルに入って階段を上った。

屋上に辿《たど》り着き、肩で息をしながらドアを開けた。コンクリートの床には人影が二つ。しかしウンコ座りではなく、仰向けや横向きで倒れている。

「どうしたの⁉」

手前の金髪坊主頭に駆け寄った。口から血を流し、顔をしかめている。

「連中が来た」

「イースト企画？　見つかったのね」

金髪坊主頭が頷く。その隣で、サングラスが腹を押さえてうめき声を漏らしている。二人の脇を抜け、和子は小屋に向かった。

「気をつけや。まだ、連中がいるかもしれんで」

寿子の忠告に頷き、半分開いているドアから中を覗く。

脚立が倒れ、横倒しになった段ボール箱から書類や電球、文房具などが床にぶちまけられていた。その傍らに、見覚えのある派手なTシャツの背中が見えた。

「大丈夫⁉　善治さんは？」

身をかがめ、うつぶせで倒れている茶髪前髪の顔を覗く。室内に他に人影はなく、クマも見あたらなかった。髪と同じ色にカラーリングした眉をひそめ、茶髪前髪は首をねじってこちらを見た。

「連れていかれた。ほんのちょっと前だ」

「どこに？」

「多分、大阪の組事務所。出ていく時に話してた」

目を細め、かすれ声で苦しげに答える。中が切れているのか、口を動かす度に唇の端から血が溢《あふ》れる。鼻の周りも真っ赤だ。和子はポケットティッシュを出して中身を全部引き抜き、茶髪前髪の顔に当てた。みるみる、ティッシュが赤く染まっていく。

「俺らは大丈夫だ。善治を助けてくれ」

「わかった」

和子が小屋を出るのと、冬野と派出所の警察官が屋上に出てくるのが同時だった。

「救急車！　三人を手当してあげて」

早口で告げ、警察官の脇を抜けて階段に向かった。聞き取れなかったがなにか言い、冬野が追いかけてくる。

ビルを飛び出し、歩道を横切って車に戻った。ドアを開けて運転席に乗り込もうとすると、後ろから冬野に肩をつかまれた。

「僕が行きます。和子さんは残って」

「冗談でしょ」

手を振り払い、運転席に乗り込む。慌てて、冬野は助手席に回った。

「危険です。善治さんは必ず助けますから」

「ダメ。これは私の事件《ヤマ》よ」

きっぱりと告げ、シートベルトをしめてエンジンをかける。つい「事件」を「ヤマ」と言ってしまったが、この際どうでもいい。足元のバッグの中で寿子が言った。

「連中は車やな。大阪にはどう行く？」

「渋谷《しぶや》から首都高に乗って、用賀《ようが》で東名高速に入る」

早口で返し、冬野に喋る隙を与えずに車を出した。表参道の交差点を右折して青山通りに入る。少し行って玉川通りに入り、まっすぐ進めば首都高3号渋谷線の渋谷出入口だ。

青山通りはひどく渋滞していた。片側三車線の通りに車がぎっしり並び、のろのろとしか動かない。陽は暮れ、周囲は薄青い空気に包まれている。

右端の車線に入った和子はハンドルを握り、通りの先を窺った。

「どうしよう。善治さんの友だちは『ほんのちょっと前』と言ってたし、連中も近くにいるはずなんだけど」

「様子を見てきます。連中の車は？」

冬野がシートベルトを外す。和子はバッグからデジカメを出し、先日尾行をした際に隠し撮りした写真を見せた。白いセダンで、ナンバーも写っている。一瞥《いちべつ》し、冬野は前後を窺いながら助手席のドアを開けて車道に降りた。中央分離帯の植え込みに寄り、小走りに進む。人差し指の先でメガネのブリッジを押さえて顎を上げ、並ぶ車に目をこらしているのがわかった。

「注意せんと。連中は恐らく、拳銃《チャカ》を持っとるで」

物騒な忠告に不安を覚え、和子はシートベルトを外して運転席の窓を開けた。頭を外に出すと、三十メートルほど先に冬野がいた。車のライトと歩道の街灯、ビルの照明で通りは思いのほか明るい。

さらに二十メートルほど進み、冬野は足を止めた。つま先立ちで車列を窺うようにして、こちらを振り返った。背伸びして腕を伸ばし、左端の車線を指している。

「えっ！」

「見つけたか⁉」

和子たちが声を上げた時、前方からサイレンが聞こえた。反対車線をパトカーが走って来るらしい。道を空けろと促すアナウンスも流れる。さっきの警察官が応援を呼んだのか。

冬野は身を翻し、中央分離帯に入った。植え込みをかき分け、反対車線に向かって右手を大きく振る。左手には警察手帳らしきものをかざしているので、パトカーに目指す車はここだと知らせているのだろう。

ぱん。乾いて鋭い音がした。和子の目に、両手を上げたまま倒れる冬野の姿が映る。胸が大きく一つ鳴り、頭の中がまっ白になった。

「銃声か⁉　和子ちゃん、どないした？　冬野はんは⁉」

嚙みつくように寿子が訊ねる。体が勝手に動き、和子はドアを開けて車を降りた。

「あかん！」

制止を振り切り、車列の横を走った。喉が詰まり、脚は強《こわ》ばって上手く動かない。

左端の車線で、タイヤの軋む音がした。見覚えのある白いセダンが、無理矢理ハンドルを左に切ろうとしている。前後の車がヒステリックにクラクションを鳴らし、路肩を走って来たバイクが急ブレーキをかける。構わず、和子は前進を続けた。

「冬野さん！」

冬野は高さ六十センチほどの植え込みに、うつぶせで倒れていた。何度か呼びかけ、体を揺らしたが反応はない。

数台のパトカーが接近し、中央分離帯の向こうに停車した。ドアから飛び出した警察官とスーツの刑事たちが、冬野を囲む。

「おい、しっかりしろ！」

「動かすな。出血がひどい」

「下がって！」

警察官に肩を押された。足がふらつき、和子は植え込みに手をついた。尖った枝の先が手のひらに当たり、痛みで頭がクリアになる。

「山瀬和子さんですか？　犯人の車は？」

矢継ぎ早に問われ、和子は左端の車線に目を向けた。

ようやく車が流れだし、白いセダンは左折して脇道に入っていく。一瞬だが、運転席に短髪で目つきの鋭い男の顔が見えた。尾行した時にハンドルを握っていた男だ。むらむらと、腹の底から熱く強い怒りが湧いてきた。

再び、和子は車列の横を走りだした。警察官がなにか叫ぶ声を背中に聞きながら、車に戻る。

「冬野はんは⁉」

寿子の問いかけも無視し、運転席に座った。ハンドルを左に切ってアクセルをふかした。

「お願い、通して！」

呼びかけ、隣の車線に車を割り込ませる。セダン同様、周囲からクラクションを浴びせられながら、かろうじて左端の車線に移動した。

少し進むと、セダンが曲がった脇道が現れた。狭い一方通行で、直進すれば六本木通りに出られる。お気に入りのブティックやインテリアショップがあるので時々来るが、このあたりには似たような道が縦横に走っている。

さらに進み、次の脇道が現れた。さっきとは逆方向の一方通行で、こちらからは入れない。首を突き出して窺ったが、道に車の影はなかった。意を決し、和子は車を左折させた。車体が大きく揺れ、バッグの中で寿子が声を上げる。

脇道に入ってすぐ、前方に二つのライトが見えた。小型トラックだ。こちらに気づき、クラクションを鳴らす。しかし和子はアクセルを踏み込み、スピードを上げた。トラックも停まる気配はなく、クラクションを連打しながら近づいて来る。その距離、十メートル、七メートル、五メートル……。

「危ない！」

寿子が叫び、和子はハンドルを切った。トラックの鼻先ぎりぎりのところで左折し、別の脇道に入る。タイヤが軋み、トラックのドライバーの怒号が耳をかすめる。体の脇をびりびりしたものが走り、腋《わき》の下にどっと汗が出た。

その後も右折左折を繰り返し、猛スピードで脇道を前進した。マンションから出てきた人を轢《ひ》きかけ、路肩のゴミ箱をはね飛ばした。

「あんた、なにがしたいねん！」

バッグの中を転がりながら、寿子が悲鳴を上げた。だが背中を丸めてハンドルにしがみつく和子に、返事をする余裕はない。

前方に十字路が現れた。スローダウンし、車通りが途切れるのを待って十字路の真ん中に停車した。左側にまっすぐ伸びるのは、さっきセダンが入った脇道だ。

寿子が騒いだので、バッグをダッシュボードの上に載せて口からウサギの顔を出した。寿子は周囲を確認しているようだ。

「先回りして、道を封じようという作戦か。考えたな。けど、どうやって善治を助け出す？」

「状況は伝わってるみたいだし、警察が来てくれると思うんですけど」

和子が左右を窺った時、後続車が来た。

「おい、なにやってんだ」

大型四駆の窓が開き、若い男が顔を出す。左側の道からも、赤い軽自動車が近づいて来る。ドライバーは外国人の女のようだ。

脱出しようと、和子はバッグを抱えて車のキーを抜いた。武器になるものはないかと車内を見回したが、一番安い小型車を借りたためか、工具一つ装備されていない。

「あれ」

ふと、目が留まった。グローブボックスの下に小さなフックが取りつけられ、キャップつきのスティック状の物体がはめ込まれていた。長さ十五センチほどで、太字の油性ペンに似ている。

「聞いてんのか！」

四駆の男は車を降り、肩を怒らせてこちらに歩いて来る。とっさに、和子はスティックをフックから外し、バッグに放り込んでドアを開けた。車の脇を抜け、急いで左側の脇道に入る。軽自動車の横を通る時、ぽかんとしている外国人の女と目が合った。

青山通り方面に走った。向かいから宅配便のトラックが来る。後ろにもう一台、白いセダンだ。慌てて、和子は傍らのビルの玄関に隠れた。

宅配便のトラックは軽自動車の後ろに停車し、セダンもスピードを緩めた。玄関から身を乗り出すと、短髪の男も首を伸ばし、運転席から前を見ていた。助手席は無人で、後部座席の窓にはスモークフィルムが貼られている。

「さっさと行けよ！」

窓から顔を出し、短髪の男がクラクションを鳴らした。しかし宅配便のドライバーの男になにか返され、舌打ちして顔を引っ込めた。バックしようと考えたのか、ハンドルを握ってバックミラーを覗く。だが、後ろには青いステーションワゴンがつけている。キレてハンドルを叩き、短髪の男は後部座席を振り返った。誰かと会話しているようだ。

「どうしよう。車を捨てて逃げる気かも」

バッグからウサギを出し、和子は囁《ささや》いた。セダンはビルの斜め後方、三メートルほどの場所に停まっている。

「康雄は～ん、聞こえるか！」

唐突に寿子が叫んだ。驚き、ウサギを落としそうになったが、すぐに意図に気づいた。

「そうか、その手があった……寿子さん、ナイス。もっとやって」

腕を伸ばし、ウサギをセダンの方に突き出す。

「康雄はん、そこにおるんやろ！　返事してぇな！」

鼓膜が震えるほどの大声。念のため窺ったが、短髪に聞こえている様子はない。

「寿子か⁉」

声が返ってきた。康雄だ。必死に張り上げているようだが声は遠く、くぐもっている。

「はいな！　和子ちゃんと一緒にそっちの車の斜め前、白いビルの玄関におる。あんたは無事か？」

「ああ。善治の上着のポケットだ。殴られてはいるが、やつも無事だ！」

「了解。道の先を塞《ふさ》いで、車を立ち往生させてる。そっちはどないや？」

「後ろの席にいる。真ん中に善治、両脇にイースト企画の色白小太りと、ホストもどきの若いやつだ。小太りは拳銃を所持してる……さっき銃声がしたんだが、まさか」

「その話は後や。あんたらを助け出したい。策はないか？」

「だが、そっちは丸腰だろ」

康雄に返され、寿子は黙り込んだ。必死に頭を巡らせているようだ。

警察を呼ぼう。和子はバッグを探った。指先にさっきのスティック状の物体が触れ、とたんにきらりと、頭に閃《ひらめ》くものがあった。

「後ろの席の窓は開いてない？　寿子さん、訊いて」

「康雄はん。和子ちゃんが、車の窓は開いてへんかって！」

和子の言葉を寿子が伝える。いつもとは逆で妙な気分だ。

「ここからは確認できねえが、発砲した時に小太りが窓を開けたようだ」

「了解」

頷き、和子は玄関を出た。寿子が騒ぎ、康雄も反応したが構わず通りに戻り、頭を低くしてセダンの後ろに回った。ステーションワゴンの運転席の若い女が、驚いて見る。

「どうも」

つくり笑顔で会釈し、和子はスティック状の物体を取り出した。キャップも本体も赤く、そこに白地で、「自動車用緊急保安炎筒」と書かれている。

「和子ちゃん。あんたまさか」

「なんだ。どうかしたのか」

セダンに近づいたので、康雄の声が大きく明確になる。

「イチかバチかです」

和子はスティックを捻《ひね》り、キャップを外した。本体にはもう一つ、白く短いキャップがあり、上部に紙ヤスリのようなものが貼り付けてある。外すと、本体の先端に丸く小さな突起が現れた。使うのは初めてだが、なんとなく仕組みはわかる。白いキャップをひっくり返し、紙ヤスリを突起に押しつけてこすった。しゅっ、と音がしてオレンジ色の火が灯り、白煙が流れだす。

「あかん。無茶や」

「だからどうした。説明しろ!」

二人の声が重なり合って頭に響く。

「和子ちゃん、頼むからやめとき。あんたはようやってくれた。もう十分や」

「これは私自身の問題です……あの白イルカ、よくも冬野さんを。許さねえ」

再び怒りが湧き、和子は拳《こぶし》を握った。後半は「ら」行が巻き舌になる。

話している間に炎は大きくなり、路上に白煙が流れだした。和子は膝《ひざ》を折って座り、前進を開始した。セダンの左に回って慎重に窓に接近する。

「なんか煙たくねえか?」

野太い声がして、セダンの中の誰かが窓に身を寄せる気配があった。和子は窓の斜め下で足を止め、筒を握った手を上げた。白イルカの丸く張り出した額が窓外に現れる直前、筒をセダンの中に落とす。

「あちっ!」

白イルカが叫び、足をバタつかせた。和子は大急ぎでセダンの後ろに戻る。

リアウィンドウにもフィルムを貼っているので中は見えないが、どたばたという音と怒鳴り声が交差し、車体が揺れた。康雄のものらしい咳の音もして、窓から煙が流れる。

右側のドアが開き、ホストもどきが手のひらで口を覆って転がり出た。運転席で短髪の男が声を裏返す。

「発煙筒だ。早く捨てて!」

「熱くて持てねえんだよ!」

怒鳴り返し、白イルカも左側のドアを開けた。どっと煙が流出し、白イルカは路肩に倒れ込んで激しく咳をした。

今だ。立ち上がり、和子は白イルカに駆け寄った。

「大丈夫ですか⁉」

お愛想程度に背中をさすり、片手で口を押さえてセダンに向かう。もうもうと立ちこめる煙の中、善治は座席で背中を丸めて咳《せ》き込《こ》んでいた。

「善治さん！」

「善治！」

和子の呼びかけに寿子の声が重なる。振り向いた善治の目は真っ赤で、涙を流している。

「早く！」

身を乗り出し、善治の腕をつかんだ。幸い、手足は拘束されていない。降車した善治とともに、十字路に向かって走りだす。

「コラ！」

「待て！」

白イルカとホストもどきの声が追いかけてくる。しかしどちらも咳き込みながらの鼻声なので、いまいち迫力に欠ける。

善治の手を引き、和子は走った。道の先に、宅配便の男と外国人の女が立っている。

「逃げて！　あいつら、拳銃を持ってる！」

脇を抜けながら訴えると、二人がこちらを振り向いた。ひどく殴られたらしく、善治の顔は血まみれだ。ぎょっとして、二人も和子たちの後に続く。

「誰か警察を呼んで！　おまわりさ～ん！」

善治を引っぱり、足を動かしながら和子は叫んだ。後ろからばたばたと、複数の足音が追いかけてくる。

息を切らし、十字路に飛び込んだ。自分の車の周りに四駆の男と、数人の男女がいた。誰かが通報したのか、そのうちの一人は制服を着た警察官。後ろにはパトカーも見えた。

「助けて！」

息が上がり、足がもつれるのを感じながら和子は警察官に駆け寄った。後ろの善治も前のめりになり、今にも転びそうだ。

「ど、どうしました⁉」

やや及び腰で、警察官が訊ねた。和子たちはその後ろに駆け込む。前方からは、宅配便の男と外国人の女、イースト企画の三人の順で追いかけて来る。白イルカの手には、拳銃らしきものが握られていた。

「危ない！」

寿子の声が響いた時、後方からパトカーのサイレンが聞こえた。白イルカは短くなにか言い、立ち止まって拳銃を隠した。短髪とホストもどきは慌てて踵《きびす》を返して走りだし、白イルカも続いた。

ほっとしたとたん力が抜け、和子は肩で息をしながら座り込んだ。善治もアスファルトに座り込み、げほげほと咳き込んでいる。通りの先にパトカーが停まり、さっき青山通りで見た男たちが降りてくる。

「あんた、大丈夫か⁉」

切羽詰まった様子で、寿子が訊ねる。なんとか頷き、和子はバッグからウサギを出した。

「善治さんなら大丈夫。出血はひどいけど、たぶん大したケガじゃ――」

「アホ！　善治やない、和子ちゃんや。うちらみたいなしょうもないもんのために、無茶しよってからに、ほんまにもう！」

後半は声が震えている。

「寿子さん」

和子が言うと、善治が顔を上げた。

「もしものことがあったら、親御さんにどない言うねん。あんたみたいないい子、大事にされとるに決まってるやん。かわいくて仕方がなくて当然やん。『死んでお詫《わ》びする』言うけど、うちはもう死んでるねんで！」

しゃくり上げながら捲し立て、寿子は号泣した。和子の胸も震え、目頭《めがしら》が熱くなる。

眼前になにかが現れた。ミルクティー色のあみぐるみ。善治が和子のクマをつかみ、差し出している。

受け取ろうとしてさっきの「触るな！」を思い出し、手が止まる。

「……ただいま」

康雄が言った。低く濁った、ぶっきらぼうな声。とたんに、和子の目からどっと涙が溢れた。さっきまでの不安と焦りが吹き飛び、強くて大きくてゆるがないなにかが、自分の中に戻った気がした。

「康雄さん、お帰りなさい」

クマを受け取り、しっかり抱いた。頰をつたう涙が、クマの頭や顔に落ちる。しかし康雄は、なにも言わなかった。

「ありがとう」

善治が言った。細くかすれてはいるが、とても静かで優しい声だった。腫《は》れ上がったまぶたで半分隠れた目は、和子が持つクマとウサギをまっすぐに見ている。

4

「おい！」

康雄の声が響いた。和子が手にしたクマの中で、前のめりになっているのがわかる。

「冬野、起きろ！　目を開けるんだ」

必死に呼びかける。冬野は康雄と和子の前に、仰向けで横たわっていた。目を閉じ、胸の上で手を組んでいる。

「しっかりしろ！　俺の声が聞こえねえのか」

頭痛がするほどの大声。しかし冬野は目を開けず、ぴくりとも動かない。和子がその肩を揺さぶろうとすると、耳元で指を鳴らす音がした。

「はい、カット」

冬野を挟んで向かいに、若い男が立っている。無精ヒゲだらけの青白い顔に、無造作に後ろで束ねたぼさぼさの髪。手にはビデオカメラを構えている。

「なんだ。もういいのか」

康雄が言い、男はカメラを下ろした。

「ご愁傷様です。康雄さんの声は、冬野さんには届かなかったようです」

「ちょっと谷中さん。ご愁傷様はないでしょう」

「これは失敬。申し訳ありません」

さして申し訳なくもなさそうに返し、中指でオヤジ臭い銀縁メガネのブリッジを押し上げてくつくつと笑う。

「いや。ある意味、僕にとってはそのレベルの落胆ですよ」

傍らで声がした。冬野だ。横たわったままため息をつき、ほっそりした指で前髪をかき上げている。パジャマにガウン姿で、足元はサンダルだ。

「いえいえ。今回冬野さんは、得難い経験をしましたよ。むしろ、『階段を一段上った』と言ってもいい」

「別の見地からすればね」

「ええ」

やり取りしながら冬野はメガネをかけ、谷中が差し出した手につかまって起き上がった。傷が痛むのか顔をしかめ、肩を押さえる。右肩から二の腕にかけて包帯でがっちり固定されているので右腕は袖に通せず、パジャマの中で肘《ひじ》を折り曲げている。

「『ある』とか『その』とか、なんでそう回りくどいの？『階段を上った』ってなんの？」。心の中で突っ込み、和子は冬野が横たわっていた木のベンチにクマとウサギを置いた。向かい側のテーブルと周りに立つ柱も木で、上には三角屋根が載っている。公園の中の東屋《あずまや》で、周りには青々とした芝生が広がり、遠くに小さな池も見える。快晴の日曜日の午後とあって、園内は家族連れやカップルでにぎわっていた。

わん。犬の鳴き声がした。クマを見つけたらしく、ジョンが芝生の中の遊歩道を走って来る。後ろでリードを持つ杏《あん》が転びかけ、なにかわめいている。

「おう、ジョン。散歩は楽しかったか？」

いかにも嬉しそうに康雄が呼びかける。わん。クマを見上げ、ちぎれそうに尻尾《しっぽ》を振りながらジョンは返した。それを怪訝《けげん》そうに見て、杏は東屋に入った。

「実験とかいうのは終わったの？『危ないから』ってあたしだけ散歩に行かせるとか、ズルくない？」

グロスでギラつく唇を尖らせ、谷中と冬野、和子を睨む。相変わらず化粧も服装も派手で愛想の欠片《かけら》もないが、バッグから自販機で買ったらしい飲み物を出し、配ってくれる。

「それはさておき、冬野さん。病室を抜け出して大丈夫なんですか？　傷にさわるし、看護師さんに叱られますよ。ただでさえ評判最悪らしいじゃないですか。谷中さんと一緒に、『幽霊が出るって噂はないですか』だの『この病院の七不思議的なものは？』だの訊いて回ってるとか」

和子はベンチに腰かけた冬野と、その横の谷中に冷ややかな視線を向けた。しかし二人ともどこ吹く風で、スポーツドリンクの缶を開けたりビデオカメラを弄《いじ》ったりしている。公園の隣は大きな病院で、フェンス越しに散歩中の患者や看護師の姿が見える。

「さっきなんか清掃員のおばさんに、『あんたは冬野さんの恋人？　あの人、警察でも鼻つまみ者なんだって？』なんて訊かれちゃいましたよ」

「それは事実だし、問題ないでしょう」

缶を口に運び、冬野はあっさり言ってのけた。

「その事実って『恋人』と『鼻つまみ者』、どっちにかかるの？」。確認したい衝動にかられたが、杏たちの手前そうもいかず、和子もウーロン茶を飲んだ。

青山での騒動から二週間。あのあと善治と和子は駆けつけた刑事たちに保護され、間もなく白イルカたちも逮捕された。善治は警察署ですべてを告白し、梨井と宝龍組の幹部たちは寿子殺害その他の容疑で逮捕された。まだ取調中だが、梨井たちは有罪、組も解散をまぬがれないだろう。

一方冬野は、和子が善治を追いかけている間に救急車で搬送された。出血がひどく一時は危険な状態だったが、弾《たま》は急所を外れており、一命を取り留めた。今は江戸川東署にほど近い病院にいるが、間もなく退院できそうだ。

冬野曰く、「撃たれる寸前、セダンから『危ない！』という声が聞こえて反射的に身をかわしたんです。あれは絶対天野さんです。声が聞こえなければ、銃弾は胸を貫通していたでしょう」だそうで、康雄も「言われてみれば叫んだかもな」と言う。だが善治も「梨井の手下が発砲しようとしたので、とっさに叫んだ」と証言しており、恐らくその声を聞いたのだろう。しかし冬野は納得がいかないらしく、和子が見舞いに行く度にクマを使ってしょうもない実験を繰り返している。

「でも大したことなくてよかったじゃん。和子さん、大変だったんでしょ？　救急病院で『冬野さんを助けて！』って、泣くわわめくわ。駆けつけた冬野さんの家族と江戸川東署の人も、ドン引きだったたって」

二重顎を上げて杏が笑い、冬野と谷中も噴き出す。多少の誇張はあるが、事実なので言い返せず、和子は横目で三人を睨んだ。すると、ベンチの上の寿子が口を開いた。

「ごめんな。和子ちゃんにも冬野はんにも、迷惑かけて。うち、この恩はずっと忘れへんから」

「寿子さん」

呟き、和子はウサギを手に取った。

「なんぞ困ったことがあったら、いつでも善治に言うてな。必ず恩返しするさかいに。善治のやつ、うちの存在は半信半疑みたいやけど『足を洗って堅気の仕事につく』と刑事さんに話してたそうや。付き添って尻叩いて、一人前の男にしてみせるわ」

善治はまだ警察にいる。寿子殺害計画を見て見ぬふりをした罪に問われる可能性はあるが、康雄によると「事情が事情だし、情状酌量の余地は十分ある」らしい。釈放され次第、ウサギを渡すつもりだ。

「てな訳で、そろそろ行くか」

康雄の声に、和子ははっとしてクマを見た。それに気づき、冬野も振り向く。

「ジョンたちの顔も見られて、よかったよ。和子、杏を呼んでくれてありがとな」

「えっ。そんな、いきなり」

うろたえ、クマを手に取る。怪訝そうな杏に、谷中が声をかけた。

「そうそう。うちの番組で犬を探しているんです。彼、ジョンくんでしたっけ？　いいキャラしてるなあ……動いているところを見たいんで、ちょっといいですか」

「マジ？　谷中さんって、CSテレビ局のADなんだよね。どんな局？　なんて番組？」

目を輝かせる杏を促し、谷中は東屋を出ていった。気を利かせてくれたらしい。

遠ざかりながら、ジョンは何度もこちらを振り向き、鼻を鳴らした。

事件解決後、康雄とは一度も成仏の話はしていない。バタついていたせいもあるが、口に出したとたん、いろいろなことが動きだしそうで怖かった。

鼻を鳴らし、康雄が腕を組む気配があった。

「そんなもこんなも、決まりごとだ。とっとと済ませちまった方がいい」

迷いのない様子に戸惑い、和子は冬野を振り返って康雄の言葉を伝えた。すると冬野は表情を引き締め、少しよろめきながら立ち上がった。

「天野さん、成仏おめでとうございます。いろいろお世話になりました。右腕を負傷中につき、敬礼は省略させていただきます」

背筋を伸ばし、クマに深々と頭を下げた。勢いのいい言葉と動作で、想いを振りきっているようにも見える。

「おう。養生して、またバリバリやれよ……和子。俺をテーブルに座らせろ。寿子もな」

「でも」

「いいから、さっさとやれ」

強く命じられ、仕方なくテーブルの上を片づけてクマとウサギを向かい合わせで

置く。声をかけようとしたが、

「寿子と話がある。向こうに行ってろ」

と追い払われてしまった。しぶしぶ冬野に手を貸し、東屋から少し離れた芝生の上に移動した。陽差しはまぶしいが風があるので気持ちがいい。遠くから、子どもの声とサッカーボールをドリブルする音が聞こえてきた。そこに、康雄と寿子のぼそぼそという話し声が重なる。

二人は五分以上話し続け、やきもきした和子が東屋に戻ろうとした時、康雄が動いた。

「そんじゃな」

こちらを振り向いて、手も振っているようだ。あまりの軽さに腹が立ち、和子は顔を突き出した。

「なにそれ。なにか言うことはないんですか」

「ねえな」

即答だった。ショックを受け、さらに腹立たしくなり和子はわめいた。

「康雄さんはなくても、私にはあるんです！」

とたんに胸がしめつけられ、頭にこれまでの康雄とのシーンが蘇《よみがえ》った。それをどう言葉に代えて伝えようか迷っているうちに、あみぐるみの上に細く透明ななにかがゆらゆらと立ちのぼりだした。前に康雄が天に昇った時も見た陽炎《かげろう》だ。

「待って！」

駆け寄ろうとして、後ろから腕をつかまれた。振り向いた和子に、冬野が首を横に振る。

「だって、康雄さんがいなくなっちゃう。もう会えなくなっちゃう……やだ。行っちゃやだ！」

駄々っ子のように騒ぎ、和子は冬野の手を振り払って飛びだした。

冬野の左腕が伸びてきて、後ろから強く抱き寄せられた。驚く間もなく、頭の斜め上から声がする。

「僕がいます」

胸の前に回された腕に力がこめられた。背中に、冬野の体温と心臓の鼓動を感じる。和子の心臓も大きく、激しく鳴った。嬉しさより、驚きと恥ずかしさが大きい。冬野の顔を見ようとした時、横から強い風が吹き付けた。煽《あお》られて髪が顔にかかり、脚もふらつく。バランスを崩したのか、冬野も倒れそうになる。和子は目を閉じ、冬野の腕をしっかりとつかんで足を踏んばった。風が止み、ほっとして目を開くと、クマとウサギの上の陽炎は消えていた。

「康雄さん！」

和子は駆けだした。今度は冬野は止めず、肩を押さえながらついて来る。

東屋に駆け込み、クマをつかんだ。ガラスの黒い目を覗き、呼びかける。

「康雄さん！　返事して。お願い！」

しかし、答える声はない。

「なによ。お礼も文句も言ってないのに。ズルいよ。こんなんじゃ、忘れられないじゃん。ずっと考えちゃうじゃん。また会えたらどんな話をしよう、今度現れたらなにをしようって」

クマをゆすり、和子はわめいた。しかし頭は勝手に現実を認識していく。康雄はもういない。今度こそ二度と、会えないのだ。

ウソだ。こんなの絶対信じない。押し寄せてくる感情をはねのけようと、和子はテーブルの上のウサギに訴えた。

「寿子さん。神様にお願いして、もう一度やり直させて。できるでしょう？『恩返しする』って、さっき言ったじゃない」

だが、寿子もなにも言わない。背中に冬野の視線を感じながら、和子はクマとウサギに呼びかけ続けた。

ちっ。誰かが舌打ちをした。はっとして、和子は手を止めた。

「うるせぇな。いい歳こいて、ぎゃあぎゃあわめくんじゃねぇよ」

無愛想でふてぶてしく、「なんの根拠が？」と思うほど偉そうな声。迷わず、和子はクマを見た。

「よう、俺だよ！　驚いたか？　驚いたよな」

「康雄さん！」

ハイテンションで訊ね、からからと笑う。慌てて、冬野が隣に来る。

「康雄さんが戻ったんですか⁉　神様が、成仏のやり直しを認めてくれたんですね」

「ボケ。なんで俺が成仏しなきゃならねえんだよ。あっちに昇ったのは、寿子だ。俺はずっとここにいる。だから、お前らのこっぱずかしい公然猥褻《わいせつ》もばっちり――」

「猥褻って言うな！」

恥ずかしさと気まずさから、つい叫んでしまう。頬が熱をもち、みるみる赤くなっていくのがわかる。一人冷静な冬野が、肩を叩く。

「いいから落ち着いて。天野さん、どういうことですか？」

「寿子にポイントを譲ってやったんだ。俺の代わりにあいつが成仏したんだよ」

「はい⁉　なんでそんな――じゃあ、さっきぼそぼそ話してたのって」

「ああ。寿子は遠慮したが、『神様《うえ》に頼んで、善治の後ろには別のポイント稼ぎをつけてもらえ。俺も様子を見るし、大丈夫だ。早く旦那と息子のところに行ってやれ』と言ったら涙を流して喜んでな。『和子ちゃんと冬野はんによろしく』とも言ってた」

「それならそうと、早く言ってくれれば」

ふん。勝ち誇ったように、康雄が鼻を鳴らした。

「この間の『康雄さんじゃなく、寿子さんを選んだんです』のお返しだよ。ありゃお前、さすがの俺も傷ついたぞ。相棒に向かって言う言葉じゃねえ」

ため息混じりに言い、胸をさすったのがわかった。和子は唖然《あぜん》とし、冬野はもどかしげにクマと和子を見ている。

「でもまあ、お前も反省してるようだし、水に流してやるよ。長いつき合いになりそうだしな。なにしろ、ポイントゼロからのスタートだ……それにさっき、寿子が『お礼に』って、すげえネタを教えてくれたんだ。日本中を震撼《しんかん》させながら、いまだ未解決のあの大事件。その真相につながる手がかりを」

「『あの』だか『その』だか知らないけど……ああなんか、目眩《めまい》がしてきた」

脱力し、和子はクマを持ったままベンチに座った。隣に冬野も腰かける。

「なにがどうなってるんですか？　じらさないで教えて下さい」

「なんだ、シケたツラをするな。寿子も言ってたじゃねえか。お前と俺は一心同体。共に歩もうぜ、『刑事道《デカどう》』という名の一本道を」

康雄の声が頭に騒々しく、暑苦しく響く。

「だから私はデカじゃなく、雑貨ショップの店長。康雄さんだって、刑事じゃないじゃん。『テディ探偵事務所』の所長でしょ」

突っ込みながらも、なぜかわくわくとした気持ちになり、頭に市川のオフィスが浮かんだ。事務所に戻ったら、たぶん捜査会議。康雄お気に入りのホワイトボードの出番だ。

「一人でにやついてないで、説明して下さい」

冬野が顔を覗き込んできた。気がつけば、ベンチに置いた和子の手は、冬野の大きな手に包み込むようにして握られている。もう片方の手にはあみぐるみのクマ。康雄はさらにテンションを上げ、今後の予定と野望を語っている。

「なにこれ」

独《ひと》り言《ご》ちて、つい笑ってしまう。どうしたのかと、冬野と康雄が騒ぎだす。和子はそれをなだめ、冬野の手とクマをしっかりと握った。

わん。遊歩道でジョンが鳴き、杏を引っぱりながらこちらに駆けてきた。

解説

松本大介《まつもとだいすけ》

「シリーズは三作目で仕掛けよ」

これは書店員の間で、まことしやかに囁《ささや》かれるセオリーである。ただ、いかに面白く魅力的な設定で始まった物語も一作目に力を入れるあまりに二作目でガス欠を起こして読者が離れることは、ままある話なのである。

入魂の一作目で獲得した読者を二作目でも繋《つな》ぎとめる確かな腕がなければ、新刊が年に八万点に届こうかというこのご時世でも、三作目が発刊される可能性は限りなくゼロに近い。言うなれば三歩目の大きな跳躍のためには、一歩目で踏切板にピタリと合わせる力量と二歩目を上手にさばく技術、ホップ、ステップの確かさが欠かせない要素となろう。

加藤実秋は、そのあたりが実にうまい。

二〇〇三年に創元推理短編賞（現・ミステリーズ！新人賞）を受賞した代表作『インディゴの夜』がその確かな実力を物語っている。この鮮烈なデビュー作について今さら詳細には触れないが、その軽妙な語り口と既視感ゼロのユーモアあふれる設定は広く好評を博しシリーズ化。二〇一三年九月現在で四作を数える。二〇一〇年には連続テレビドラマ化、舞台化もされた。

二〇〇七年に出版された『モップガール』は、北川景子《きたがわけいこ》主演のドラマとして記憶されている方もいるかも知れない。特殊清掃会社「㈲クリーニングサービス宝船」に勤める、時代劇マニアで人とはちょっと違う能力を持つ女の子、桃子《ももこ》が主人公の小説だ。原作では彼女の不思議な能力の設定が多少異なり、不定期で発症する突発性難聴がその後に起きる事件への前兆現象となる。難聴の症状が出ている最中に事件・事故現場の清掃に立ち会うと、死者の残留思念が彼女の身体《からだ》に様々な不調を及ぼしてしまう（この多種多彩な不調っぷりが実に笑えるのだ）。その体調不良を取り除こうと、同僚である無愛想なイケメン・翔《しょう》らとともに事件の解決を図るという筋立てで物語は進んでゆく。

二〇一二年には、シリーズ二作目となる『スイーパーズ』が上梓《じょうし》されたのだが、その内容に少々紙幅を割《さ》くことをお許し願いたい。何を隠そう、私はこの作品が大好きなのである。『スイーパーズ』で描かれる連作短編の一話それぞれの事件解決を横糸とするならば、物語全体を通して描かれる桃子自身の特異体質の秘密は縦糸と言えよう。手垢《てあか》のついた喩《たと》えで恐縮なのだが、二つの糸が織り重なったとき、父が桃子に施した「記憶の封印」が解かれ、読む者の心をあたたかく包み込む。ちょっと変わった能力を持ってしまった娘へ、亡き父が贈ったものとは……未読の方はぜひ読まれたし！　落涙必至の作品である。

　さて前置きはこれぐらいにして、いよいよ本題である。デビュー以来広く支持され続ける加藤実秋は、何故こんなにも我々を魅了し続けるのか。「アー・ユー・テディ？」シリーズは、前述した「縦糸」「横糸」の喩えよろしく毛糸に想いを込めて編まれたテディベアと、夢見がちな女の子がひょんなことから相棒となり、互いに影響を与えつつ少しずつ成長を遂げてゆく物語である。拙《つたな》い解説で恐縮だが、その魅力を少しでも伝えられれば幸いだ。
　さあ、それでは本書を手にしたあなたへ、読書の準備は整いましたか？

※ここから先は、各巻の結末に触れる部分があります。未読の方はご注意を。

『アー・ユー・テディ？』

出会いとは望む者にとっては常に運命的に、しかし望まぬ者には降って湧いた災難のごとく突然やってくるものだ。

ある日のバイト帰りに立ち寄ったフリーマーケットで、主人公である和子《かずこ》はクマの「あみぐるみ」を見つける。「ほっこり」「おしゃれ」を人生のキーワードに標榜《ひょうぼう》して日々を暮らす彼女にとって愛らしく、同時に求人情報誌を定期購読するくらい金銭的に欠乏した彼女にとってはリーズナブルな（三〇〇円である）テディベアとの出会いは運命的であったと言ってよい。ミルクティーのような色合いから「ミル太」と名づけたそのクマが、野太い声で話しかけてくる瞬間までは……。なんと、あみぐるみの中には殉職した元刑事・康雄《やすお》の魂が宿っていたのだった。

彼は次のように語る。一家心中として処理された事件の帰結に疑いを抱き、単独で継続捜査をしていたところ、何者かに崖《がけ》から突き落とされ命を落としたと言う。刑事の執念か、はたまた志なかばの無念が通じたのか、気づくと彼の意識は事件唯一の生き残りである五歳の少年が大切にしていた、クマのあみぐるみのなかにあったのだと。その後、紆余《うよ》曲折《きょくせつ》を経て和子のもとにたどり着いたのだった。そんな姿に身をやつしても、今なお、事件解決へ情熱の灯《ひ》を絶やさない康雄は、自由のきかない自分に代わり事件解決の手伝い（バイト）を和子へと持ちかける。

一方、「ほっこり」のキーワードに縛られるばかりに、何をやっても長続きしない和子は、バイト代につられて嫌々ながらも協力することを決めるのだが、康雄の声は和子以外には聴こえないため、傍《はた》からみれば度々あみぐるみに話しかける、ちょっと危ない女の子探偵である。運命的なクマちゃんとの出会いが一転、望まぬ災難ここに極まれり。こうしてでこぼこコンビが結成されるに至った。

望まぬと言えば和子の家族も彼女の理想とはかけ離れた、存在感ありありのキャラクターたちだ。著者の人物造形の巧みさの一例として以下に挙げたい。

エコグッズ作りに熱中するあまり、環境にやさしくないことばかりを繰り返す「ザ・昭和の主婦」こと母の厚子《あつこ》。近所のホームセンターで真面目に正社員として働くヘビメタマニアの兄・一平《いっぺい》（園芸コーナー担当）。和子をして「影も頭髪も薄い」と評される父の忠志《ただし》に至っては、家族の問いかけに対して言葉を発せず、放屁《ほうひ》やゲップによって気持ちを代弁するという離《はな》れ業《わざ》をやってのける。

どうだろう？　実際に存在しそうでなかなかいない、こんな痛快な家族と「ぐんたまちばらき」の雄《ゆう》、埼玉県の築二十五年の家に暮らすという設定に、腹の底のあたりが引くつき始めはしないだろうか。

その他にもバラエティに富んだ登場人物が、事件解決を後押しする。康雄が生前仕事に熱中するばかりに心のすれ違いが起きたままの妻・世津子《せつこ》と娘の杏《あん》。あみぐるみになった今も康雄の声を聞き分ける（らしい）忠犬・ジョン。康雄の刑事時代の相棒で、東大出のキャリアながらオカルトマニアゆえに出世街道から外れた残念なイケメン・冬野《ふゆの》などなど。誤解を解いたり和解を図ったり、ときに助けられたりしながら、絶体絶命のピンチを乗り越えてなんとか事件を解決し、康雄も天に召されて大団円……のはずだったが、康雄が○○のぬいぐるみに宿って戻ってきてしまうところまでが第一作で描かれる。心憎いまでに次巻を待ち遠しくさせる幕の引き方も、著者のお家芸であることを付け加えておこう。

さて、このあらすじが面白いと感じたら、レジへ向かってヨーイドン！　である。

『テディ・ゴー！』

戻ってきた康雄が言うには、あの世への入り口である三途《さんず》の川が大渋滞で、順番がなかなか回ってこないらしい。そこで生前の特技を生かして人間界で善行を施すと、あの世のポイントカードにポイントがたまり、順番が繰り上がると言う。そうとわかれば、康雄の成仏《じょうぶつ》に向けてでこぼこコンビの再結成だ。

一作目の『アー・ユー・テディ？』が長編であったのに対し、二作目は趣向を変えて四つの事件が描かれる連作短編である。

第一話「帰ってきたあいつ」では、バイト先の下北沢の雑貨屋で知り合ったあみぐるみ作家・ミトンが、自身が創作したキャラクターを盗作され、そのコンセプトを聴いていた和子に嫌疑がかけられてしまう。和子は身に降りかかった火の粉《こ》を払うことができるのか。事件解決後の康雄へのサプライズプレゼントに頬《ほお》が緩んでしまうこと請け合い。第二話「黒い髪の白い女」は、著者渾身のオカルト&ユーモア作品『チャンネルファンタズモ』のテイストが味わえる短編。ファンにはおなじみ、オカルト専門CSチャンネルのドタバタ劇が描かれる。作中には人気の脇役・番組AD谷中《やなか》も登場しており、にやにや笑いが止まらない（Tシャツにプリントされた文言は〝賽《さい》の河原でBBQ《バーベキュー》〟である　笑）。マンションの屋上に幽霊が出る騒動を調査する代わりに、ウェブデザイナーに自ら立ち上げるネットショップのホームページをお洒落にかわいく作ってもらうことを谷中と約束した和子。事件解決後そこには頼んでいない隠しページが……念願のネットショップの立ち上げと同時に、テディ探偵事務所の旗揚げの日となってしまうのだった。第三話「探偵家族」では、件《くだん》の隠しページ経由でテディ探偵事務所へと依頼がくる。記念すべき初依頼者とは一体誰なのか？　母・厚子、兄・一平、そして父・忠志が活躍する町内探偵編。表題作「テディ・ゴー！」では康雄の娘・杏が事件に巻き込まれる。女子高生転落事件の重要参考人となるが頑として口を割らない杏は、だんだんと苦しい立場に追い込まれる。そんな杏に対していくら言葉を尽くそうとしても届かないジレンマに、身もだえる康雄。窮地に追い込まれた親子を救ったのは、康雄の声が聴こえる忠犬・ジョンであった。転落した少女の回復により容疑を免れた杏が、自分と母を遺《のこ》して死んだ康雄へと初めて本音をぶつけるラストは、『スイーパーズ』で書かれた「亡き父の娘への思い」に対する娘の返歌とも読み取れる。

果たして、ここまで書けば賢明な読者の方はお気づきだろうが、加藤実秋は「永遠の別れ」の先にある思いを、練られた設定とユーモアのスパイスの裏側に隠し味とばかりにさらりと忍ばせる。それは照れ屋な著者の、もう会えない人への賛歌なのだ。震災を経た我々は知っている。突然訪れる永遠の別れは膿《う》んでしまった傷に似て、触れることすら躊躇《ちゅうちょ》する日常の一部であることを。その痛みに蓋《ふた》をするように著者が描く別れは、どこまでも優しい。読者はその柔らかな祝福を求めて、ふたたび作品のページをめくるのだ。

出会いが必然的に内包している別れ――。麗《うるわ》しの貴婦人と見紛《みまご》うばかりに成長したイライザと教授……もとい、和子と康雄のコンビにも、その気配は忍びよる。

『マイ・フェア・テディ』

事務所を構えた和子と康雄のもとに、今回も様々な事件が舞い込んでくる。しかし、ここで詳しくは書かない。一つ言えることは、本書「第四話」を読み終えて、この解説をお読みいただいている方は、とびきり晴れやかな安堵《あんど》の笑顔を浮かべているだろうということだ。人によっては涙線が相当緩んでいるかもしれない。映画『マイ・フェア・レディ』のラストシーンのような最後に。

おわりに。

たくさんの愛情と願いを込めて贈られるテディベアが、物言わずとも求められべッドの傍《かたわ》らにあるように、この読む者に優しく寄り添う物語が、あなたの傍らで末永く愛《め》でられるものになるだろうと確信している。

（さわや書店フェザン店　書店員）

初出　本書は、月刊文庫『文蔵』二〇一二年一〇月号～二〇一三年五月号の連載
「アー・ユー・テディ？　3」を改題し、加筆・修正したものです。

著者紹介
加藤実秋（かとう　みあき）
1966年東京都生まれ。2003年「インディゴの夜」で第10回創元推理短編賞を受賞しデビュー。
スタイリッシュな描写と、エンターテインメント性を打ち出した作風で注目される。「インディゴの夜」シリーズはＴＶドラマ化、舞台化され好評を博す。「インディゴの夜」シリーズには、『インディゴの夜』『チョコレートビースト』『ホワイトクロウ』『Ｄカラーバケーション』がある。そのほかの著書に、『モップガール』『スイーパーズ』『チャンネルファンタズモ』『ご依頼は真昼のバーへ』『風が吹けば』『アー・ユー・テディ？』『テディ・ゴー！』などがある。

ＰＨＰ文芸文庫　マイ・フェア・テディ
アー・ユー・テディ？　3

2013年10月２日　第１版第１刷
2013年11月７日　第１版第２刷

著　者　加　藤　実　秋
発行者　小　林　成　彦
発行所　株式会社ＰＨＰ研究所
東京本部　〒102-8331　千代田区一番町21
文芸書籍課　☎03-3239-6251（編集）
普及一部　☎03-3239-6233（販売）
京都本部　〒601-8411　京都市南区西九条北ノ内町11
PHP INTERFACE　http://www.php.co.jp/
組　版　朝日メディアインターナショナル株式会社
印刷所　共同印刷株式会社
製本所　株式会社大進堂

ISBN978-4-569-76072-8

PHP文芸文庫

テディ・ゴー!

アー・ユー・テディ? 2

加藤実秋 著

成仏したはずの康雄が戻ってきた!? 再び元刑事の康雄の魂を天国《あっち》へ返すべく、和子はコンビを組み探偵業を始めるが……。

定価六八〇円
(本体六四八円)
税五%